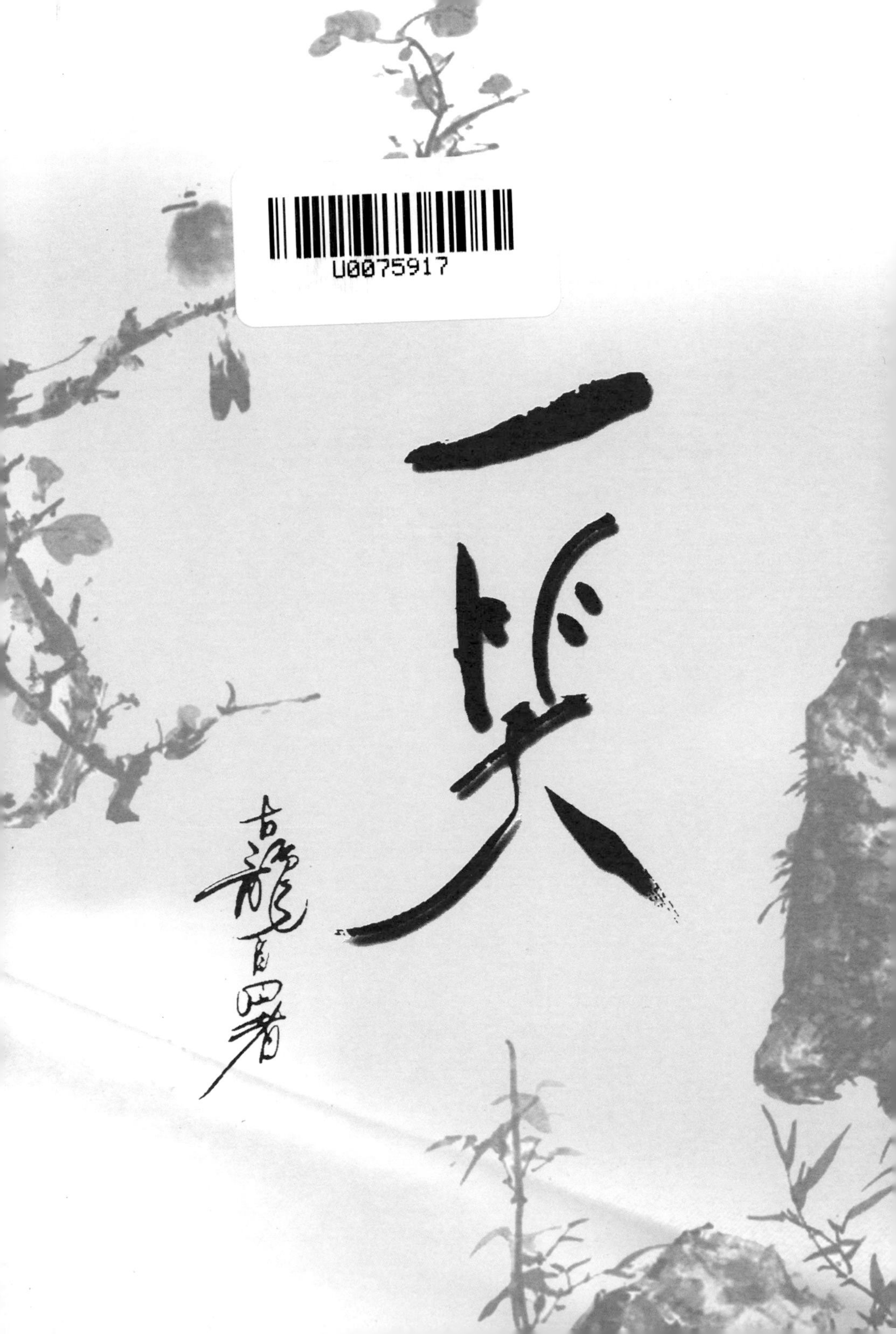
一笑

盛期之風貌

俠壇三劍客諸葛青雲作品歷久不衰

諸葛青雲是台灣新派武俠創作小說大家，爲早期最有號召力的武俠巨擘之一。與臥龍生、司馬翎並稱台灣俠壇「三劍客」。諸葛青雲的創作師承還珠樓主，詠物、敘事、寫景，奇禽怪蛇及玄功秘錄等，均與還珠樓主創作酷似，其作品熔技擊俠義和才子佳人於一爐，遣詞用句典雅。《紫電青霜》爲諸葛青雲的成名代表作，內容繁浩，情節動人，氣勢恢宏，在當時即膾炙人口，且歷久不衰，對於台灣武俠創作的總體發展表現、趨向影響甚大。

《紫電青霜》一書文筆清絕，格局壯闊。該書成於1959年，內容主要以少俠葛龍驤和柏青青、魏無雙、冉冰玉三女之間的愛情糾葛爲經，以「武林十三奇」的正邪排名之爭爲緯，交叉敘述老少兩輩英雄兒女如何冒險犯難、掃蕩妖氛的傳奇故事，名動一時。

諸葛青雲全盛時期，坊間冠以「諸葛青雲」之名，出版的武俠小說多達七八十部，其中參雜不少由他人代筆或託名僞冒之作，幾乎與臥龍生的情形如出一轍，由此可見他當時的高人氣。

與

武俠小說

台港武俠文學

武俠巨擘

諸葛青

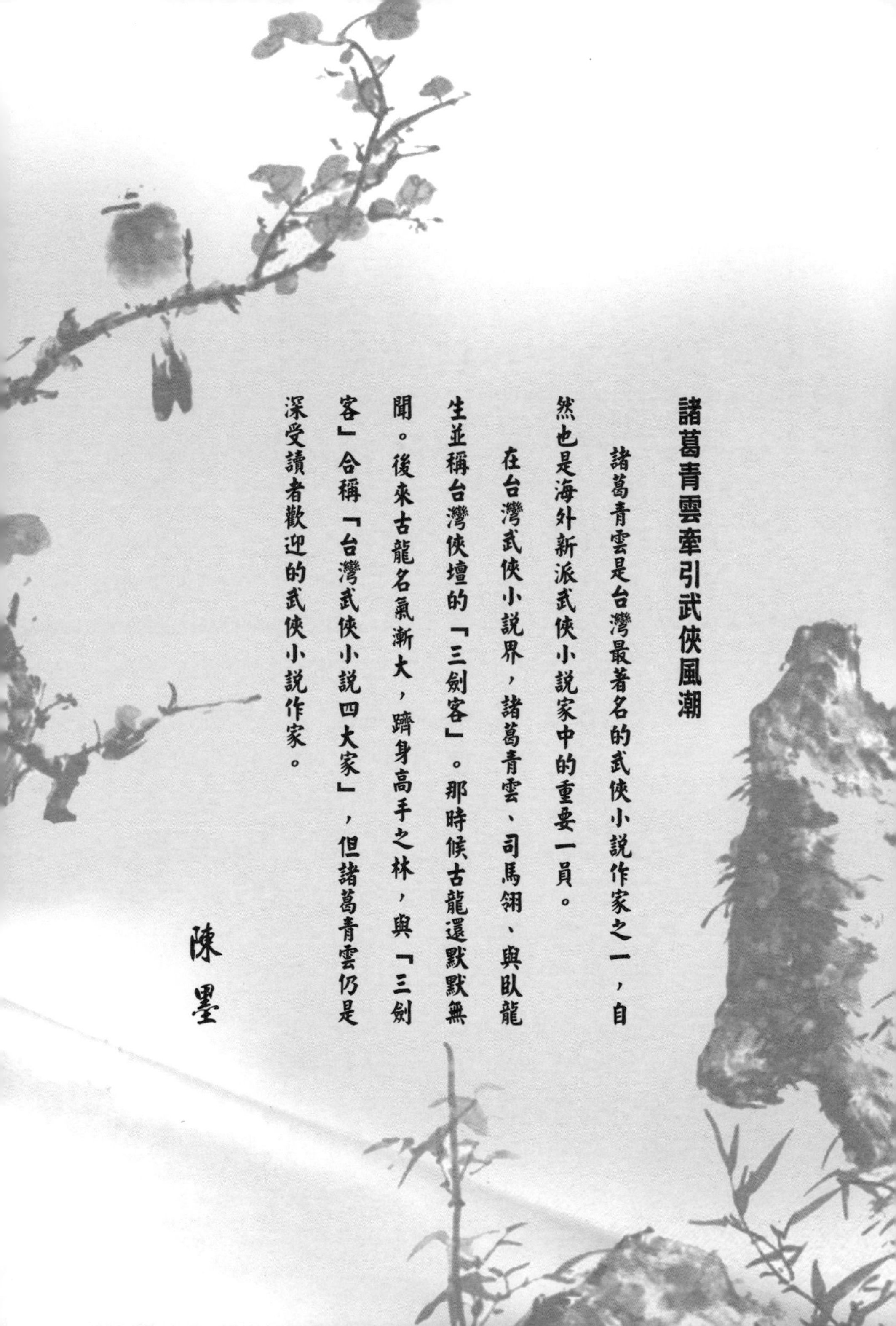

諸葛青雲牽引武俠風潮

諸葛青雲是台灣最著名的武俠小說作家之一，自然也是海外新派武俠小說家中的重要一員。

在台灣武俠小說界，諸葛青雲、司馬翎、與臥龍生並稱台灣俠壇的「三劍客」。那時候古龍還默默無聞。後來古龍名氣漸大，躋身高手之林，與「三劍客」合稱「台灣武俠小說四大家」，但諸葛青雲仍是深受讀者歡迎的武俠小說作家。

陳墨

諸葛青雲精品集
02
紫電青霜
(中)

諸葛青雲 精品集02

紫電青霜（中）

目錄

十三　紫電曳空

冷面天王班獨這一驚非同小可，暗想憑自己這身功力，怎的人在身後，竟然未覺，慌忙收勢長身。抬頭一看，只見山壁之上，站著一個身著白色羅衫的絕美少女，縞袂臨風，丰神絕世。

班獨不由心中暗暗思忖，這樣嚴寒酷冷的雪地冰天之下，自己身著皮衣，尚覺寒威可怖，怎的這少女一身輕羅，反無半點畏冷之色？

白衣少女見班獨猜疑神色，不覺微微一笑，將手連招。班獨不明對方身分，但自己名頭所在，又不甘示弱，只得暫撇洞中仇敵，從少女側方，縱上山壁，並暗暗防備對方乘自己身在陡坡之上，突加襲擊。

哪知白衣少女根本未加理會，等班獨快達山壁頂端之時，身形一扭，往與柏青青探路追敵之相反方向飄飄而去，並不時回手相招，口角之間，微帶哂薄之意。

冷面天王班獨雖然經驗老到，知道少女有意相誘，但嶗山四惡也是武林一派宗師，

哪裡肯容得這白衣少女加以戲弄，不由怒發如狂，隨後追去。

白衣少女的輕功極好，路徑又熟，班獨追未多時，便自追到一條極窄的狹谷之內。白衣少女見這獨臂老人，功力真高，原來彼此相距二、三十丈，此時業已被追到將及十丈。一看地形，恰好正在谷中，離兩端谷口均已不近，遂在縱躍之間，突然撮唇發出一種似猿非猿的低低獸嘯之聲。

冷面天王班獨，聽白衣少女突發嘯聲，以為她伏有同黨，不由凝神四顧，足下略慢。

果然狹谷兩邊的冰壁頂上，也響起兩聲低低獸嘯，一邊現出一隻形如絕大猿猴，但通身毛色純白的異獸。左邊一隻，巨掌一伸，從冰壁上搬下一塊磨盤大小的堅冰，照準冷面天王班獨凌空下砸。手法竟然又準又勁，迫得班獨不得不往後撤身，以防為巨冰落地所濺起的冰雨所傷。

右邊一隻，則揚爪擲下一盤亮晶晶的似索非索之物，白衣少女接住一端，雙足一點，異獸再用神力往上援引。但見她白衣飄飄，宛如天仙飛渡一般，在峭立數十丈的冰壁之間，幾度借力，便已登上冰壁之頂。

冷面天王班獨追之不及，身形只一略動，左壁那隻異獸便以冰塊下擊。這種冰塊震裂以後，往四外飛濺的散碎冰雨，銳利異常，面積又廣，比普通鏢箭威力尤大。白衣少

女上到壁頂之後，又對那兩隻異獸低嘯了幾聲，便自回身來路而去。

那兩隻異獸也從兩邊壁端，走向來時谷口，搬落幾塊巨冰，堆在壁邊，四隻銅鈴似的巨睛，覷定谷底的冷面天王班獨，一瞬不瞬。

班獨先還不解其意，後來見自己不動，或往前走，異獸均不理睬，但只一走回路，立有大堆冰雪砸下，這才悟出白衣少女是把自己誘來，困在此地。不過饒他冷面天王功力精湛，在這極仄的狹谷之中，爲地形所限，一時真還想不出脫身之計。

再說葛龍驤自敷服靈藥之後，獨在洞內行功，他感於龍門醫隱父女爲自己出生入死的殷殷情意，哪敢絲毫怠忽，冥心內視，物我皆忘。也不知過了多久，頰上敷藥之處，果如龍門醫隱所言，漸漸發生奇癢。

這一來葛龍驤不禁驚喜交集，喜的是龍門醫隱說得分明，癢過生痛，痛過之後，便可還本來面目；驚的則是，在此緊要關頭，洞外竟然起了喝叱之聲，好似有人來犯。

他還不知龍門醫隱，已在前山遇敵，洞前只剩柏青青一人。心想這洞口石隙甚小，龍門醫隱父女二人，足可阻來敵。自己這復容之事，歷經多少艱險，費了多少心力，在這最後關頭，倘再功虧一簣，柏青青定然傷心欲死。遂守定心神，把頰上的鑽心奇癢，和洞外的喝叱之聲，一切均付諸無聞無見。果然又過良久，頰上癢止痛生，洞外也歸沉

寂。葛龍驤方喜功成在即，強熬頰上劇痛之際，突覺有人入洞，鼻端並聞見一股女孩兒家所特有的淡淡幽香。

他還以爲龍門醫隱父女戰退來敵，柏青青入洞探視。記得龍門醫隱說過，此時倘若心神旁騖，傷處易留痕跡，故仍未加理會。哪知洞中突然有一陌生少女口音說道：「喂！你們的仇人業已尋到門口，好不容易被我誘在『一線天』冰谷之內，我命所養雪猿阻他回來。但那人武功甚高，恐怕擋不了多久，你怎的不聞不問，可是身上受有暗傷麼？」

葛龍驤不由大驚，一睜雙目，只見面前站著一位身著白色輕羅的絕代佳人，竟比柏青青似乎還要美出幾分，年齡看去也不過十八、九歲。他自敷藥之後，對龍門醫隱父女發現敵蹤之事，一概不知，不由瞠目莫知所對。

白衣少女見他這等癡呆神情，抿嘴嫣然一笑，又瞧了葛龍驤頰上所敷紅泥一眼，柔聲說道：「我名冉冰玉，本是川人，幼隨父母遷居此處。父母亡後，得遇異人指點武學。前此日雪山無故傾塌，損我所居『玄冰峪』左近靈景，因此出來察看，發現是你們三人所爲。是隨甚久，看出正人，並非有意闖禍，本待作罷回轉。突然又獲所養雪猿來報，又復有人入山，並傷了我一隻守峪冰熊。得訊之後，趕去一看，來人共是三人，一個道士，一個缺了左臂的矮瘦老者，和一個道裝巨人，俱是一身邪氣，一望便知非正人

君子。暗地聽他們談話，知是從中原追蹤你們來此，要報什麼毀居殺妹之仇。你們另外兩人，現在洞外東北方山谷之中，與那道士及道裝巨人動手，那獨臂老人方才業已到此洞口，被我誘走困住。你頰上所敷，似是朱紅雪蓮，此物我玄冰峪中甚多。我送你一顆這種朱紅雪蓮所結蓮實，不但任何傷毒一吃就好，並在半月之內，就可像我一樣不怕冷了。」說罷一舒玉掌，遞過來一粒小小淡紅蓮實。

葛龍驤前在嶗山大碧落岩，就曾服冷雲仙子所贈「金蓮寶」，祛毒清心，脫過一次大難，知道確係至寶奇珍；何況所敷靈藥，這一分心，恐已失效，遂不再推辭，接過服下。

少頃過後，果然兩間靈氣所蘊之物，效用非常，一股陽和之氣，瀰漫周身，不但頰上瘡疤均已痊癒落下，並且全身溫暖，對那貶骨寒威，絲毫無懼。葛龍驤一摸雙頰，光滑如常，不由心中感極，剛剛脫口喊了一聲：「姐姐……」

冉冰玉突然向他搖手噤聲，側耳一聽，然後笑道：「你那仇人，果然不凡，我所蓄雪猿傳音告知阻他不住，少時必仍到此。我師父人極古怪，玄冰峪附近，向不容外人驚擾。這廝如此猖狂，先讓他吃我幾粒『冰魄神砂』，然後引往玄冰峪方向，他若追去，定有苦吃。我與你們一見投緣，尤其愛那位穿黑衣服的姐姐，你把你們姓名和住址告訴我，就此別過。我誘走那獨臂老者，你去接應你們同伴，四、五年後，我還有事去中

原，再去找尋你們好麼？」

葛龍驤遂將龍門醫隱父女及自己的姓名、來歷，及「涵青閣」、「天心谷」兩地的路徑走法，向冉冰玉略述一遍。話剛講完，洞外已有人自高處飛落之聲。冉冰玉一把拖住葛龍驤，一同隱身洞角，並自腰下一個不知何物織成的小袋之內，取出三粒大如黃豆的精丸，托在掌上。

葛龍驤雖然知道這冉冰玉生長山野，純潔無邪，不拘禮法，但被她這樣一拖一帶，兩人簡直等於抱在一起。軟玉入懷，暗香微度，不禁大窘，但又只得由她，不好故作小氣。

少時，洞口人影一晃，冉冰玉悶聲不響，玉指輕彈，三點寒光直飛石隙，立時洞外響起一聲震天怒吼。

冉冰玉回頭對葛龍驤道：「我那冰魄神砂，乃萬年冰雪精英所結，非比尋常暗器，一經打中，受傷定不在輕。那老賊豈肯吃此暗虧，再來必有毒手。不如我仗著多服靈藥，輕功尙有特長，地形熟悉，又有雪猿牽制爲助，就此將他引走。你也當立即赴援同件，他年再行相見。」說罷便自縱身出洞。

葛龍驤早就心懸龍門醫隱父女安危，但冉冰玉對自己無異救命之人，不好捨她獨自前往。此時見冉冰玉一走，略微延遲，也出洞外，早已寂無一人。遂照冉冰玉所指點方向，翻上山壁，趕往龍門醫隱父女與嶗山雙惡逍遙羽士左沖、八臂靈官童子雨相互惡鬥之處。但四人惡鬥之處，須轉過三、四座山峰，葛龍驤雖經冉冰玉指點方向，等他輾轉尋到之時，柏青青業已危懸一髮。

原來龍門醫隱與勁敵嶗山大惡逍遙羽士左沖動手，對方一柄精鋼摺扇，專點全身大穴，招術也玄奇變幻，不易推測。空出的一隻左手，卻忽而駢指施爲，忽而來上一下「五毒陰手」，腥毒狂飆，劈空勁襲，本就極難對付。再一分神關注愛女，剎那之間，險境迭現，一柄鐵竹藥鋤竟幾乎封不住對方的進手招術。

逍遙羽士左沖得意之下，來個哈哈狂笑。雙臂一振，全身骨節一陣格格作響，功力運足，精鋼摺扇點、打、劃、拿，疾厲無比，左掌也配合無間，把龍門醫隱圈入了一片掌風扇影之內。

柏青青則比她爹爹處境，更覺艱難！本來論功力，她就要比對家八臂靈官相差一籌以上，何況掌中一口青鋼長劍，還得時時避著童子雨的吹毛折鐵軟鋼緬刀，不敢相碰。虧得爹爹不時分神指點，勉強支持三、四十招，不但已敗象畢呈，也連累得爹爹失去先機，落在不利地位。

童子雨外號「八臂靈官」，人高馬大，力猛刀沉，但身法卻極其靈活，把這玄衣龍

女柏青青，困在一團銀電似的刀光之內，宛如靈貓戲鼠一般，加以調侃諷刺，但並不疾下殺手。因爲他心中早已打好如意算盤，想等冷面天王班獨收拾掉了葛龍驤，來此與大哥合手，除去龍門醫隱以後得生擒此女！大哥人稱逍遙羽士，最好女色，但自昔時敗在龍門醫隱掌下，即自行絕慾二十年，苦練絕藝。今日把仇人除卻之後，此女是手刃四妹追魂燕繆香紅的正兇，就此殺死，似太便宜，何況她又姿容絕世，屆時送與大哥，一解二十年之渴，然後盡情處置，豈不是好？還剩下的一個獨臂窮神柳悟非，海角天涯將其尋到，合弟兄三人之力，不愁不能除去。那時深仇盡復，嶗山聲威又可重振！

童子雨打下這樣主意，所以才便宜了柏青青，得以勉強支持。但柏青青心高氣傲，見對方以「武林十三奇」身分，與自己動手之間，竟似存心戲弄，口角時帶輕薄，不由芳心震怒，已把生死置之度外，不但不守，反而劍光如鍊，捨命搶攻！

龍門醫隱此時雖落下風，但無敗象，一見柏青青如此打法，不禁眉頭大皺！知道遲早父女二人必然雙雙被毀。遂暗暗提足真氣，趁逍遙羽士左沖用「五毒陰手」勁風襲到之時，突然軒眉斷喝，也以「少陽神掌」劈空擊出。

這二人動手之間，均是招架閃躲，蹈暇乘隙，從未以內家真力強拚；龍門醫隱這一硬行對掌，還真出於逍遙羽士左沖意料之外！掌風一交，功力相若，兩人各自退出兩、三步遠。龍門醫隱急忙趁機叫道：「青兒不可如此！速行改用我傳中平劍法，穩守中宮，你囊中之物何……」

話猶未了，逍遙羽士左沖五毒陰手的腥毒狂飆，又到胸前。龍門醫隱揮掌再接，但這次卻因與柏青青說話，真氣未能提足，而左沖卻是蓄力而來，以致稍微吃虧，身形被震退數步！左沖哪肯失此良機，冷笑一聲，飛身進擊，一連三掌，把龍門醫隱擊出三丈有餘，父女二人相隔甚遠。

柏青青知道爹爹不知對方已有剋制之物，是叫自己用透骨神針卻敵，不忍過拂爹爹之意，如言改用中平劍法，長劍一收，平舉胸前，劍尖直指對方，絕不進手，但等對方攻來，再行見招拆式。

八臂靈官童子雨何等識貨，知道這是一種遇上強敵用來防身保命的絕妙劍法，一時半刻之中甚難破去。眼珠一轉，橫刀在手，向柏青青邪笑說道：「女娃娃知趣就好了，你早該如此，何必像方才一樣拚命？等到我大哥、二哥把拍長青老賊和葛龍驤小賊除卻之後，管叫你在我大哥的採戰妙術之下，享受一番欲死欲仙的風流滋味，然後再照樣開膛剖腹，以祭我四妹的在天之靈！」

柏青青哪裡聽得慣這種污言穢語，雙頰霞紅，眉間殺氣勃起，向龍門醫隱高叫道：「惡賊有剋制之物在身，透骨神針無用。爹爹專神應敵，不必再管女兒，我要和這枉稱武林中成名人物的惡賊拚了！」

「了」字才出，連人帶劍「玉女投梭」，往八臂靈官童子雨當胸便點。童子雨哈哈一笑，轉身避劍，揮刀還招，「金鵰掠羽」，軟鋼緬刀挾著一陣寒風，劍削柏青青左腿。柏青青連理都不理，「玉女投梭」一招未老，青銅劍立化「玉帶圍腰」，向童子雨攔腰橫截！童子雨見柏青青真正拚命，不理自己受傷，竟然意圖同歸於盡，不由吃了一驚，只好停招不發，後退避劍。

柏青青一劍掃空，順勢帶轉，向童子雨連肩帶背奮力斜劈！這一來不由激起童子雨怒火，佯作轉身退步，等劍到臨頭，軟鋼緬刀突然向上一撩。柏青青是破釜沉舟力劈而下，收招不及，「噹啷」一陣金鐵交鳴，青鋼長劍只剩半截在手。

童子雨縱聲狂笑，挺刀進擊。柏青青見他狂極疏神，忽然靈機一動，旋展「細胸巧翻雲」，雙肩一抖，倒縱出兩丈多遠，但借在空中翻身之際，業已暗暗取了三支透骨神針，藏在握劍右手。

果然童子雨怕她逃脫，也自淩空追到。柏青青嬌軀剛剛落地，童子雨已然身在空中飛撲而下，相距約僅一丈。柏青青一聲嬌叱，把右手那截斷劍，暗帶三根透骨神針，一齊迎面打出。

童子雨見柏青青竟連斷劍都當做暗器使用，不由好笑，手中緬刀一挑，便將斷劍撥落，但忽然瞥見劍後尚有三點寒星，電掣飛到。知是透骨神針，不由暗叫不妙！自己雖

有剋制之物在身，不及取用。萬般無奈，只得猛推左掌，想用五毒陰手的劈空勁氣，把針震落，但他畢竟發覺太遲，那針是魚貫而至，左掌剛剛推出，第一根神針正好貫入掌心，第二、三兩根神針倒被他掌風震落。

童子雨覺得左掌中一痛一麻，便知此臂要廢，趕緊先提氣封住左肘穴道。鋼牙挫得格吱吱地作響，怒極如狂！右手軟鋼緬刀立下殺手，化成一片寒霜，向柏青青迎頭罩落。

柏青青正喜巧計得逞，刀光已到臨頭，知道童子雨含忿出手，威力難擋！何況手中已無兵刃，遂施展輕功中最難身法，先用「鐵板橋」，嬌軀平塌及地，然後右手在地上堅冰微一借力，用了一招極巧妙的「橫渡天河」，硬把身軀平著向橫裏拔出七、八尺遠，躲過那當頭下擊的一片寒光，然後一個「鯉魚躍浪」，霍然起立。

但童子雨名列十三奇，豈同凡俗！先前在穩操勝算之中，偶一失神，左掌心竟中了一根透骨神針，眼看又要學自己二哥冷面天王班獨，斷臂求生，怎不把柏青青恨入骨髓？!立意無論如何，也非先斃此女再說！刀光罩住對方以後，以爲這是自己刀法中三絕招之一「倒撒天羅」，威力無比。柏青青手中連兵刃俱無，怎逃此厄？哪知對方竟用一手巧絕妙絕的「橫渡天河」，居然又行逃出自己的一片刀光之下，不由憤怒已極！乘著一刀劈空，就用刀頭在地上一點，那麼龐大的身軀，就借這輕輕一點之力，在空中來了個大車輪。呼的一聲，連人帶刀，二度向柏青青當頭劈落。

柏青青好不容易脫過險境，剛剛躍起，刀光又到臨頭。她怎麼也想不到，童子雨變招如此之速，躍起之勢未盡，根本無法再為閃避，無可奈何，瞑目待死。龍門醫隱遠遠望見，也急得肝腸寸裂，鬚髮皆顫！但擺脫不了對手逍遙羽士左沖的惡鬥苦纏，眼睜睜地看著這一位英風俠骨的絕代佳人，在頃刻之間，便要做了童子雨的刀頭之鬼。

葛龍驤恰恰在這千鈞一髮之時趕到。遙見童子雨空中發式，刀光蓋頭下落，心上人柏青青卻兩手空空，瞑目待斃！不由舌端爆綻春雷，此時搶救已來不及，索性足下加勁，縱得比童子雨更高，將手中那根所謂天蒙寺鎮寺之寶的降魔鐵杵，用足真力，也照準了八臂靈官童子雨的當頭下砸。

這一來恰巧成了俗語所云的「螳螂捕蟬，黃雀在後！」童子雨的刀光正落，葛龍驤降魔鐵杵的驚人風勢也到臨頭。他雖然恨透柏青青，但畢竟先護自己的性命要緊。猛然收住下劈之勢，翻手揚刀，恰好與葛龍驤凌空下砸的降魔鐵杵接個正著。柏青青也趁著這剎那之間，一擰柳腰，閃出了丈許之外。

葛龍驤老遠便看出童子雨手中兵刃，寒光如電，是件寶物，但他這凌空一杵，縱然柏青青難救，也要叫這嶗山第三惡碎首橫屍，故而毫未保留，用足了十成真力。童子雨翻刀接杵，葛龍驤力發難收，雄心一起，索性加勁下砸。兩般兵刃一觸，降魔鐵杵先起

斷折之聲，童子雨哈哈一笑，用力再劈。笑聲未畢，空中響起一片龍吟虎嘯之聲，並飛起一片腦漿血雨！

葛龍驤與童子雨雙雙落地，但葛龍驤完好無傷，那嶗山第三惡八臂靈官童子雨，卻整整把顆巨大頭顱劈成兩半，屍橫在地！

葛龍驤哪裡料得到這當頭一杵，竟有如此威力！但一瞟童子雨的地上遺屍，卻見屍畔橫著半截緬刀和半段斷杵。這才注意自己手上，下半段依然是降魔鐵杵，但從斷折之處，卻露出了尺來長一段紫芒如電的劍尖。頓時恍然而悟，此杵號稱秦嶺天蒙寺鎮寺之寶的用意所在！

原來杵中藏劍，凌空而下，運足真力猛砸！童子雨翻刀迎杵，他那軟鋼緬刀鋒利異常，功能吹毛折鐵，降魔鐵杵外殼被削，露出寶劍，緬刀雖快，終究敵不住前古神物。等到童子雨驚覺有異之時，一顆巨大頭顱業已隨著軟鋼緬刀，應劍而裂！

葛龍驤想通自己一擊成功的道理之後，不顧端詳手中降魔鐵杵，先與柏青青互打招呼，一齊往援龍門醫隱。

龍門醫隱的鐵竹藥鋤，本與逍遙羽士左沖的精鋼摺扇，銖兩悉稱！不過屢次分神，關注愛女，而被逍遙羽士搶佔先機，一時不易平反劣勢，但這邊八臂靈官童子雨裂腦身亡的突然巨變，業已使逍遙羽士左沖急痛交加，魂飛天外！一個龍門醫隱，尚且久戰不下，再若對方三人合手連攻自己，當更難逃公道！萬里尋仇，毫未如願。三弟反又喪命，二弟也是久未見歸。再不知退，難道真要把嶗山一脈，完全在這窮邊斷送？

逍遙羽士左沖念頭打定，乘著現時優勢未失，精鋼摺扇越發加勁。「毒龍尋穴」轉化「玄鳥劃沙」，再加上一劈空遙擊的五毒陰手，將龍門醫隱迫退了七、八步遠，然後轉身一躍，相距已有三丈，左手一指龍門醫隱，切齒說道：「柏長青！你父女二人與葛姓小賊，再加上柳悟非那賊叫花子，連傷我同盟弟妹，彼此已然結下一天二地之恨，三江四海之仇！左沖今日暫且讓你猖狂，黃山大會之時，再做恩仇了斷！」

龍門醫隱眼看慘敗之局，居然轉成大勝，也在暗叫僥倖！聽左沖自找台階，為顧全大俠身分，不肯再以言語相激，微笑不答，由他自去。葛龍驤、柏青青雙雙趕到，三人想起各人一番驚險經歷，均有恍如隔世之感。

最使柏青青高興的，卻是葛龍驤兩頰傷疤完全脫落，居然未留半點痕跡。英姿颯爽，玉樹臨風，怎不使她喜心翻倒？還未來得及問，葛龍驤業已先把冷面天王班獨欲加暗算，及奇女冉冰玉仗義相救，並相贈那種紅色雪蓮所結蓮實，療好創傷等情，對龍門醫隱父女細說一遍。

龍門醫隱聽罷，額手稱慶道：「若非吉人天相，巧遇此女相救，龍驤本人就要遭受極大凶險，怎能抽身來助？則這雪中橫屍，將不是嶗山惡賊八臂靈官，恐是我父女了！

但這冉冰玉已有如此功力，她師父是哪位高人？倒真忖度不出。可見我們平素自以爲見識不淺，其實四海之大，天地之廣，尚不知有多少奇人逸士，未爲世曉！她所居玄冰冷峪方向所在，龍驤也未一問，不然倒應登門拜訪，一謝厚德，並結識兩位奇人多好！」

說完要過葛龍驤手中斷杵仔細一看，原來是用鐵汁把劍澆鑄其中，通體實心，所以任憑敲擊觀察，也無絲毫破綻。若不是今日適逢其會，被童子雨的鋒利緬刀把外殼削壞，此劍還不知何日才能出世？但目前形狀，半截斷杵帶著一段劍尖，卻是極爲難看！龍門醫隱方把眉頭一皺，柏青青業已取出葛龍驤所贈匕首，要將過去，把那劍外鐵杵，一塊一塊用匕首削去，並盡量小心，避免匕首和寶劍的鋒刃相觸。

不消多時，所附鐵杵均被柏青青削去，劍在手中，精芒奪目，寶霧騰輝，約莫三尺來長。劍柄之上，鐫有古篆。龍門醫隱細加辨識，認出是「紫電」二字，略爲把賞，遞與葛龍驤道：「紫電青霜，見諸典籍，均爲古代名劍！此劍與你谷飛英師妹所用青霜劍，正是一對。雙劍合璧，大鬧蟠塚，酈華峰、酈華亭兄弟恐又難逃劫運了，但如此神物，卻鑄藏在這韋陀佛像所捧的鐵杵之中，實極費解。有此至寶，增益你師父天璇劍法不少威力。將來繼承你恩師衣缽，冠冕武林，大有厚望。務須勉力精進，勿負悟靜大師臨終贈寶的一番情意呢！」

葛龍驤恭身接劍，唯唯受教。柏青青瞥見童子雨遺屍，想起他用來吸收自己透骨神

針的那隻形似五行輪之物，遂自童子雨屍身之上搜出，遞與龍門醫隱，說道：「爹爹，女兒在壑下與此賊動手之時，連發兩把透骨神針，都被此輪收去，爹爹看看可是磁鐵所製麼？」

龍門醫隱接過細看，點頭嘆道：「此輪不但是磁鐵所製，並還做得如此精巧，可見嶗山四惡萬里尋仇，實有周詳準備。但人算不如天算，八臂靈官雪地伏屍，冷面天王吉凶難卜，善惡之間，天道果然不爽！此輪青兒帶在身邊用處不少，但不可輕易當做兵器使用。因為兵刃多係鋼鐵所製，黏吸之間，萬一功力遜於對方，豈不反受其害？你透骨神針雖有針囊，出得此山之後，仍宜為此輪加一厚布囊，方較穩妥。龍驤本相已復，嶗山四惡又去其一，再加上一柄前古名劍，此行著實不虛。回轉西康，接你荊芸師妹母女，同往漢中，大概也就與你余師叔、谷師妹約會的春暖花開之期，不在遠了。」

柏青青見葛龍驤那柄紫電劍，因鋒芒過利，不便攜帶，想起自己青鋼長劍已為童子雨緬刀削斷，劍鞘恰好給他使用，遂將劍鞘遞過。葛龍驤把紫電劍入鞘，雙手捧與柏青青道：「我有我姑母冷雲仙子所贈天孫錦，及獨臂窮神傳授的龍形八掌，足可護身！青妹手無兵刃，卻極不便，此劍轉贈青妹使用。」

柏青青哪裡肯依，二人推來推去，鬧了半天，倒把龍門醫隱，逗得哈哈大笑，拈鬚說道：「你二人從此當可形影不離，還分甚彼此？青兒將劍帶在身畔，誰遇見強敵，就

由誰取用，不就好了。」這幾句話，葛龍驤聽得自然服貼；柏青青雖然嬌紅滿頰，但芳心也自受用，遂如爹爹之言，將紫電劍插在背後，三人一同順路出山。

轉過一座山峰，左邊峭壁之上，一聲怪嘯，撲下一條白影。柏青青初得神物，想試鋒芒，方待回手拔劍，龍門醫隱業已看出是隻全身白毛披拂、形若巨猿的怪獸。猛然想起葛龍驤曾云，那奇女冉冰玉養有雪猿之語，慌忙搖手止住柏青青，不令妄動。

果然那怪獸落地之後，毫無敵意，向三人嘻著一張大嘴，低聲嗚嘯，緩緩走近，右爪一伸，爪上托著一張小柬和一個白色絲織小囊。

龍門醫隱知道自己所料不差，此獸係奉命而來，伸手接過小柬和絲囊。看牠站在地上，竟有大半人高，雙眼精光如電。兩隻長臂垂下之時，指爪及地，形態十分威猛，但神情卻似通靈猛獸，以供役使。遂展開小柬，上面寫著幾行字跡道：「頃得小徒冰玉歸報，龍門大俠遠臨雪山，奈以久坐枯禪，不便相迎，乞恕疏慢之罪！彼此計三年前，曾識一面，未知柏大俠尚憶及昔日大巴山群雄會上，單掌劈三熊之老婆子否？嶗山小兒來我玄冰峪中輕狂，本應處死，但我因平生殺孽太重，已立誓不再親手傷人。業予重懲，命小徒逐出百里之外！小徒對令嬡，備極傾倒，五、六年後，渠有事中原之時，願深結識。崑崙山星宿海黑白雙魔，聞尚未死，並新收弟子多人，十年之內，中原必現魔蹤，務宜特別注意。絲囊內貯千年雪蓮實三粒，用贈神醫，以壯行色！」

龍門醫隱看完不覺大驚，向葛龍驤、柏青青說道：「二十多年前，大巴山中天下英雄曾有盛會。關外綠林魁首遼北三熊，恃藝稱能，連用內家陰掌，擊斃七位中州鏢客，因此震怒了一位武林奇人，七指神姥，就用一招極俗的掌法『獨劈華山』，連將遼北三熊劈於掌下，但彼時七指神姥已是八十許人，如今年過百齡，依然健在，並就是那冉冰玉之師，難怪調教出那樣弟子！崑崙山星宿海黑白雙魔，所練異派武功，邪僻驚人，聞已物化多年，不想還在人世。魔蹤倘到中原之日，倒真如神姥所言，足爲武林大患呢！」

雪地冰天之中，難覓紙墨，龍門醫隱撕下一幅裏衣，就用柏青青描眉黛筆，寫道：「厚賜拜領，神姥既坐禪關，不敢驚擾。令高徒天上神仙，小女得附驥末，榮幸無以。他年倘蒞中原，務希移玉洛陽龍門山天心谷內一遊，俾酬相助大德。」末了，因爲天心谷過於隱蔽，並畫了一張簡單地圖，交與猿形怪獸。怪獸接過，向三人點首鳴嘯，轉身縱向冰壁，爪掌之中似有吸力，在冰壁之上，便如一條絕大壁虎一般，游向頂端，剎那不見。

柏青青向葛龍驤笑道：「龍哥，你看這大白猴似的怪獸，竟似還懂禮節，難爲她們師徒怎麼教的？那冉冰玉貌相如何，我和她一面未見，怎的指明要和我交朋友呢？」

葛龍驤覺得柏青青雖然靈心慧質，冷豔無雙，但那冉冰玉，卻不知在哪一方面，似乎還比柏青青美出一、二分去。可是此話不便出口，正在躊躇，龍門醫隱又為他解圍笑道：「惺惺相惜，自古皆然！你看看你自己，就可以猜得出人家長得怎樣。七指神姥的武功，恐怕要在我們這些什麼十三奇的以上。此女真若到我天心谷中，務須虛心結納，萬一有事需人之際，卻是個大好助力呢！」

心願俱了，三人一面流覽這無邊雪景，一面覓路出山。等出得大雪山中，已離卻原來入山之處約有一百多里。尋到原居旅店，取回寄存之馬匹行囊，並為新得紫電劍特僱精工，打造劍鞘，柏青青自行為她那隻磁鐵五行輪，縫製布囊。諸事停當之後，便行策馬東返。

行到川、康邊境，同往龍門醫隱新收弟子荊芸的家中，只見荊芸身穿重孝，三人不覺驚問所以。荊芸泣道：「我娘的風濕之病，雖然服用恩師所留藥物治好，但突又患上傷寒，庸醫誤投藥石，已於十日之前去世！」

龍門醫隱故人情重，也覺愴然。好言安慰荊芸，祭過荊母，一行四人遂同到漢中，等天台醉客余獨醒與谷飛英二人。準備會齊之後，同上嶓塚山，奪回碧玉靈蜍，並相助谷飛英，決鬥硃砂神掌鄺華亭，以報殺母之仇！龍門醫隱並藉此時間，傳授荊芸內功心法。

哪知等到新春二月，余、谷二人仍未見到。柏青青等得無聊至極，天天磨著爹爹，要求先行一探蟠塚。龍門醫隱拗她不過，只得命荊芸在店等候，自己帶著葛龍驤、柏青青二人，先行去往蟠塚山，暗探鄺氏雙兇虛實。

暫時按下龍門醫隱父女及葛龍驤，往探蟠塚雙兇虛實之事不提。先行回溯到一年以前，群俠在仙霞嶺楓嶺關分手之後，天台醉客余獨醒及女俠谷飛英相偕南行，一覽八閩百粵山川形勝。

天台醉客一想，八閩山水，以武夷稱最。武夷山為仙霞山脈起頂，離此甚近，就在崇安縣南，且盛產名茶。自己素有盧仝之癖，何不先往一遊？遂領谷飛英，順著閩、贛邊境，往武夷而去。

武夷山俗傳係神人武夷君所居，群峰列峙，競秀爭幽。尤以時屆陽春，煙溪繡嶺，泉韻花香，景更佳絕！余、谷二人，反正無事，隨興留連。這天正在武夷山主峰三仰峰下，一家茶館之內閒坐品茗。那茶館建在峰腳，一共是三間草屋，外面並加搭了個寬敞竹棚，棚下便是一條溪水，幾棵垂楊，數聲鳥啼，倒也頗稱幽靜。

座中除二人以外，尚有三、五茶客。坐未多時，外面突然走進一個四十左右的乞丐，一臉橫肉，身上骯髒不堪；右手還捉有一條兩、三尺長的綠色小蛇，不住玩弄，進

棚以後，就在靠棚口處坐下，大聲要茶，旁桌所坐茶客，因那乞丐身上氣味難聞，又見那蛇是條「青竹絲」，生怕萬一脫手咬人，趕緊移座。

茶館夥計走過，見乞丐那副髒相，也覺皺眉，但知這類惡丐最爲難纏，不敢得罪，勉強陪笑說道：「這位大爺要什麼茶，馬上給您沏來，但這毒蛇咬人極不好治，客人見了害怕，可不可以請您放掉，或者打死好麼？」

那乞丐怪眼一瞪，「哼」了一聲說道：「窮爺要在峰頭會友，走得口渴，才進來買杯茶喝。不想你們狗眼看人低，簡直找死！我這條青竹絲背有紅線，費了好多心力，才得活捉配藥，比你們這裏哪一個都要值錢，放走了你賠得起麼？窮爺茶也不要喝了，明年此日來喝你的周年忌酒！」說罷便即起身走去。

谷飛英見這惡丐如此蠻橫，超過茶館夥計身畔之時，又向夥計肋間碰了一下。看出惡丐竟施毒手，如不加以解救，這茶館夥計夜來必定咯血身亡！不由大怒，正待起身加以懲戒，天台醉客余獨醒含笑將她止住，招手喚過夥計，結算茶賬，等他回身之時，用手虛空向他背後指了一下，便與谷飛英離開茶棚，往三仰峰上走去。

谷飛英憤那惡丐平白之間，便下毒手置人於死，想不出天台醉客攔住自己，不令出手懲戒的理由，忍不住地問道：「余師叔，那乞丐如此可惡，任意傷人！難道不應該給他點苦頭吃麼？」

天台醉客微笑答道：「賢侄女畢竟年輕，你只知道路見不平，便欲出手。可曾看出那惡丐暗傷茶館夥計，所用陰手的來歷了麼？」

谷飛英聞言一怔，稍微回想問道：「不是師叔問起，侄女倒未加留意，此時想來，那惡丐所用陰手，傳授彷彿甚高，功力卻嫌不夠！但師叔之意，侄女仍然不解。難道我們行俠江湖，講究的仗義鋤奸，還要估量對方有甚來頭，畏懼強勢不成？」

天台醉客哈哈笑道：「賢侄女雖然胸襟豪邁，俠氣干雲，但把你余師叔太小看了！縱目江湖，就是那眾邪之尊——苗嶺陰魔邴浩，憑你余師叔的乾天六十四式，也可鬥他個三、五百回合，餘子更何足懼？只因我看見那惡丐所用傷人手法，甚似你仇人蟠塚山酆氏雙兇一派。雙兇弟子何以遠來八閩？在這正邪雙方，約期總決戰之前，大可一探他們用意所在。何必打草驚蛇，在那茶棚之中立時發作起來，徒驚俗人耳目呢！」

谷飛英之父早亡，其母湘江女俠白如虹為友助拳，遇上蟠塚雙兇中的硃砂神掌酆華亭，不知厲害，惡鬥一場，被酆華亭的硃砂掌力震傷內腑，不治斃命！遺女飛英，為天台醉客所救，看她根骨至佳，特地送往廬山冷雲谷，由冷雲仙子收為弟子。上年年底，谷飛英發憤圖強，把「無相神功」護身卻敵的初步功力練成，地璣劍法也已有了相當火候。冷雲仙子乃乘天台醉客余獨醒到冷雲谷來討松苓雪藕釀酒之時，請天台醉客帶她出山歷練，並告知谷飛英，不必急於雪仇，正邪雙方總有一日相互決斷！以她目前功力，

行使江湖足有餘裕，但若對敵鄺氏雙兇，恐仍差得甚遠！凡事必須聽從余師叔囑咐，不可任性胡爲！冷雲仙子極愛羽毛，明知母女天性，無論自己是否叮嚀，只一出山，谷飛英斷無不去蟠塚之理，爲恐愛徒吃虧，又把自己所用青霜劍交她帶去。

谷飛英出山以後，果然向天台醉客軟磨硬纏，要求去往蟠塚，一鬥鄺氏兄弟。天台客被她纏得無奈，又遇見龍門醫隱等人，一算人手，對付鄺氏雙兇，似已穩操勝算；若能先期除去，也爲他年黃山論劍，省了不少手腳，並可大殺苗嶺陰魔等人威勢！遂與龍門醫隱等人，訂約同上蟠塚。

此時谷飛英一聽那惡丐竟與蟠塚雙兇有關，立時乖順異常，聽由天台醉客策劃。

十四　奪寶奇謀

這三仰峰，不愧爲武夷主峰，巍峨挺拔，固然高出其他峰巒，景色也靈秀出塵。二人行到快達峰頂之處，一條瀑布傾注崖壑，斜飛白鍊，界破青山，噴石似煙，濺珠如雨！

谷飛英負手崖邊，突然向天台醉客叫道：「余師叔！你看那瀑布後面，似還有個山洞，倒很隱蔽好玩，我去看看！」她童心未泯，說做就做，未等天台醉客笑應，便已運起無相神功，逼開水霧，衝進瀑布之後。

天台醉客不防她有此一著，一把未曾拉住，只得跟縱躍過，口中抱怨說道：「賢侄女今後做事，千萬不可如此魯莽！深山大澤，多產龍蛇，這類幽僻山洞之中，更往往有好多罕見毒物潛伏在內。這樣冒失縱落，萬一碰上驟起發難，豈不奇險？」

谷飛英心頭不服，暗想這余師叔哪有許多嘮叨！小嘴一噘，說道：「余師叔！你是武林十三奇中人物，怎的甚事都怕？我就不信……」

「信」字才自出口，一團黑影，已由洞中電射而出。谷飛英芳心一震，縮頸藏頭，青霜劍錚然出鞘，向上一撩，「呱」的一聲慘叫，那黑影已被劍端精芒劈成兩半，墜落地上，原來是隻絕大蝙蝠。

谷飛英啐了一口，打量這個山洞黑黝黝的，竟頗深邃。好奇心起，向天台醉客涎臉笑道：「余師叔，我們索性看看這洞能通往何處好麼？」

天台醉客實在拿這嬌憨頑皮的師侄女無法，只得應允。哪知轉折半天，洞雖頗稱深邃，卻是死洞。谷飛英敗興而返，回到洞口，正待穿瀑而出，突然聽得瀑處崖上，有人對語。天台醉客向谷飛英搖手作勢，叫她隱身竊聽。

只聽見其中一人口音，就是方才茶棚之中所遇惡丐。另一人則似是惡丐師弟，說道：「三師兄，我奉大師兄之命，向你告知，那『金精鋼母』的埋藏之處，已被大師兄查出，是在廣東羅浮山內。大師兄業已飛報師尊，並得師尊覆示，調集我們五師兄弟，齊往羅浮附近，在不動聲色之中，暗暗看準地方。師尊現尚有事，大約十一月間可到嶺南，再行挖掘。金精鋼母到手煉成寶劍，加上師尊秘練神功，黃山會上便可出人頭地。所以此寶關係太大，師尊一再嚴命，務須嚴密守護，以防其他武林人物，生心攘奪。只要師尊一到，便什麼都不怕了。」

那惡丐恨聲說道：「寶藏廣東，我卻被派在福建尋找，豈不白費氣力？師尊要十一

月間才到，我們早去無用。憑大師兄、二師兄那身功力和蟠塚威名，哪有人敢捋虎鬚？何況此事外人也無從知曉，我在此發現兩個妞兒，長得不錯，想趁機樂上一樂。五師弟，你先行回覆大師兄，就說我在五月之前，一定趕到羅浮待命！」

另一人笑道：「三師兄老脾氣還未改掉，你還是早點趕到羅浮，等師尊到來，把『金精鋼母』取得以後，再行任意逍遙。此時若出點事，師門刑法之酷，你所深知，卻是兒戲不得呢！」

惡丐笑道：「五師弟哪有這多顧慮，我只比你略微晚走，能誤甚事？我雙懷杖尙在峰頭，未曾取來，你我就此分手，廣東羅浮再會！」

另一人遂未再說，靜聽二人足音，往峰上、峰下，分頭走去。

天台醉客略候片刻，足音已渺，遂與谷飛英二人穿瀑飛出，微笑說道：「你余師叔料事如何？這惡丐不但是蟠塚雙兇門下，而且果然是有所爲而來！那『金精鋼母』，據說是二百年前一位善造刀劍的大俠，費盡一生苦心，搜羅而得。還未開始煉劍，強仇便即尋上門來，一番惡鬥，重傷而死。此物究竟落在何處，無人得知，不過流爲武林中的一種傳說而已。誰知蟠塚門下，居然尋出此寶藏處，雙兇並要連袂齊來，主持挖掘！十一月間，正好是你柏師叔父女及葛師兄等，往西藏的旅程之中。鞭長莫及，呼應不得，只好靠我們二人，相機行事。但這樣一來，雙兇師徒有七人，你我勢力太單。如果

『金精鋼母』真被發現，此物關係黃山之會太大，你卻須懂得輕重，將你報仇之事稍微抑壓，專志於此呢！」

谷飛英稍微沉思，點頭答應，但向天台醉客笑道：「侄女總覺得那惡丐太討厭，方才聽他說話，竟想在此為惡，師叔噴口酒請他吃吧！」

天台醉客笑道：「即便你不說，我也必對他加以懲戒。嚇跑之後，暗地追蹤，或可探出寶藏何處。若能在雙兇到達之前，先行掘走，豈不省事？但『酒雨飛星』不啻是我天台醉客的獨門招牌，一經施展，本相立露，豈不打草驚蛇？我自然另有計算。」遂對她耳邊略為囑咐，谷飛英便自如言，走往幾株桃樹之下，瀏覽景色；天台醉客則在一塊大青石上假寐。

過不多時，那惡丐自峰頭走下。轉過崖角，便見飛瀑旁的大石之上，躺著一個黃衣老者，曲肱枕頭，面向瀑布；另一旁的三、五株桃樹之下，卻有一少女正在徘徊閒眺。

老頭葛巾野服，躺在石上，面貌雖看不見，但神態飄逸，宛如圖畫中人。少女則身著一件淡青羅衫，眼若橫波，腰如約素，雲鬟翠袖。在那幾株桃樹之下，花光人面，相互輝映，簡直連那照水臨風的怒放夭桃，也似減卻了幾分顏色。

惡丐本是色中餓鬼，一見谷飛英這般天仙體態，不禁魂魄齊飛！暗想自己在這武夷山左近，看見幾位村姑，認為麗質天生，打算一一用熏香迷倒，好好享受享受。哪知和

這眼前人兒一比，簡直判若雲泥，不堪一顧。

蟠塚雙兇門下，畢竟有點眼力。惡丐雖然美色當前，仍然看出對方神情器宇太過高華，腰下又懸有一柄帶鞘長劍，似是會家，並且還非尋常俗手。但依舊自視過高，以爲憑自己師門傳授，上前搭訕兩句，冷不防施展獨門手法，將人點倒劫走，石上老者縱然是與少女一路，也必不及搶救。如意算盤打好，輕輕走到谷飛英身後六、七步處，見對方正仰觀一樹繁花，似未覺出身後有人，不由以爲自己料錯，對方無甚精湛功力，心中一定，遂咳嗽兩聲，詭笑說道：「小姑娘……」

谷飛英早知他在身後弄鬼，暗暗好笑，不等惡丐說完，霍地回頭，嬌靨之上滿佈寒霜，目光凝注惡丐，一語不發。惡丐覺得這少女美雖美極，但那對眼神，實在太銳！如冷電霜刀一般，懾人魂魄，把個平日殺人不眨眼的惡丐，看得心裏一怵！半截話竟自嚇了回去。

谷飛英看他這副尷尬神色，越發好笑，故意冷冷地問道：「你這臭髒花子，叫我想做什麼？」

惡丐見對方出口傷人，怒氣上升，兩道濃眉一豎，獰笑說道：「小小姑娘有眼無珠，你家窮爺，乃武林十三奇蟠塚山酈氏雙雄門下，五毒神鄔通……」

「通」字才出，忽然「哇」的一聲怪叫，右頰以上，已然高高腫起一塊。

鄔通手撫痛處，滿地亂找，但除了方才站立之處，地上有一朵自樹上飄落的桃花以外，連塊碎石都無。石上老者原式未動，少女仍在冷冷相視，不過口角之間，又添哂意。

這一來，他不禁大爲驚訝，暗忖自己硬功頗好，這是何種暗器？無形無聲，半邊臉頰竟被打腫！鄔通平日爲人，睚眥必報，殘酷驕橫已極，因看不出暗算自己的究係何人？遂拚其再挨一下，他雙懷杖就在袖中，暗暗準備停當，右手扣了一把自練成名的獨門暗器「五毒砂」，緩步向前，獰聲再道：「小姑娘，你休得在江邊賣水，鄔爺憐惜你玉貌花……」

話到一半，谷飛英仍不理睬，妙目凝波，抬頭往樹上一看，一朵桃花無風自落，但剛剛落到五毒神鄔通面前，突然轉彎！一朵嬌嬌豔豔的桃花，竟似含有極大勁力一般，「啪」的一聲，鄔通傷上加傷，不但頰上紅腫更高，連牙齒也被打落，張嘴吐出一口血水。

這回鄔通因留神注意，雖不曉得樹上桃花是被谷飛英無相神功逼落，但卻看出黃衫老者，又似有意又似無意地向後微一揮手，桃花才突然轉彎，打傷自己。

飛花卻敵，摘葉傷人，均是內家氣功中的極高境界。鄔通人雖兇橫，但頗狡詐識貨；知道這石上黃衫老者，武功不在自己師父之下，哪敢再行逞兇頑抗？下山道路被這一老一少攔住，逃脫甚爲不易，眼珠一轉，不顧頰上的傷痛，哈哈笑道：「鄔通有眼不識高人，但不知者不罪，打擾老前輩好夢，與這位姑娘清興，尚乞見諒。」

說話聲中，人已從桃樹之旁急步而過。谷飛英雖然厭鄙他欺軟怕硬，如此無恥，但因欲在他身上，探出「金精鋼母」所藏之處，故未相攔。鄔通走出丈許，倏然回身，連聲獰笑，先行把右掌中一把「五毒砂」，化成一片腥風打出，然後暴聲喝道：「無知老狗、女娃，你家鄔三太爺的五毒神砂，沾身即死，還不快納命來！」

哪知他這裏得意洋洋，人家老少二人卻渾如未覺，全不理睬！黃衫老者只在石上翻了個身，瞇著一雙細目，衝鄔通微微一笑，青衣少女卻抬頭目注空中，鄔通所發五毒砂，到達少女身外三、四尺處，似遇無形阻擋，紛紛自落。

鄔通方在疑神疑鬼，少女妙目含嗔，眉間已現殺氣，自地上拾起一朵桃花，作勢待發！鄒通如驚弓之鳥，亡魂俱冒，怪叫一聲，回身鼠竄而去。

谷飛英拋掉手上桃花，向天台醉客叫道：「余師叔，你這種凌空吐勁、借物傷人的功夫真好！找個機會教教我吧！」

天台醉客哈哈笑道：「這才叫做這山望見那山高。冷雲仙子的無相神功，能夠防身傷敵於不覺之中，不比我這借物傷人手法高得多麼？」

谷飛英噘嘴說道：「無相神功除了師父能夠隨意運用之外，休說是我，就是我薛琪

師姊，也僅能以此防身，無法傷敵。余師叔吝惜你的絕技，不肯傳授便罷，那惡叫花子去已多時，不要追不著了。」

天台醉客搖頭笑道：「你這小姑娘實在難纏！我哪裡是什麼吝教不得，不過怕你學得太雜，駁而不純，影響本門正課而已。憑鄔賊那種腳程，讓他先走兩日，也不怕他飛上天去！你既然想學，我們邊往廣東，我邊把口訣、手法傳你便了。」

自此天台醉客與谷飛英二人，便暗暗隨躡那五毒神鄔通。鄔通被二人神出鬼沒的武功所懾，果然不敢再在福建逗留爲惡，匆匆趕往廣東羅浮。

羅浮山在廣東增城縣東，跨博羅縣界，延袤數百里；岩花著色，澗溪分痕，尤其盛產梅花，景色堪稱瑰奇靈秀！東晉葛洪並得仙術於此，因而出名。

蟠塚弟子共有五人，由大弟子雙頭太歲邱沛爲首。鄔通抵達羅浮以後，邱沛並未告以藏寶所在，只分派師兄弟五人各在羅浮四外，注意有無扎眼武林人物入山，並暗察其意圖所在，隨時互相聯繫，不到萬不得已，絕不許與人隨便動手。

余、谷二人幾番查探，均未從邱沛口中得到風聲。天台醉客知道這蟠塚雙兇的掌門弟子，做事頗爲牢靠，大概不等雙兇到來，消息決探不出！因在武夷山之時，從鄔通與他師弟問答之中，聽出蟠塚雙兇南來之期約在十一月間，爲時尚早，余、谷二人遂決

定先行遊覽粵中景物，等到期再來見機行事。主意既定，當然先遊羅浮。以二人這等功力，羅浮幅員又廣，故而蟠塚門下五人毫不警覺，便已入山。

遊覽數日，發現一片山谷之中，梅花數以萬計。谷飛英笑向天台醉客說道：「余師叔，你看這樣一片梅林，萬花爭放！雖然不愧爲『香雪海』之稱，但梅花品格高華，只宜於月下橫斜，水邊清淡，暗香疏影，幽絕黃昏；或者是冰地照影，雪岸聞香，淡欲無言，寒能澈骨，才顯得出韻勝格高，不同凡卉！像這等擠壓壓的，爲數雖多，卻能比桃花、李花高出幾何呢？」

天台醉客點頭讚道：「賢侄女寥寥數語，道盡梅花風韻！世間事多半是過與不及，要求恰到好處，實在太難！羅浮景色既已遊覽，我們不如……」

話猶未了，突然一拉谷飛英，雙雙飛身縱上一株老梅頂端；谷飛英也已聞得有輕微足音，走入梅林之內。果然過不一會兒，一個中等身材，四十來歲，左耳生著一個極大肉瘤的勁裝大漢，走到余、谷二人藏身老梅的右側方數丈以外，徘徊良久，面帶得意之色而出。

谷飛英認得那耳下生瘤的大漢，就是蟠塚雙兇的大弟子雙頭太歲邱沛。等邱沛走後，拉著天台醉客，走到邱沛方才徘徊之處，細加察看。只見當地毫無異狀，不過本來這一片梅林中無雜樹，但此處卻獨獨挺生一株古松。谷飛英看出蹊蹺，笑向天台醉客

說道：「余師叔！那『金精鋼母』莫非就藏在這株古松之下，我們掘它一下，試試好麼？」

天台醉客擺手笑道：「賢侄女此料卻差。藏寶之處，若就在這古松之下，邱沛等人早就掘出送往蟠塚表功去了！何必定須驚動雙兇親來主持不可？故而依我判斷，此松必與藏寶有關，但絕非藏寶之處！此時妄加挖掘，反而不美。還是等雙兇來到，探明以後再說。」

二人遂在廣東省內，各處遊覽；等到十月底間，又行回轉羅浮，暗加監視。

蟠塚雙兇「青衣怪叟」酆華峰、「硃砂神掌」酆華亭兄弟二人，卻在十一月初間，才行趕到。天台醉客暗地探明他們師徒，當夜便往掘寶。遂與谷飛英先行趕往梅林，看來看去，只有那株古松又高又大，虯枝密葉，是個不易被人發現的最好藏身所在。二人遂藏身古松，屏息等待。果然等到初更，蟠塚雙兇帶著門徒，一齊來到這片梅林之內。

谷飛英見蟠塚雙兇一高一矮，一瘦一胖，知道那獅鼻散髮的矮胖老者，便是殺母深仇的硃砂神掌酆華亭。雖然傷心眼紅，亟願一拚，但目前己方的確勢孤，何況還有這樁關係黃山論劍甚大的藏寶之事，故而只得強忍憤恨，按捺不動！

只聽那青衫長瘦老人向邱沛問道：「這片梅林之中，是否只此一株古松，你可曾仔細勘察？」

雙頭太歲邱沛恭身答道：「弟子察看總在十次以上，這片梅林又名香雪海，全是梅花，只此一株松樹。」

長瘦老人點頭不語，自懷中取出一幅白絹，展開細看。他是背松而立，月色甚朗，余、谷二人在虬密枝葉之中，同樣看得清清楚楚。只見絹上寫著幾行字跡道：「萬梅叢中，三更松影，映於兩梅之間；右邊梅下，掘地三尺，即得至寶！」末了並署有「左真方十一月十日」八字。

青衣怪叟鄺華峰向硃砂神掌鄺華亭笑道：「二弟，你可看出其中玄妙？那金精鋼母傳說係二百年前之物，埋寶之人何必留此『十一月十日』五字？據我推斷，『十一月十日』，可能係指十一月十日的夜半三更，月光所照松影之意，所以特於今日趕來。現已三更將到，邱沛可與你二、四、五師弟往西方警戒，不准他人闖入梅林，單留鄔通在此挖掘便了。」

雙頭太歲邱沛領命率人去後，硃砂神掌鄺華亭向青衣怪叟笑道：「大哥所料甚高，此寶如能到手，最少可煉兩柄寶劍；加上你我尚在精研的和合兩儀劍法，他年黃山會上，葛青霜的那柄青霜劍就不足懼！」

青衣怪叟笑道：「就因此物關係太大，我才命邱沛他們極端慎秘，你我兩人也到期才來。免得老早便打草驚蛇地，把那幾個老不死的引將出來，多費手腳！要像上次在華

山腳下，奪那碧玉靈蜍一般，既得罪了班老二，還挨了苗嶺老怪一掌，而到手的卻是一隻贗鼎，不氣死人麼？」

古松上藏身的天台醉客和谷飛英二人，關於碧玉靈蜍的被奪始末，曾聽葛龍驤說得極盡詳細。此時聽這青衣怪叟的背後之言，所得之物竟為贗鼎，二人互看一眼，不由奇詫！

這時夜色已到三更，那株古松年代足有千歲以上，枝柯虬結，蟠屈如龍，樹影自然甚大。但此時月光正好從一個山峰缺處斜照過來，古松主幹的巨影，果然投映在兩株老梅之間的正中地上。鄺氏雙兇不禁欣喜若狂，青衣怪叟得意非常，哈哈笑道：「二弟，我所料如何？若非十一月十日，月光可能不會由那山峰缺處照射，則此松影之投便非真地，不免枉費氣力！如今驪珠已得，通兒還不與我快向右邊梅下挖掘？」

松上的谷飛英見五毒神鄺通已領命，用預先帶來的鍬鏟等物，努力挖掘，生恐寶物為雙兇捷足先得，不由急得按劍欲起。但一看天台醉客卻在對自己微笑搖手，狀似成竹在胸，只得再行忍耐，以觀動靜。

五毒神鄺通掘地到了四尺左右，突然一聲歡呼！俯身自泥土之中，撿出一個三寸見方的銀色小匣。青衣怪叟見那銀匣太小，眉頭頓皺，接過打開，裏面果然只有一張白絹，但絹上卻畫有圖形字樣。

青衣怪叟展開看完，遞與鄺華亭嘆道：「我說此寶哪有如此容易到手！原來這梅下所藏，只是一張藏寶地圖。金精鋼母的真正藏處，乃在皖南九華山毒龍潭的水眼之內。毒龍潭水深數十丈，鵝毛沉底！水眼附近更有急漩，尚需大費手腳。通兒將你師弟喚回，去到皖南，再作計議。」

雙兇師徒走後，余、谷二人從松上縱下。谷飛英向天台醉客問道：「余師叔方才好像胸有成竹，你怎知道那金精鋼母的藏處不在此地呢？」

天台醉客笑道：「我並不知道寶未在此，因為聽見青衣怪叟鄺華峰，參詳出那『十一月十日』五字涵義，忽地也自想起，那『左真方』三字可能亦非人名。但五毒神鄔通居然在右邊梅樹之下，掘出藏寶秘圖，則又頗出我意料之外！賢侄女你看我們要不要往那左邊梅樹之下，也行試上一試呢？」

谷飛英把「左真方」三字，來回念了兩遍，秀眉一挑，向天台醉客笑道：「余師叔所言，料必無差！飛英也以為這『左真方』三字，定與『十一月十日』一樣，別具涵義。可笑那青衣怪叟，枉自把一個較為秘奧的隱語猜透，眼前驪珠卻未探得！他們的鍬鏟等均未取走，正好往左邊梅下試行一掘。」

余、谷二人遂合力挖掘，但掘到了四尺多深，仍無絲毫徵兆。谷飛英不覺失意，把手中鐵鍬，往土中用力一插，苦笑叫道：「余師叔！我們枉費……」

但突聽「叮」的一聲，插入土中的鐵鍬，竟然與一金屬之物相觸。谷飛英大喜過望，接連幾鍬，便把金屬之物挖出。原來又是一只三寸見方的銀色小盒，與先前五毒神鄔通自右邊梅下掘得的那只，一般無二！

天台醉客把銀匣打開，裏面所藏也是一幅白絹所繪的藏寶地圖，但比蟠塚雙兇所得之圖，卻多了十來行蠅頭小字。細閱之下，方悉鋼母由來始末。

原來昔年有位大俠歐翔，師兄弟一共五人，立願合練一種「五劍行法」，以掃蕩天下群魔，主持武林正義。但這種劍法，如能有斬金斷鐵的寶劍互相配合，威力更爲強大！歐翔善鑄刀劍，乃以二十年之力，搜聚各種五金精英，準備煉成五口寶劍，師兄弟人手一柄。誰知事機不密，歐翔剛把所得五金精英煉成鋼母，還未來得及鑄劍，群邪已然嘯聚而到。

血戰結果，群邪固然誅卻大半，師兄弟五人也均捐軀，僅歐翔一人得免。他煉劍之處，是在皖南九華山，知自已未死，群邪必然再度復來，不願將辛苦化煉的稀世奇珍淪入敵手，爲害世人，遂將鋼母貯存在一玉匣之內，藏在九華山的著名弱水「毒龍潭」內。

歐翔極工心計，以同樣的玉匣兩只，一只內盛普通鋼鐵溶液，扔在潭心的泉眼之中。真的「金精鋼母」的所貯玉匣，卻藏在「毒龍潭」尖端十丈以下的岩縫之內，並在

潭中放了兩隻異種惡龜，以資防護！果然他剛剛把「金精鋼母」藏好，對頭業已捲土重來。歐翔眾寡難敵，且戰且走，到了廣東羅浮山內，雖已逃出敵手，但身帶內傷甚重，自知難活，遂將藏寶地點繪成真假兩圖，埋藏在十一月十日三更時分，月光所照松影的左右兩株梅樹之下。

假圖之上，僅係說寶在皖南九華山「毒龍潭」的泉眼之內。真圖之中，卻不但載明歐翔冶煉藏放此寶的宗旨及詳細經過，並說「毒龍潭」不但內多急漩，鵝毛沉底，那兩隻惡龜更屬海外奇種！被歐翔無心捉來，放在潭內，渾身刀劍不入，極為兇猛！故而凡想取寶之人，必須先斬惡龍。而龍在水內，一切武功掌力均所難施，非有像那「金精鋼母」所鑄之寶刀、寶劍等物無法奏效。

最後歐翔留言：務請後世有緣得此「金精鋼母」之人，取寶之後，可到自己原來煉劍的九華山石洞內，尋出所藏的一本《五行劍訣》，就用洞中原有的劍灶、劍模等煉成神物絕藝，行道江湖，代自己師兄弟五人，了卻夙願！

天台醉客看完嗟嘆不已，谷飛英卻忽然問道：「余師叔，這歐大俠留言到此為止，但他到底結果如何？以及那幅指點這藏寶圖所在的白綾，又是怎樣會被蟠塚雙兇的大弟子雙頭太歲邱沛得到？卻均猜不出了！」

天台醉客搖頭嘆道：「天下不可盡解之事極多，哪得一一能夠弄得明白？這些細微

情節，深究無益！倒是我們藏寶真圖雖然到手，卻還困難重重。第一，我輩之中尚無善鑄刀劍之人；第二，毒龍潭的十丈弱水，何人能下？第三，蟠塚雙兇師徒已然先去皖南，雖然他們所得是件假圖，但仍須綴住，暗加監視。你柏師叔父女和葛龍驤師兄在漢中附近相候，也需前往通知他們，不必再去蟠塚，可到皖南九華山來與我們會合。漢中離此甚遠，你我共只二人，分身乏術，卻著實難於處置呢。」

谷飛英接口說道：「我柏青青師姐，外號玄衣龍女，水性極佳。自幼便在天心谷的湖蕩之中，嬉波逐浪。毒龍潭雖稱弱水，她或者可以一試。至於斬黿之物，侄女恩師的青霜寶劍，更是現成。不過我們與柏師叔一行，千里迢遙，怎樣呼應，確是問題！還有眼前雖無善鑄刀劍之人，但誰能善此，余師叔意中可有人麼？」

天台醉客方在沉吟，突然那株古松的最高之處，竟有人發話道：「余大俠不必憂煩，在下特為此事自海外趕來，尚可略效微勞，相助一臂之力！」

人隨聲下，從十餘丈高的喬松頂上，飄然墜地，點塵不驚！天台醉客暗忖，此人大概比自己和谷飛英二人還要先到，藏在松頂。松太高大，又不防另外有人，所以竟未發覺。從他縱落身法觀察，此人功力竟似不在自己以下。但仔細打量來人，卻是個五十上下的道裝之人，相貌清癯，三綹長鬚飄拂胸前，神態清奇，悠然出塵，卻絕對陌生，素不相識。

來人恭身施禮，微笑說道：「余大俠不必多疑，在下衛天衢。方才聞余大俠之言，似已與葛龍驤小俠見面，可曾聽葛小俠說起二十年之前一段隱事，和他在東海孤島之上與在下邂逅的經過麼？」

天台醉客恍然頓悟，此人原來就是那位迷途知返，以忍受一十九年殘酷荼毒，而抵銷所造無心淫孽的「風流美劍客」衛天衢。看他此時手采夷沖，分明深具上乘真覺，不由油然起敬，抱拳還禮笑道：「原來是心儀已久的衛兄駕到，請恕余獨醒眼拙！前聞葛龍驤師侄道及，衛兄難能可貴的艱苦卓行，與對他救護之德，欽遲無已！但衛兄怎不在覺羅島上清修，是如何趕上這場蟠塚雙兇的掘寶之事呢？」

衛天衢單掌當胸，含笑稽首說道：「衛天衢戴罪之身，何敢當余大俠謬加獎許？因東海神尼覺羅大師，用佛家心光占卜，說是衛某尚需為武林中盡力成就一場功德之後，才可皈依三清，無罣無礙！衛某再三思索，想想傳說中我師門長老歐翔昔年藏寶之事，意欲試探機緣。倘能將那金精鋼母尋到，以衛某鑄劍小術，煉成幾口神物利器，分贈如葛小俠那樣身手襟懷的後起之秀，用以掃蕩群魔，扶持正義，豈不甚好？覺羅神尼也贊同是舉，衛某遂自東海來到嶺南，不想蟠塚雙兇師徒，已先在準備挖掘。余大俠與這姑娘到時，因素不相識，故未招呼。後來聽出竟是平生敬佩、名列武林十三奇的天台醉客余大俠，才敢現身相見。余大俠莫愁鑄劍無人，衛某對此道尚自信略有研究，可以效

紫電青霜

勞。龍門醫隱柏大俠父女及葛龍驤小俠，與余大俠等約定在何處聚會？有何暗記？亦請見示，衛某願代往知會。余大俠這位姑娘，便可躡蹤雙兇師徒，先行去往皖南九華山毒龍潭，暗加監視的了！」

天台醉客余獨醒聽衛天衢講完，不由叫聲慚愧，暗想這真叫做「踏破鐵鞋無覓處，得來全不費工夫！」那煉製埋藏「金精鋼母」的大俠歐翔，原來就是這衛天衢的師門尊長。此人一到，不但無虞鑄劍，連龍門醫隱柏長青一行，也有人代爲傳訊。一切無法解決的難題，居然件件迎刃而解，天台醉客自然高興已極！念頭一轉，忽又想起一條妙計，遂向衛天衢引見谷飛英之後，含笑道：「我輩道義之交，一見如故！衛兄既然如此肝膽，小弟也就不再客套。龍門醫隱柏兄等一行三人，係與我等約定漢中附近相見，所住之處門外，各繪鐵竹藥鋤及酒葫蘆爲記。但小弟適才又想起一計，意欲一併奉煩衛兄……」

衛天衢不等天台醉客講完，便自接口笑道：「余大俠有事儘管吩咐，衛天衢無不樂於奉命。」

天台醉客一笑道：「我因想起與柏兄等所約見面之期，是明年的春暖花開時節，去早無益。九華山毒龍潭的弱水惡黿，險阻甚多，而雙兇所得又非真圖，何不趁此機會，爲群邪製造內訌？衛兄只須在明年三月以前趕到漢中，便不誤事。這一段時間之內，可

以沿途故意製造事端，盡量渲染蟠塚雙兇已得藏寶地圖，欲往九華山毒龍潭尋取金精鋼母煉劍！如此一來，嶗山四惡、黑天狐宇文屏等人，甚至連苗嶺陰魔均極可能心生攘奪，蟠塚酈氏兄弟豈非枕席難安？我們便可以靜觀群邪鷸蚌相爭，甚至費盡心力，代我們斬去惡黿，撈走假金精鋼母之後，我們便可不費功夫地坐享漁人之利！甚至還可以藉機收拾掉幾個元兇巨惡，也未可知！反正假鋼母不到把劍煉成，無法辨認；黃山大會之時，我們真劍在手，盡力施爲，這一干萬惡魔頭恐怕就難逃劫數了！」

衛天衢鼓掌讚道：「余大俠此計的確高妙！事不宜遲，衛某即刻依言行事。余大俠等亦請趕緊追蹤雙兇師徒，並應在不露痕跡之中，盡量破壞他們入潭取寶，使雙兇師徒疑神疑鬼，怒發如狂！則其他意圖分潤之人到時，便可坐山而觀虎鬥了！」

計議既定，天台醉客把藏寶真圖交與衛天衢細閱一遍。衛天衢所練五行掌力，與大俠歐翔所遺留的五行劍訣系出一派，看罷之後，頗多感慨，三人遂分頭行事。天台醉客余獨醒與谷飛英二人，追蹤監視並暗加破壞蟠塚雙兇的師徒取寶之事，暫時不提。

且說這位衛天衢果然一路之上，不管遇上任何閒事和武林中人，就把蟠塚雙兇巧得寶圖，正往九華山毒龍潭撈取「金精鋼母」之事，於無意之中洩漏一點風聲，然後故意警覺收口，等對方一再追問，假裝迫於無奈，才行傾吐並加大肆渲染！

衛天衢因龍門醫隱與天台醉客所約期限尚長，自己腳程又快，由粵赴陝，他竟故意繞行了桂、黔、湘、川、鄂、豫等六省邊境，把這椿蟠塚雙兇師徒認爲絕大的機密，宣揚得武林中幾乎人盡皆知之後，才逕行赴漢中附近，找尋龍門醫隱。

龍門醫隱在漢中所住旅店門外，留有暗記，衛天衢一到便自看出。他找到店中之時，正好龍門醫隱率領葛龍驤、柏青青，去往蟠塚山探聽雙兇虛實。衛天衢遂向荊芸說明身分來意，也在店中等候。過了數日，龍門醫隱等人探得雙兇的巢穴空空，疑詫而返。經衛天衢把「金精鋼母」之事，詳細說明，眾人方始恍然。

葛龍驤前次魚背浮海，在那荒島之上初見衛天衢之時，衛天衢是十九年不修邊幅，長髮長鬚，宛如野人一般！此時一換道服，他昔年本有「風流美劍客」之稱，丰采非凡，再加上滿面昂然正氣，望之若神仙中人。連龍門醫隱也覺得此人堅志苦行，確實難得，一見之下，略爲傾談，便成莫逆。

衛天衢見葛龍驤已療好雙頰沾上「萬毒蛇漿」所結瘡疤，恢復本來面目，問明大雪山求藥經過，也向葛龍驤稱賀不已！葛龍驤略爲遜謝，便向衛天衢問道：「衛老前輩，那碧玉靈蜍，晚輩親眼看見青衣怪叟鄧華峰從悟元大師貼身奪去，怎能會是贗鼎？難道悟元大師斬蟒所得，本就不是真物？但分明聞得悟元大師以此至寶，在黃山左近治癒無數傷病，豈不令人費解？」

衛天衢尚未答言，龍門醫隱業已接口答道：「龍驤賢侄，此乃衛大俠所聞蟠塚雙兇的背後之言，料非虛語！碧玉靈蜍雖已成謎，但目前尚非急務。那凝煉埋藏『金精鋼母』的先代大俠歐翔，既然準備鑄劍合練『五行劍法』，則『金精鋼母』必可鑄劍五口。我們老一輩的人物，此次黃山論劍事了，便當真正歸隱，對此並無大用；但若讓群邪得去，確足助紂爲虐！我適才默許，你恩師門下，有你尹一清師兄和你二人；冷雲仙子門下，有薛琪、谷飛英二人；獨臂窮神門下的杜人龍，再加上青兒和我新收弟子荊芸，共計七人。除已有『紫電』、『青霜』兩柄前古神物之外，如能將那『金精鋼母』得到，請衛大俠費神鑄成寶劍，恰好人手一口！將來維護武林正義，掃蕩群魔，助益必然極大！蟠塚雙兇所得雖非藏寶真圖，衛大俠一路之上又復故意洩漏風聲，誘使群邪往擾內鬨；但仍須防他們萬一發現有僞，合力群搜，你余師叔、谷師妹兩人，必然防範不及！故應萬事暫擱，先行急急趕赴皖南，加以接應！」

衛天衢連連點頭稱是，三小自無異言。一行五人，遂由漢中即日動身前往。

那蟠塚雙兇青衣怪叟鄺華峰、硃砂神掌鄺華亭兄弟二人，在廣東增城羅浮山香雪海之內，得到那份金精鋼母的藏寶假圖之後，師徒七人興匆匆地趕往皖南。

毒龍潭在九華山的一片深幽峽谷之內，四圍峭壁千重，當中便是二十來丈方圓，一

頭略闊、一頭略圓的一潭弱水。雙兇師徒按圖索驥，到了潭邊，只見潭水之中，無數急漩，尤以圖上所說的中央泉眼附近，竟有三個比圓桌面還大的漩渦，似電般急轉，黑沉沉的看不見底。

青衣怪叟酈華峰折下粗如兒臂的一段樹枝，拋向潭中，被那些急漩一捲，刹那之間便沉入潭底。伸手一試，潭水冰冷澈骨，不由眉頭一皺，向五個弟子之中水性最好的四弟子鐵臂飛魚許伯宗問道：「宗兒，你看這毒龍潭，號稱弱水，急漩又多，可是真正無法下得去麼？」

許伯宗仔細端詳水勢，肅容答道：「弱水之說，本來無稽！不過這些急漩威力確甚可怖，況時屆寒冬，潭水又深又冷，難以禁受！如依弟子之見，似應備齊水衣、水靠及繩索等物，等氣候稍微轉暖，再行下潭撈取，始較方便穩妥。」

蟠塚雙兇這等惡人，哪裡會體恤門下弟子困難？聞言以爲許伯宗懦弱無能，青衣怪叟濃眉一剔，冷然說道：「許伯宗！你莫非……」話猶未了，「呼」地一陣破空勁風，當頭壓下，一塊六、七百斤的巨大山石，被人從後面峭壁頂拋落潭中。「轟隆」一聲，潭水群飛！濺得雙兇師徒，濕淋淋的一身是水。

硃砂神掌酈華亭性格暴躁，袍袖展處，接連幾縱，便已上得身後峭壁。但四顧茫茫，空山寂寂，哪裡有絲毫人影？青衣怪叟酈華峰比較深沉，知道這塊大石之落，絕非

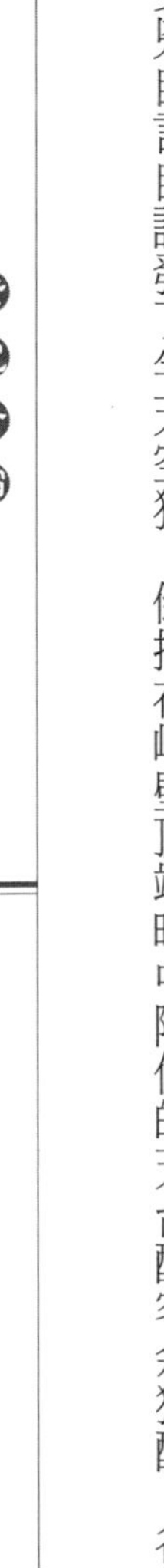

無因，但一時還想不出這樁機密，是如何洩漏及何人在上加以暗算？見鄺華亭撲空而回，滿臉悻悻之色，遂含笑說道：「二弟何必與這些鼠輩一般見識？九華景色不過如此，我們走吧！」

他表面佯做遊山興盡而返，暗地卻囑咐三弟子五毒神鄔通，悄悄轉回，看看有何人物現身，及曾否到毒龍潭邊窺探，歸報以後，再做處理。

哪知在所居留之處，一候三日，鄔通仍未見返。雙兇心知不妙，親自往探。只見毒龍潭的山石之上，擺著五毒神鄔通的一顆獰惡人頭，並在旁邊刻有一行字跡道：「毒龍潭，乃九華山勝境之一，不容奸邪之輩，無故妄加褻瀆。下潭之人，有如此首！」下面並未署名。

硃砂神掌鄺華亭見撈取金精鋼母，尚有重重困難，卻先把個三弟子鄔通斷送，不由盛怒難遏，隨手一掌，把鄔通首級和刻字山石一齊震入潭內，向青衣怪叟問道：「大哥，此事究係何人所為？是何用意？我們弟兄行道以來，何曾受過這等作弄！」

青衣怪叟鄺華峰眼珠一轉，陰惻惻笑道：「二弟不必氣惱，此事既已洩漏，下手還須趁早，遲恐生變，不能等到天候轉暖。至於殺害鄔通之人，總有一天會被查出，我弟兄饒過誰來？那時不把他挫骨揚灰，難消我恨！」

雙兇自言自語發了半天空狠，倒把在峭壁頂端暗中隱伏的天台醉客余獨醒、谷飛英

二人，看得頗爲好笑！谷飛英親仇在目，但因顧全大局，竟未輕動，博得天台醉客連連誇獎。谷飛英精靈已極，乘機苦求，就在這朝夕守護之間，學去了天台醉客不少獨門心法。

過了月餘，雙兇師徒又到了毒龍潭。鐵臂飛魚許伯宗一身水衣、水靠，腰間繫著用桐油浸透的棕纜長繩，並喝下了一瓶烈酒，藉以取暖，略抵潭水寒氣。頭下腳上，噗通一聲，躍入潭去。青衣怪叟酈華峰則親自手執長繩，面容嚴肅，注視潭中，準備隨時接應。其他三個弟子，也分在潭邊戒備。但那硃砂神掌酈華亭，卻在一塊大石之上盤膝打坐，狀似入定，對這眼前光景，竟一切付諸不聞不問。

谷飛英又待取石下擊，天台醉客伸手攔住，對她附耳低聲說道：「我們所得真圖之上，不是說明金精鋼母並不在潭心水眼之內麼？何況還有兩隻異種巨鼉，惡賊怎會得手？衛天衢雖已一路揚言，此時群邪尚還未到。爲使他們互相覬覦內訌起見，假金精鋼母也不宜讓蟠塚雙兇先行得到手中，但水眼附近急漩厲害，我料雙兇師徒急切之間，絕無善法。現在正好讓他那惡徒入水，去餵惡毒鼉！等到雙兇想出制鼉取寶之法，群邪亦將紛臨；你柏師叔父女及衛天衢、葛龍驤等人，也就應該到了。再者你那殺母仇人酈華亭，係以硃砂掌力成名，現時功勁業已運足，雙掌血紅之色，已過肘中部。休看人在石上閉目打坐，其實正用內家潛心靜覺，細聽周圍二、三十丈以內的一切聲息，稍微發現

有異，立時暴起，驟下毒手！我們不是怕他，因現還未到明面叫陣之時，而你前幾天已經殺了一個惡丐解恨，樂得憑高臨下，看看這馳名兇星師徒們，爲一匣凡鐵溶液弄得狼狽不堪的活把戲，不是很好麼？」

果然那鐵臂飛魚許伯宗下水之後，仗著青衣怪叟手挽長繩之力，避開漩渦，扎入水內。過有片時，青衣怪叟突覺手中長繩一震，潭中水花一翻，許伯宗面帶驚悸之色，從水中穿出潭面。但頭剛出水，即五官一擠，一聲慘號，又復急速沉下！

青衣怪叟不由大驚，急忙一拽長繩，末端一陣急顫，竟然有若千鈞之重！正欲運氣行功，手中猛然一輕，順手一帶。潭水微泛紅波，鐵臂飛魚許伯宗雖被青衣怪叟提出水面，但兩條大腿不知爲何物所傷，竟已齊根斷去！人雖未死，業已疼暈。

好狠的青衣怪叟，也不爲許伯宗敷服藥物，只用左掌按住許伯宗丹田，右手兩指在他中府穴上一點，勉強爲他聚集殘餘氣力，大聲喝問道：「你爲何物所傷？金精鋼母可在水眼之內？」

許伯宗連疼帶冷，全身顫抖，目開一線，氣若游絲地答道：「水眼之中，有一玉匣，但水漩太急，非有鉤撓等物，無法取得。傷我之物，是隻巨……」話未說完，人已脫力死去。

十五　群魔之爭

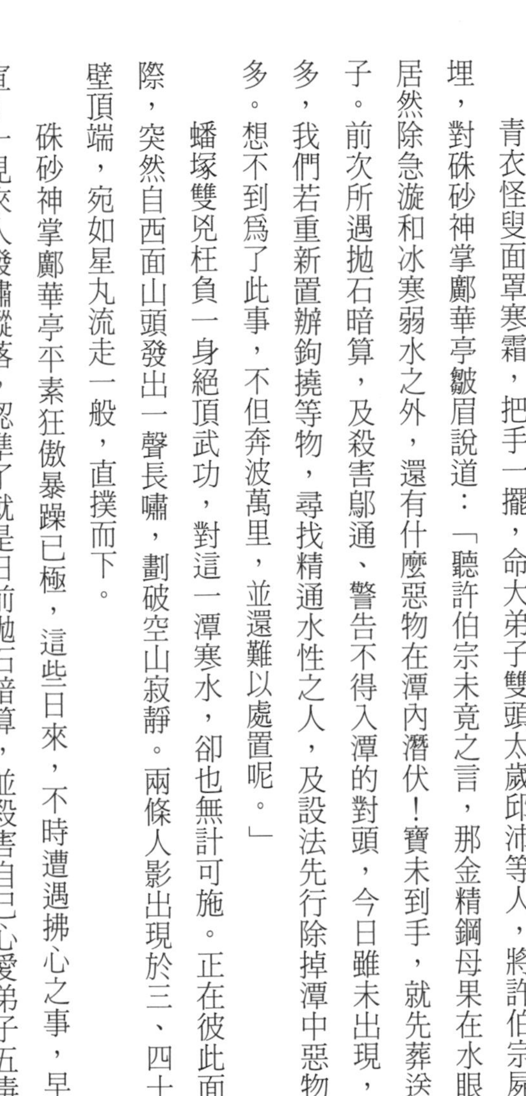

青衣怪叟面罩寒霜，把手一擺，命大弟子雙頭太歲邱沛等人，將許伯宗屍身抬去掩埋，對硃砂神掌鄺華亭皺眉說道：「聽許伯宗未竟之言，那金精鋼母果在水眼之內。但居然除急漩和冰寒弱水之外，還有什麼惡物在潭內潛伏！寶未到手，就先葬送了兩名弟子。前次所遇拋石暗算，及殺害鄔通、警告不得入潭的對頭，今日雖未出現，但夜長夢多，我們若重新置辦鉤撓等物，尋找精通水性之人，及設法先行除掉潭中惡物，需時甚多。想不到爲了此事，不但奔波萬里，並還難以處置呢。」

蟠塚雙兇枉負一身絕頂武功，對這一潭寒水，卻也無計可施。正在彼此面面相覷之際，突然自西面山頭發出一聲長嘯，劃破空山寂靜。兩條人影出現於三、四十丈高的峭壁頂端，宛如星丸流走一般，直撲而下。

硃砂神掌鄺華亭平素狂傲暴躁已極，這些日來，不時遭遇拂心之事，早已鬱怒欲宣！一見來人發嘯縱落，認準了就是日前拋石暗算，並殺害自己心愛弟子五毒神鄔通之

人，哪裡再能忍耐？氣發丹田，也是一聲暴吼！身形平拔三丈多高，迎著當先下落之人，雙掌猛然一翻，一隻手掌突然好似漲大數圍，血紅如火，帶著震耳的風聲，向來人當胸擊去。

來人哈哈一笑，並未爲酈華亭硃砂神掌的威勢所懾，袍袖一拂，也是一股腥毒狂飆，與硃砂神掌劈空勁氣當空互撞。兩人同時心驚對方功力，咦的一聲，一南一北，雙雙落地。

青衣怪叟酈華峰自雙方空中換掌，業已認出來人，眉頭一皺，暗想目前不宜再樹強敵，生恐酈華亭出手一掌，未曾討得便宜，盛怒之下，可能不顧一切，再度進擊，弄得不可收拾！遂急忙運用絕頂輕功「移形換影」，身形微晃，便自搶出酈華亭之前，向來人含笑拱手。正待開言，稍後的第二條人影，也已當頭飛到，半空中便自發話道：「酈老大，華山一別，想不到又在此地相逢！令弟好狠的硃砂神掌，一見面就立下絕情。幸虧我大哥功力精湛，若換了我班老二，豈不一下便自了賬？投桃報李，你也嘗一下嶗山兄弟的五毒陰手如何？」

來人正是萬里追蹤，在大雪山中，被葛龍驤杵中藏劍劈死八臂靈官童子雨之後，並又吃了奇女子冉冰玉之師七指神姥大虧，鎩羽而還的嶗山殘餘雙惡——逍遙羽士左沖和冷面天王班獨。

嶗山四惡輕不離群，在武林十三奇中人數最眾！青衣怪叟鄺華峰此時僅聽說追魂燕繆香紅在嶗山殞命，尚不知八臂靈官也在藏邊授首，此時此地，怎肯輕自招惹？回頭向二弟鄺華亭一使眼色，雙雙避過班獨所發掌風，含笑說道：「我兄弟在此有事，竟有不敢露面的鼠輩從旁加以暗算。左、班二兄來得太已湊巧，以致引起誤會，請勿介意！八臂靈官童三兄可好？班兄你……」

冷面天王班獨知道蟠塚雙兇，一個陽剛，一個陰柔，但均驕傲已極，素不讓人。此時突然笑顏相向，頗出意外！聽鄺華峰問起童子雨，頓時恍然對方是心切得寶，不願多樹強仇，並略怯自己弟兄勢眾。遂一看自己斷去的左臂，濃眉雙剔，冷笑說道：「我三弟因另有要事，少時即至。班老二一時輕敵，誤中柏長青老賊之女的透骨毒針，自斷一臂，有何足惜？上次華山相會，奪那武林至寶碧玉靈蜍，被你撿了便宜。那筆賬業經邴浩老魔約定，明年中秋，在黃山始信峰頭論劍之時再算，此時也不再提。明人之前，不說暗話，這毒龍潭中的金精鋼母亦非有主之物，應該如何處理，嶗山兄弟但聽一言！」

青衣怪叟鄺華峰真想不出，這毒龍潭藏寶地圖埋藏得那等隱秘，幾個弟子又未離開半步，這風聲是怎生洩漏？見冷面天王班獨詞色，咄咄逼人，自己二弟的面上已現憤色，知道一個安排不善，取寶之事將生無數波折！遂又望了硃砂神掌鄺華亭一眼，示意他務必忍耐。然後回手在懷中取出前在華山悟元大師身畔奪來的碧玉靈蜍，向嶗山雙惡

左、班二人笑道：「華山之事，我與班兄同樣受人所愚，費盡心機所得來的這碧玉靈蛛，不過是隻贗鼎，並非真物！酆華峰在武林之中尙有微名，請信我絕不致以虛言相誑，至於這毒龍潭中的金精鋼母，確係無主之物。雖然我兄弟先來數日，並爲撈此寶，業已死了兩個門徒，但念在江湖義氣，左、班二兄如若有意，寧願讓你先取。不過話要說明，這毒龍潭不但號稱弱水，金精鋼母係藏在水眼之內，爲急漩所阻，極難取得之外，水中並還有兇惡之物隱伺。方才我四弟子許伯宗即爲所傷，二兄如欲入潭，請自量力！」

這時在高處暗中隱伏監視的天台醉客余獨醒與小俠女谷飛英二人，見衛天衢沿路洩機之計，業已生效，頭一批來的就是嶗山雙惡，不禁暗喜。雖然聽得青衣怪叟口出不遜，也爲了顧全大局，付諸一笑，未予置理。

逍遙羽士左沖自飛落之時，在空中與硃砂神掌酆華亭互相對了一掌之後，始終由班獨發言，站在一旁不言不動。此刻聽青衣怪叟酆華峰竟肯讓自已兄弟，先行入潭取寶，但又藉著說明潭中厲害，暗加威脅。不由淡笑一聲，向青衣怪叟冷冷說道：「多承酆兄相讓，急漩弱水，人力確難克服。至於還有什麼兇惡之物，我就不信能兇惡過我們這著名的雙兇、四惡不成？二弟且在一旁把風，讓我下潭試觀究竟！」

說罷身軀一側，右手一揚，外著道袍飛向冷面天王，裏面竟已穿好一身水靠。也不

要什麼繩索等物，雙足一點，便自躍入潭中。微微一響，一個波紋慢慢散開，連水花均未濺起多少。

青衣怪叟真想不到，逍遙羽士左沖竟有這好水性，見他入潭身法，便知比那鐵臂飛魚許伯宗不知高出多少！心中倒有些不安起來，恐怕萬一左沖居然得手，自己有話在先，卻是如何改口？硃砂神掌酈華亭早就忿恨左沖、班獨二人，但被兄長一再示意制壓，索性賭氣不管，站在一旁，冷眼觀看潭中動靜。

左沖下潭不久，潭中突然惡浪山立，水花飛濺起丈許高下。原來頗為清澈的潭水，攪得渾濁不堪！潭邊諸人個個行家，一望而知，嶗山大惡逍遙羽士左沖，在這毒龍潭中已遇見了什麼兇惡之物，正在互相搏鬥！冷面天王班獨，更是關心兄弟，功行獨臂，靠近潭邊，凝神注視潭水之中，準備隨時接應大哥逍遙羽士。

這時潭中波浪，越來越大。近中心的兩個最大漩渦之間，突然自水底隱隱沖起一條水線，霎時便近潭面。一現身形，正是逍遙羽士左沖，濃眉倒豎，滿面獰厲憤怒之色！目光電掃眾人，一語未發，深深提足一口真氣，又復掉頭潛入潭內。人一入潭，惡浪立作！這回左沖回得更快，身後卻追著一隻頭如栲栳的極大巨黿，爪掌翻波，與逍遙羽士左沖追了個首尾相接。

左沖本是人在水中，一身精妙武功無法施展，才誘那巨黿追上水面，設法除去。但

此時見巨黿劃波破浪，來勢太速，自己那好水性，由一丈以外的距離，轉眼之間已將追上！不由得只好略更原計，足下連連盡力跟水，並猛揮雙掌，倒抽水流；身軀借勢震起了六、七尺高，半空中運足五毒陰手，向那追過了頭的碩大兇黿，用摔碑重掌，一掌劈空擊下！

左沖雖然功力絕倫，不過這樣出掌，威力自然要比平日略遜；何況巨黿身在水中，不易受力。一陣腥毒狂飆過處，潭水群飛！但巨黿卻不過微微搖擺了兩下，口中作吼嗚，兇睛一閉，慢慢地又復沉入潭內不見。

左沖發掌擊黿之後，人已借勢縱回岸上。見自己五毒陰手無功，巨黿已隱，名氣頗大的武林十三奇中人物，親自出手，竟然奈何不了一個這種蠢物，怎不心中羞愧？見二弟冷面天王與酈氏雙兇俱在身畔，只得自找台階，向青衣怪叟酈華峰冷冷說道：「酈兄所說不虛，金精鋼母是個玉匣，果然藏在潭心水眼之內！左沖水性，雖不敢自詡天下第一，但對這種所謂的急漩弱水，卻並未放在眼內。所難的倒是那異種兇黿，方才被我誘上潭面的只是一隻公黿，還有一隻母的潛伏潭底，不肯追出。巢穴恰好就在金精鋼母的玉匣之上。此物不除，至寶難得！我方才業已度過，兇黿周身刀劍不入，非有神物在手，不克為功！可惜我三弟的紅毛緬……

「左沖兄弟就此告退，就以一月為期，你我各做準備。屆時或者合力取得均分，或者各憑藝業爭奇，均可再議。但這月之中，如有人膽敢私入此潭，妄圖取寶，則即成我嶗山兄弟生死之敵！」一番話罷，朝雙兇師徒將手微拱，便與冷面天王班獨二人揚長而去。

左沖發話之時，酈華峰一語不答，傾耳靜聽。話完人走，蹤跡一渺，青衣怪叟突然氣發丹田，一陣極長聲的獰笑！知兄莫若弟，硃砂神掌酈華亭聽兄長的這種長聲獰笑一發，就知道青衣怪叟也容不得嶗山雙惡的狂傲神色，已動殺機！他早已鬱怒於懷，自然乘機再行挑撥。雙兇師徒一番研議，就在這毒龍潭邊商量定了算計嶗山二惡之法，自以爲穩妥機密已極。哪裡知道這些詭計凶謀，早已被用絕頂輕功暗暗滑下峭壁，藏身在兩、三丈外，屏息靜氣、傾耳竊聽的天台醉客余獨醒，聽了個一清二楚！

晃眼一月，嶗山二惡果然如約而至。逍遙羽士左沖剛與班獨一同翻上毒龍潭外的排雲峰頭，突然側地一聲輕響，從七、八丈外的叢樹之間，向二人迎面打到一件暗器。

左沖微一側身，將打來之物接到手中，未及展視，面色已變！原來他入手便知，那是一團紙條。距離這遠，當中又未包有石塊等物，不但準確打到，並能發出破空輕響，擲這紙團之人的功力可想而知！他先不展視手中紙條，只向冷面天王班獨說道：「林中是友非敵，二弟去看看是哪位高明人物？」

說話之時，左沖目光始終未曾離開發出紙條的林口那株大樹，但等班獨縱過之時，業已樹上空空，渺無一人！左沖展開紙條，只見上面寫道：「字諭左沖、班獨，蟠塚酈氏雙兇險惡已極！師徒五人在此一月之內，煉成大量五毒神砂，定計仍讓左沖先行入潭，殺鼉取寶；消耗精力之後，驟出不意，對爾兄弟加以暗算，傷人奪寶，一舉兩得！特此警告，慎之慎之！」

這張字條，雖是一番好意，但口氣卻不太客氣，竟然好似嶗山二惡的前輩所留。左沖看罷，眉頭一皺，向冷面天王班獨說道：「二弟，這毒龍潭取寶之事，據我看來，業已牽扯甚多。紙條所書，未必屬實。我們必須謹慎應付，不要冒冒失失地中了旁人的挑撥離間之計才好。」

班獨一張死沉沉的臉上，滿罩殺氣，「哼」的一聲冷笑說道：「當初在華嶽廟前，酈華峰乘我掌震悟元賊禿之時，搶先撿了一個現成便宜。日前卻不知從何處弄來一隻假的碧玉靈蜍，加以解釋搪塞，實在可恨！尤其是酈華亭那廝，就好似他那硃砂神掌，具有多少驚天動地的功力似的，一臉狂傲之色，令人難耐！這紙條不管何人所留，是假便罷，倘若是真，要不反其道而行之，先給他們點厲害瞧瞧，還真以爲我們嶗山兄弟，是那無能、任人作弄之輩。」

左沖仍然半信半疑，但也未再與班獨辯駁。雙雙趕到毒龍潭邊，蟠塚雙兇師徒五人

業已先到。青衣怪叟酈華峰越眾當先，滿面春風，抱拳笑道：「左、班二兄，一月辛勞，覓來何種神物利器斬那兇鼉？我兄弟先來是主，仍顧念在武林道義，禮讓左兄等下潭先取！」

逍遙羽士左沖見酈家兄弟今日均是一般笑臉迎人，心中不由一懍！冷眼電掃他師徒五人，竟發現左肋衣下，均有形狀大致相同之物，暗藏在內。但若非先知底細，卻難看出！這才知道來路所得訊息，果然不差！冷面天王目綻兇光，剛叫得一聲：「大哥……」左沖未加理睬，也向青衣怪叟酈華峰，含笑答道：「左沖兄弟慚愧無能，虛度這一月光陰，並未尋得什麼制鼉之物。倘若冒失從事，只怕有去無回！酈兄禮讓之情，只有心領！下潭取寶之舉，想來已有妥密妙算。當仁不讓，請自施為，我兄弟不才，為酈兄貴師徒接後陣吧。」

青衣怪叟等人本係謀定而動，以為嶗山二惡均在夢中，但等假手左沖之力，入潭殺鼉取寶，然後突加暗算；既得奇珍，又可藉機除去他日強敵，豈不一舉兩得？哪裡曉得暗室虧心，隔牆有耳！他們這等一樁極大機密，又被天台醉客余獨醒予以洩漏。青衣怪叟何等機靈？一聽逍遙羽士左沖答話，便知奸謀敗露，雙方翻臉在即。在此情形之下，只有出其不意，驟下毒手，先佔得一些上風，再做計較！遂仍神色不動，哈哈笑道：「左兄快人快語，酈華峰恭敬不如從命。二弟，還不率領邱沛他們脫衣準備行事。」

硃砂神掌鄺華亭與雙頭太歲邱沛等人，一聽鄺華峰發出號令，動作迅捷已極；身上外衣甩處，不但手中業已扣好兵刃，連左手上的鹿皮手套也均戴好，伸向左肋下盛放五毒神砂的軟囊之內，欲待發砂傷敵。

但他們到底是中途變計，匆促發難；而嶗山二惡卻是先得警告，有備而來，行動自更敏捷！青衣怪叟話猶未了，逍遙羽士一聲輕哂，肥敞的道袍大袖揚處，那柄曾經使龍門醫隱柏長青受窘一時的精鋼摺扇，帶著勁急來風，閃電般點向青衣怪叟左胸前的「期門穴」。

冷面天王班獨，卻向硃砂神掌鄺華亭一揚獨臂，打出三隻追魂燕繆香紅的遺物「追魂鐵燕」！銳嘯聲中，分左、右、中三方，歪歪斜斜地飛到了鄺華亭頭頂之上，互相交會激撞，觸動機括，燕嘴一開，口內所藏毒針，宛如光雨流天，將硃砂神掌鄺華亭的身形籠罩在下。人卻藉著蟠塚雙兇驟遇辣手，自顧不遑的這刹那之間，飛身縱向雙兇的三個殘餘徒弟面前。獨臂一揮，表面上是用了一招鐵琵琶手法「手揮五弦」，其實業已運足了五毒陰手的內家掌力，含蘊在內。

「追魂鐵燕」是繆香紅仗以列名武林十三奇的江湖中著名毒辣暗器，鄺華亭如何不識？但因嶗山二惡發動太快，自己與弟還未及伸入盛五毒神砂的軟囊之中，燕口針雨業已由天飛降！

匆促之間，倒也真無別計。硃砂神掌鄺華亭只得運用鎖骨神功，把那矮胖身軀盡力縮小，然後就地連滾。「龍門三躍」手腳連撐，算是毫髮未傷地逃出了追魂鐵燕的威力圈外。

但蟠塚雙兇的大弟子雙頭太歲邱沛與他二師弟三人，怎能接得下冷面天王班獨的蓄勢一擊？「手揮五弦」的鐵琵琶手法，雖被勉強避過，可是跟蹤而來的「五毒陰手」所化腥毒狂飆，卻禁受不起。雙兇的最小弟子立處最近，首當其衝被那強烈掌風震得肺腑皆裂，七竅溢血，人也飛起了三丈多遠，墜入毒龍潭內。

蟠塚雙兇門下，本以大弟子雙頭太歲邱沛，與二弟子惡鍾馗潘巨二人武功較高，尤其是這惡鍾馗潘巨，已得青衣怪叟的近七成真傳，知道冷面天王班獨與師父同列十三奇，在武林之中，聲望伯仲，憑自己與大師兄這點功力，合手施爲，也接不住二十回合以上，妄自逞能，無非自行找死！遂與雙頭太歲邱沛略打暗號，四掌齊推，也是劈空掌力，從橫裏截住班獨所發的腥毒狂飆，人卻雙雙倒縱而去，半空中鹿皮手套揚處，兩把五毒神砂化成漫空毒霧，向冷面天王班獨迎頭灑蓋面下。

冷面天王哈哈一笑，道：「米粒之珠，也放光華！不過你們居然能接老夫一掌，已算不錯！」獨臂再揚，狂飆起處，邱沛、潘巨二人所發的五毒神砂，立被震散。班獨正待就勢追殺，一條人影已自當頭飛墜，正是方才幾爲追魂鐵燕所傷的硃砂神掌鄺華亭。

二人功力恰好相反，一個陰柔，一個陽剛，修爲相若，旗鼓相當。

另一旁青衣怪叟鄺華峰，赤手空拳，真還敵不住逍遙羽士左沖的精鋼摺扇。不到三十照面，業已捉襟見肘，手忙腳亂。這才逼得他拚命連攻三掌，脫出逍遙羽士的扇風之外，雙手一探腰間，撤下了一對二、三十年未曾動用的罕見外門兵刃「龍虎雙扣」。

他這龍虎雙扣，是對比海碗略大的精鋼鐵環，每隻淨重二十八斤，環上和把手相對之處，鑄有龍頭虎頭各一。龍鬚虎牙，堅銳已極，露出環外約有三寸，專門用來點穴及鎖拿敵人兵刃。

青衣怪叟兵刃在手，面罩殺氣，目視神光。雙扣互相一錯一震，噹啷啷響起一片龍吟虎嘯之聲，確足懾人心魂！但逍遙羽士左沖身爲嶗山四惡之首，是何等人物，豈會爲他這種威勢所懾？精鋼摺扇，點、打、劃、拿，使的是八仙扇法「韓湘吹笛」、「果老騎驢」，身形靈妙，招術精奇。與青衣怪叟獨創精研的奇絕秘學「子母陰陽扣法」，也是打了個勢均力敵。

二惡、雙兇正在捉對自相廝拚，但最窘的卻是蟠塚雙兇的兩位殘餘高足，雙頭太歲邱沛和惡鍾馗潘巨二人。每人的左手鹿皮手套之中，均扣了一把五毒神砂，但眼看著兩位恩師與強敵惡戰，卻眼巴巴無法插手相助。

在峭壁絕頂秘洞之中的天台醉客余獨醒和小俠女谷飛英，見己方的誘虎吞狼之計奏

效，下面毒龍潭邊，打了個沙飛石走，虎躍龍騰，熱鬧已極！正在含笑指點，天台醉客突然目注遠峰，面帶驚訝之色低聲說道：「飛英侄女，你快隱秘身形，遙峰那點灰影是何人物？方今武林之中，除你師父葛仙子與不老神仙涵青閣主之外，還有何人有此功力？」

谷飛英見天台醉客說得這等鄭重，依言藏入垂覆洞口的藤蔓之後，偷眼遠眺，果然看見對崖左側的第二座高峰之上，有一條灰色人影，正往毒龍潭方向而來。稍一移動，便是十六、七丈！這樣的絕頂輕功，就是龍門醫隱、獨臂窮神及余師叔等醫丐酒武林三奇，也難以達到此種境界。

哪消多久，灰色人影已在二人隱藏之處的對面崖頂現身，低頭觀察下面毒龍潭邊二惡、雙兇的爭鬥情形。天台醉客看清來人，瞿然一驚，低聲自語道：「我道何人有此功力，原來是他！衛天衢到底繞了多少地方？居然把這老魔頭引來，真不容易。」

谷飛英見對崖那人，是個五十來歲的長鬚老者，穿著一件灰色長衣，貌相清奇，仙風道骨，看去是個名門正派的絕頂高手。但余師叔卻叫他老魔頭，不知何意？正待啓問，灰衣老者的一雙極長疏眉微蹙，袍袖一展，便在那三、四十丈的高峰之上，往下飄然縱落。

鄺氏兄弟與嶗山兩惡鬥得正酣，突然一條人影自天而降，半空聲帶微慍，發話說

道：「黃山論劍之期已在不遠，你們這些自命不凡人物的愚笨行徑，真要把人笑死，還不快停止這種無謂爭鬥。」說話之間，雙手一分，兩股無形勁力隔斷了兩處的對戰之人，神儀巍然，輕輕落地。

雙兇、二惡平素行事，不容任何人插手，本待把彼此的滿腔怨毒，一齊轉向來人發洩，但抬眼看處，認得來人正是群邪之中的出類拔萃人物，苗嶺陰魔邴浩。知道除非聯手合鬥，不然誰也不是這老魔頭對手。只得如言暫停爭鬥，等這苗嶺陰魔說明來意。

苗嶺陰魔邴浩，見這幾位著名兇星亦對自己略爲憚服，面上立時換了一副笑容，和聲說道：「老夫正爲明歲中秋的黃山十劍之會，在苗疆苦練幾種神功，準備到時應付諸一涵、葛青霜的璇璣雙劍和乾清罡氣。突然次徒姬元得聞傳言，說是鄺兄昆仲得了昔年五行門大俠歐翔的藏寶地圖，率領門下在這九華山毒龍潭內撈取歐翔畢生冶煉、未及鑄劍的金精鋼母。老夫初聽之下，未覺有異，但仔細一想，鄺兄昆仲若真獲寶圖，定然極端隱秘，怎會弄得江湖之中有那麼多人物知曉？故而猜出可能是哪個老怪物藉此爲餌，想要誘使諸兄自起相殘，以削減我輩明年黃山之會實力。所以不辭跋涉，萬里趕來，果然賢昆仲已與左、班二兄交手。老夫願做調人，請諸兄釋嫌修好，彼此合力行事，免爲那幾個古怪精靈的老厭物所算。」

青衣怪叟鄺華峰聞言，仔細一想，果覺事有蹊蹺，怒氣稍平，自懷中取出那幅自廣

東羅浮山內得來的藏寶秘圖，遞與苗嶺陰魔，笑道：「得圖之事無訛，但這機密怎會弄得江湖盡知？確如邴兄所言，是個絕大疑問。」

苗嶺陰魔接過秘圖，反覆細看絹色及字跡圖畫，並細問得當時前後經過，點頭笑道：「這幅藏寶秘圖不假，確是百餘年前之物！諸兄到此甚久，金精鋼母迄未取得癥結困難所在，大概就是潭中的那兩隻異種惡黿。老夫既然來此，自當略效微勞。左兄水性最佳，就請煩神將惡黿引上水面，讓牠試試老夫火候尚未到家的都天神掌！黿死之後，即請左兄在泉眼之中，取出金精鋼母。如此則鄺兄昆仲羅浮得圖，左兄入潭取寶，老夫斬黿，彼此出力均等。劍共五口，煉成之後，正好每人一柄，公平分配！諸兄意下如何？」

雙兇、二惡等人略爲計議，均覺得別無良策，一齊首肯。逍遙羽士左沖倒是說做便做，卸去外衣，水花微起，人已躍入毒潭內。苗嶺陰魔邴浩則仍神色自若，與鄺氏雙兇及班獨等人，隨意談笑，未見絲毫運氣作勢。

未到片刻，潭中惡浪又作，逍遙羽士左沖不時在浪內現身，引逗得潭底的兇黿怒發如狂。兇黿揚起兩顆巨頭，破浪窮追！三條水線如同急箭離弦一般，相向潭邊沖來，剎那之間，便出水面。左沖故技重施，雙掌拍水，騰空拔起七、八尺高，右腳自踹左膝，「紫燕斜飛」，竄回岸上。

苗嶺陰魔邴浩依舊不慌不忙，雙手攢拳，一握一放，掌心虛空往外微拍。也未見有絲毫破空勁氣，那兩隻連逍遙羽士左沖五毒陰手都傷不了的異種兇鼉，登時腦殼無端自爆，飛落一潭血雨，幾個翻轉，便自雙雙死去。

兇鼉既死，左沖再度入潭。這次時間反較上次更長，足足過了有頓飯光陰，才懷抱著一個二尺見方的銀匣，滿面疲憊之色游出水面上得岸來，先掏取兩粒靈丹服下，搖頭苦笑說道：「我先前真小覷了這毒龍潭，哪知泉眼急漩，水力果然極大。我空人進入尚可，但帶這銀匣鑽出之時，卻竭盡全力，猶覺艱難，幾乎永遠葬身其內。」

眾人看那銀匣，乃通體純銀所鑄，並無絲毫隙縫，分量卻並不大。拿在手中一搖，裏面果然貯的是液體流動之物。

苗嶺陰魔笑道：「諸兄何人善鑄刀劍？」

這句話把雙兇、二惡問了個面面相覷，心中各自暗叫慚愧，不但無人會鑄刀劍，連精於此道之人，心目中均思索不出。難道要把這匣蓋世奇珍，交給普通拙匠熔鑄不成？

苗嶺陰魔見狀笑道：「諸位不必為難，苗人最善鑄煉刀劍，我二弟子姬元便是此中能手。可將金精鋼母交於我，今年年底請赴苗嶺九絕峰頭赤蘇洞中取劍，以備明歲黃山之用。老夫僅留一柄，絕不食言，諸兄難道還信不過麼？」

左沖、班獨與鄺氏雙兇，一來知道這苗嶺陰魔邴浩不輕然諾，一言既出，絕無更

改！二來倘或不允，這老魔頭惱羞成怒，恃強硬奪，又無人能是敵手。遂略為觀望，一致首肯。

苗嶺陰魔邴浩接過銀匣，向眾人笑道：「功成身退，往哲名言。這毒龍潭之事已了，我們就此分手。老夫來此之時，昨日曾見龍門醫隱柏長青等一行五人，也似往這九華山疾趕。彼此尚未到破臉時期，正好把潭內鼉屍去掉，讓他們看不出金精鋼母已為我們捷足先得，徒勞無功地去嚐嚐急漩弱水的滋味，豈不是妙？」

雙兇、二惡等人一齊讚好，大家合力清除了潭中惡鼉遺屍，舉手為別，各自賦歸。

小俠女谷飛英見苗嶺陰魔等人，費了那麼多心血，只撈上一匣假金精鋼母，還在自詡得計，以使別人上番惡當，不由忍俊不禁，正待縱聲發笑，天台醉客卻向她搖頭示意，用手一指對崖。谷飛英定睛看時，只見方才明明業已走遠的苗嶺陰魔，竟又在對崖峭壁之上悄悄現身，往毒龍潭中注視良久。見無絲毫動靜，才面露得意之色，身形動處，在那些斷崖絕壁之間，宛如凌空虛渡一般，飄飄而去。

天台醉客等老魔頭身影消逝遙峰，才向谷飛英出聲笑道：「賢侄女，你看這老魔頭何等狡猾！假金精鋼母已然到手，還要悄悄掩回，躲在崖頭看半天才走。你方才若一出聲，被他識破機關，豈不前功盡棄？在你柏師叔到來，撈取真金精鋼母之時，橫生多少無謂阻力。今日之事，可惜邴浩老魔來早片刻，不然雙兇、二惡虎狼相拚的那番劇鬥，總有一方要吃大虧，豈不甚妙！想是這干惡魔運數尚未全盡，此時敵蹤已逝，我們往毒龍潭邊，等候你柏師叔等人去吧！」說罷手挽谷飛英，一同運用絕頂輕功，踏葉行枝，從壁上的草樹之間，往毒龍潭邊飛縱而下。

二人到得毒龍潭邊，徘徊未久，西北峰頭已有人影閃動。天台醉客撮唇輕嘯，峰頭也有嘯聲相和，霎時老少五人電疾馳下，果然是龍門醫隱、衛天衢，帶著葛龍驤、柏青青和一個陌生靈慧少女。

眾人相互禮見。谷飛英與柏青青是要好姐妹，見他們不虛此行，葛龍驤臉上已復舊觀，容光煥發，也不禁代她高興，拉著柏姊姊走向一旁，細問大雪山求藥光景。

龍門醫隱與衛天衢聽天台醉客說，不但嶗山二惡來此火拚，連苗嶺陰魔也被引來殺黿取寶，一齊深深警惕。這老怪果然功力驚人，中途趕過自己一行，竟會依然毫無所覺！天台醉客則聽得葛龍驤杵中藏劍，劍劈八臂靈官，方始恍然童子雨業已先登鬼籍，故而始終不到之故。

龍門醫隱點頭叫過在石上並肩而坐，喁喁細談的柏青青和谷飛英，在她們身畔取出紫電、青霜兩寶劍，互相一比，長短形式，分毫不差！一對前古神物，不知分離了幾千百年，今日居然在此合璧！

衛天衢雙劍在手，賞鑒讚嘆，突然失聲笑道：「我們前在漢中，點計人數，他們小

一輩的師兄弟姊妹們，共計七人，那金精鋼母可以鑄劍五口，加上這紫電、青霜，正好人各一口。柏大俠所居天心谷，其名甚佳！我鑄劍之時，劍形及尺寸長短完全仿照這紫電、青霜，但把劍柄末端鑄成心形，連同這兩柄前古神物，定名爲『天心七劍』！就讓他們小兄弟姊妹們開創一個『天心正派』，上體天心，爲江湖中斬除不平，主持正義，不是一件千古美談麼？」

眾人一齊拍掌讚好，龍門醫隱突然想起一事，向天台醉客問道：「群邪方才收拾那兩隻鼊屍之時，余兄可曾看見那兇鼊是四足還是三足？頭頂之間，可有一個微微隆起的肉包麼？」

天台醉客余獨醒還未答言，谷飛英已然搶先說道：「那兩隻兇鼊是三條腿的，我看見過兩次，頭頂果然有個小小肉包。柏師叔問此作甚？」

龍門醫隱笑道：「這三足兇鼊，乃海外異種，終身只交配一次。而且小鼊生下之後，即被母鼊自行吞食，除有特別原因之外，極難倖存，所以此物至今已將絕種！這種兇鼊，除那頭頂肉包一處致命以外，全身堅逾精鋼，連寶刀寶劍均所難傷！苗嶺陰魔揮掌立斃，功力固足驚人，但也爲我們省了不少手腳。我問此之故，是因爲若是普通的鼊鱉之屬，這兩百年來，潭中定已滋生無數，豈會始終只有兩隻？但凡事小心爲上，青兒下潭取寶之時，仍將紫電劍帶在身畔，以防萬一。」

眾人一齊讚佩龍門醫隱老成深算，顧慮周詳。柏青青來時早已穿好自己特製的魚皮水衣，無須另換，只把外服脫去，紫電劍緊插肩頭。走到昔年五行門大俠歐翊所遺藏寶圖所說的毒龍潭尖端之處，略爲打量水勢，避開漩渦，貼著潭邊潛入水內。

天台醉客與谷飛英，見柏青青果然不愧「玄衣龍女」之名，下潭時所泛波紋，竟比逍遙羽士左沖還小，知道無妨。龍門醫隱則更深悉女兒自幼就在天心谷中，嬉波逐浪，只有那葛龍驤略通水性，卻不精深，想起自己懸崖撒手、魚背漂流的那種滋味，和眼前這一潭寒水無數急漩，不由爲心上人關懷過甚。見柏青青久未出水，有點急得搓手頓足。

十六　驚魂之夜

又過片時，水花一翻，柏青青臉帶笑容，空手浮起上岸，眾人急問究竟。柏青青見葛龍驤焦急之狀，不由失笑道：「這毒龍潭水不過稍冷一點，雖有急漩，不但不在潭邊，並也難不倒我。龍哥何以如此擔心？那金精鋼母果如藏寶圖上所載，是在潭下十丈左右的岩縫之內。但時隔近兩百年，陵谷稍有變遷，那岩縫業已傾塌，金精鋼母所貯銀匣夾在其中，極難取出。我用紫電劍在四周慢慢挑削，現已功成在半，上潭稍微歇息之後，下去便可取得。不過那金精鋼母好似分量頗沉，在水中雖無妨礙，上岩之時，定極費力。龍哥最好打根長繩，我在水中縛好，一拽即得，豈不省事？」

葛龍驤劍眉一皺，暗想在這樣深山幽谷，卻到哪裡去打長繩？除非弄些葛藤之屬做上一條。正在矚目四視，谷飛英已自笑道：「青姐，你出這難題，難倒了葛師兄，卻難不倒我。我去找根極好長繩給你。」

縱身躍過幾堆山石，在那些比人還要高的亂草叢中，找來了一條有桐油浸過的棕纜

長繩，向柏青青笑道：「這條長繩，是蟠塚雙兇命他們門下弟子鐵臂飛魚許伯宗，初次下潭所用。青姐看看可合用麼？」

柏青青休息這久，疲勞已消，接過谷飛英手內長繩，將一頭拋給葛龍驤，嫣然一笑，又復轉身扎入潭內。

這回卻快，僅約盞茶光景，葛龍驤便覺得手中長繩微震，知道柏青青業已得手，大喜過望。長繩連挽，柏青青雙手捧著一個與苗嶺陰魔攜走的同型銀匣，自水底隨繩冉冉上升。一出水面，那銀匣果然極重，陡的一沉，葛龍驤功貫右臂，奮力一提，連人帶匣一齊飛上岸來。衛天衢單臂一伸，恰好把銀匣接個正著，匣上鐫有「金精鋼母」四個鐵線篆字。

眾人齊喜功成，紛紛慶賀，谷、荊二女卻陪著柏青青去往石後僻處更衣。

衛天衢笑道：「鋼母既得，原主歐大俠的寶圖之上說得分明，不但在九華山石門洞內劍灶、劍模等所有鑄劍之物，應有盡有，並且還有一本《五行劍訣》，藏在洞中。若能尋得這現成古洞，豈不把這極為沉重之物搬運出山，另覓鑄劍之處，強得多麼？」

天台醉客笑道：「天下事就有如此巧合，小弟最嗜登臨，天下名山足跡幾遍。十餘年前，遊這九華山之時，曾經發現一片山壁有異，當時未加深尋。此刻想起彼處形式與「石門洞」三字，確似頗有關連。青青侄女出水之前，我已將方向辨好，諸位隨我前往一試。」

余獨醒頭前領路，越過兩處峰巒，來到一條幽谷之內。那幽谷又狹又長，但走到盡頭，一片排天峭壁阻住去路，竟然是條死谷。

眾人方在詫異，天台醉客手指那排天峭壁，向龍門醫隱及衛天衢等笑道：「柏、衛二兄，你們仔細看看，這片石壁上的苔蘚之色，可與別處略微有異麼？」

柏、衛二人聞言，果然覺得這峭壁正對谷路當中，似有圓形一片顏色稍枯，不及四外的同樣苔蘚，來得肥潤，但這種差別極微，不是存心細察，再好目力也難看出。天台醉客借過葛龍驤肩頭長劍，削去幾片苔蘚，雙掌搭住山石，試一用力，回頭笑道：「果然有點意思，但我獨力難支。柏兄以少陽神掌，衛兄以五行掌力，同時施爲，助我一臂。」

龍門醫隱與衛天衢應聲出掌，這三位的功力聯合施爲，說玄點真能移山倒嶽，何堅不摧？那苔色稍枯之處，果然中空，是用從別處運來的一塊萬斤巨石堵塞起來。

三人功力齊運，巨石業已隨手活動。天台醉客一聲號令，瞋目開聲，轟隆隆的一陣驚天動地巨震過處，萬斤大石硬給推墜下無底深淵！峭壁之上，現出了一個圓形石門。老少七人走過石門，不由得一齊暗嘆造化之奇，真如鬼斧神工，不可思議。

原來石門外面，卻是在一處四面萬尋峭壁、參天矗立的深壑半腰，就與龍門醫隱所居的「天心谷」一樣，除這才被打開的石門以外，無路可走。石門右側不遠，便有一座高大山洞，裏面果然具備一切劍灶、劍模等鑄劍之物。那部《五行劍訣》就放在石桌上的青石匣內。共分上、下兩冊，上冊是單人習練劍訣，下冊卻是五人合運的陣勢之屬，圖解清晰，招術精微！衛天衢本是五行門中後輩傳人，對這本門先賢遺澤，自然肅然起敬，膜拜而禮。

金精鋼母與這石洞均已尋得，衛天衢略一計算，劍成之日，恰好離黃山大會之期並不在遠；黃山、九華又同在皖南，相距甚近，在此處鑄劍，端的太過理想。他不知怎的對龍門醫隱的新收弟子荊芸頗為投緣，憐她初入師門，雖得真傳，無暇苦練，致與一干師兄弟姐妹相形見絀！遂向龍門醫隱要求，叫荊芸陪自己一同在這石門古洞之內鑄劍，至期自會帶她及所鑄之劍趕往黃山，去見識見識始信峰頭正邪各派的論劍大會。

龍門醫隱正因黃山論劍之期不遠，自己帶著葛龍驤、柏青青與天台醉客、谷飛英等人，尚有多事未曾了斷，無暇深傳荊芸上乘心法。她武功稍差，處處顯得累贅。聽衛天衢指名荊芸陪他在此鑄劍，恰好正中下懷，滿口稱允，並向荊芸笑道：「芸兒福緣不淺，竟然獲得你功力絕世的衛老前輩垂青。那五行劍訣，我方才略為翻閱，極為奇妙精微。在此期間，好好向你衛老前輩恭請訓誨，得益必然無窮。有些遇合，黃山論劍之後，再傳心法，就可以趕上你青青師姐她們了。」

衛天衢聞言遜謝，荊芸自更雀躍無已。這石門洞甚稱寬敞，眾人均在洞內安歇，準備明日離此以後，再作行止打算。

柏青青、谷飛英、荊芸三女同榻，荊芸年齡最小，無事縈懷，先行睡熟。谷飛英則與這位青青師姐，交好甚厚，兩人睽違已久，絮絮傾談；由葛龍驤在大雪山結識七指神姥的弟子奇女冉冰玉，慨贈朱紅雪蓮實，療傷復容，一直談到谷飛英母仇之事。

這一下勾起谷飛英的傷心，暗想空自拜得冷雲仙子這等蓋世奇人為師，學成絕藝，並有前古神兵「青霜劍」在身，竟為天台醉客余師叔所阻，與仇人硃砂神掌酈華亭對面錯過，未曾奮力誅仇，太有愧於人子之道！越想越覺難過，竟自伏在青青師姐的香懷之中，嚶嚶哭泣起來。

柏青青此時卻一副大姐派頭，連哄帶騙，把這位小師妹谷飛英撫慰得睫毛之上掛著淚珠，淒然入夢！但自己也被她哭得陪同墜淚，情緒甚煩！好不容易澄心靜慮，剛剛閉上雙眼，偎在胸前的谷飛英，突又哭聲喊道：「青姐，我娘死得好苦！你拿葛師兄的紫電劍和我的青霜劍，合璧運用，陪我一同去找那硃砂神掌，替我娘報仇好麼？」

柏青青手撫谷飛英的如雲秀髮，見她睡得仍沉，知是夢中囈語，不由啞然失笑。暗想紫電、青霜雖係一對前古神兵，但自己不會「天璇劍法」，璇璣雙劍無法合璧，威力

仍然未能發揮盡致，用之對付蟠塚酈氏雙兇，恐還不夠。但谷師妹如此心切親仇，夢中囈語最見真情，純孝感人，慢說一場惡鬥，再大的困難，也無坐視不加助力之理。何況自出天心谷隨爹爹行道以來，在嶗山大碧落岩頭，自己曾經手刃了江湖中聞名遐邇的追魂燕繆香紅。八臂靈官童子雨也何嘗不在葛龍驤的降魔杵下裂腦橫屍，蟠塚雙兇能比嶗山四惡狠出多少？仗著這對前古神兵，拚它一下，有何不可？

柏青青雄心一起，鐵念打定，神思反轉泰然。低頭看看谷飛英與荊芸，一邊一個伏在自己懷中，香夢正熟。不由覺得日間跋涉重山之餘，兩度入潭，深潛十丈弱水，確實有點疲累，明日還有別的打算，也自閉目尋夢。

翌日龍門醫隱等人，正待向衛天衢作別，柏青青忽然推說微有不適，要在這石洞之中多住兩日。眾人當然應允，柏青青卻伺機把葛龍驤叫到無人之處，並肩坐在一塊大青石上，手弄雲鬢，欲言又止。

葛龍驤連日均與龍門醫隱、衛天衢等長者互相商量毒龍潭之事，極少機會和柏青青單獨相處，此時見她秋波流盼，情意如綿，不由得心頭愛極。輕伸猿臂攬住纖腰，低聲笑問道：「青妹怎的忽然身體不適？」

柏青青任他溫存，倚在葛龍驤懷中，微笑說道：「龍哥真傻！我哪裡有病，還不是裝出來的？」

葛龍驤聽她好端端的裝起病來，不由愕然。柏青青仰頭笑問道：「龍哥不許騙我，說老實話，你若知道黑天狐宇文屏的蹤跡所在，會不會單劍尋仇，不顧一切？」

葛龍驤始終不懂她的用意所在，微一尋思，劍眉雙挑，斷然答道：「父母之仇，不共戴天！慢說是對頭藝業超群，就是赴湯蹈火，亦應盡人子之道！青妹此言，莫非你知道那宇文屏妖婦的藏身之處麼？」

柏青青笑道：「宇文屏五毒邪功，霸道無倫之外，人又極富心計，所以才有那黑天狐的稱號。自東海孤島被覺羅神尼的法華金剛掌力驚走，緊跟著仙霞嶺天魔洞中的企圖又未得逞，見我們人多勢眾，這一遁跡深藏，連此番以金精鋼母為餌都未引來，可見得不到黃山論劍之時，絕不出頭，還到哪裡去找？

「我是說飛英師妹，情切親仇，昨日半夜之中哭醒，令我十分感動！行俠仗義，本來就要推己及人。何況又是自己師門兄妹？她母還不如你我母親一樣？爹爹與余師叔持重過甚，明說未必肯允，所以特地把你找來，我們與谷師妹三人，悄悄離此趕往蟠塚，仗紫電、青霜雙劍之力，和你們所學鎮壓江湖的天璇地璣合璧劍法，鬥鬥那硃砂神掌，為谷師妹試報母仇。我們走時暫不洩露行方，免得爹爹他們追蹤前往，不讓我們放手趁心地打場熱鬧好架。等他們輾轉知道我們去向，趕到蟠塚，勝負亦當早決！反正武林十三奇中人物，我們又不是沒有鬥過？繆香紅、童子雨照樣給他來個裂腦開膛，酈氏雙

兇又待怎樣？再說黃山會後，一干前輩歸隱，江湖之中衛道之責，就在我們肩上。不乘此時身後有人，找幾個著名兇星歷練歷練，難道龍哥還不如巾幗之流，如此怯敵麼？」

葛龍驤雖覺童子雨、繆香紅二惡之誅，半出意外，不是柏青青與自己的功力，業已達到那等境界！既欲對付蟠塚酈氏雙兇，自然仍在龍門醫隱、天台醉客主持之下，計議圖之，較為穩當。但柏青青先拿話把自己套住，理由又極正大。最後的一句話，更激起自己的萬丈豪情！手中一緊，湊在柏青青的耳邊說道：「青妹怎的對我也用起激將法來？我想起初下衡山，奉命與我姑母冷雲仙子門下的薛琪師姐，往華山馳援悟元大師之時，曾以璇璣雙劍削落青衣怪叟酈華峰的一片衣袖。當時薛琪師姐，惋惜我手中所用的是柄凡劍，若與青霜劍一樣是柄前古神兵，則任他青衣怪叟功力再高，恐也逃不出璇璣雙劍合璧運用的三十招以內！今紫電、青霜在手，雖然谷師妹功力稍遜薛師姐，尚有青妹相助，只要能夠引開青衣怪叟，剩下硃砂神掌一人，報仇未必無望。只是伯父及余師叔之前，總……」

話剛到此處，山石轉角之處，青衣一晃，柏青青羞得面紅耳赤，從葛龍驤懷中掙脫坐起，叫了聲：「芸妹別走，我有話說！」

荆芸從石後轉出，面上想笑又怕羞了柏青青，只得勉強繃著，那副神情，簡直尷尬已極！

柏青青因自己與葛龍驤心心相印，已成公開秘密，索性大方起來，含笑說道：「芸妹為何做出這種怪相？我有一事托你。」遂將適才與葛龍驤商議之事，對她細說，並由葛龍驤用柬帖寫明，係往蟠塚為谷飛英報復親仇，交給荊芸，叫她等三人走後，故意延遲一日，再行假裝自床下找出，呈與柏、余二老。這樣一來，既可免得二老接應過早，也不致使老人家們不明細底，過分焦急！

荊芸自然如言照做，龍門醫隱與天台醉客真被蒙在鼓裏。翌晨醒來，葛龍驤、柏青青、谷飛英三人一齊不見。問起荊芸，說是曾見他們去往後山眺覽。但等到夜來不歸，龍門醫隱焦急起來，一查衣物，才知三人蓄意遠行，行囊均已帶走。一直到了第二天早上，荊芸不敢再瞞，把葛龍驤所留柬帖呈給龍門醫隱，說是剛自床下無意找著。龍門醫隱看過柬帖，自知小女兒故意弄鬼，只看了荊芸一眼。荊芸心懷鬼胎，低下頭去。龍門醫隱也未加以數說，雙眉微展，向天台醉客及衛天衢笑道：「谷賢侄女心切親仇，無可厚非！葛龍驤素來沉穩，恐怕也是受那淘氣丫頭慫恿所致。他們大概自從鬼使神差地斬了嶗山二惡之後，就有些不知天高地厚！紫青合璧，加上璇璣雙劍，威力雖然絕倫，但鄺氏兄弟豈同流俗？事情總太凶險！衛兄與芸兒依舊照原計在此鑄劍，我與余兄少不得再去趟陝西，為他們打場接應。但不到萬分危急之時，絕不出面。一來讓他們自行歷練歷練，二來最好讓我那驕縱的丫頭吃點小苦頭，以稍殺她的矜狂之氣。」

天台醉客含笑點頭，與龍門醫隱辭別衛天衢，同奔陝西蟠塚。

且說葛龍驤、柏青青與谷飛英三人，偷偷離開九華山之後，恐怕被龍門醫隱等發現行蹤追上，一齊竭盡全力猛趕！這三人均是一等一的輕功，又專挑山野之地，避開俗人，施展陸地飛騰之術，自然更加快速。天到薄暮，業已出了安徽境內，進入河南省界。

此處離商丘不遠，地名勒馬集，人家不多，甚是荒涼。三人因爲心急趕路，根本未做投宿之想。誰知過得這勒馬集後，突然狂風大作，驟雨傾盆。四野茫茫，竟然找不到一戶人家可避風雨。

葛龍驤笑道：「青妹！我們這場急趕，可上了大當。難道就在風雨之中，立盡終宵不成？」

柏青青與谷飛英的雲鬢、衣履完全爲雨所濕，難過已極，聽葛龍驤一問，接口苦笑說道：「天不湊巧，能怨誰來？我們當然不能站在這裡挨淋，反正衣履已濕，索性再往前面看看，也許能找戶人家，聊避風雨！」

她向來說做就做，香肩一伏，柳腰一擰，足下益自加勁。蜻蜓點水般地接連幾縱，業已縱出十丈開外，上得一個小山坡，忽然回頭歡叫道：「龍哥、英妹快來，那邊有一角紅牆，彷彿是座廟宇。」

葛龍驤、谷飛英跟蹤縱過，三人一齊撲奔遠處樹叢之間的一角紅牆，到得近前，果然是座殘破古剎。

這古剎好像荒廢已久，山門坍塌，蛛網塵封，一進大殿，葛龍驤不覺眉頭雙皺，只見東牆角下，兩條長凳之上，隱隱約約放有一口棺木。

風狂雨驟，烏雲又密，自然星月無光。幸而葛龍驤懷中火摺等物，尚未淋濕，取出晃著一看，那棺木是口黑色新材，棺蓋倚在一旁，竟未蓋上。柏青青以為那是附近富戶預先為老人置備的壽材，寄放廟中。走近一看，不由一聲驚叫，花容慘白！葛龍驤急忙趕過，原來棺木之中，盛有一具身著長袍馬褂、面白如蠟、骨瘦如柴、雙目深隱眶內的新鮮屍體，模樣端的恐怖已極！

葛龍驤不禁暗嘆，這屍首的家人委實荒唐。人死之後，不但不埋不葬，連棺蓋都不蓋。遂托起棺蓋，蓋好棺木，向柏青青笑道：「青妹你英姿蓋世，俠膽干雲！仗掌中三尺青鋒，鋤惡誅非，得號玄衣龍女。怎的今日見具尋常屍體，竟怕得如此模樣？你與谷師妹去往西配殿中換掉濕衣，我在此找些乾柴，也好生火取暖，並烤乾衣服。」

柏青青初疑是口空棺，驟見死屍，芳心之中此時猶在亂跳，聽葛龍驤調侃自己，白了他一眼，一拉谷飛英，如言閃入西配殿內。

紫電青霜

葛龍驤見那神龕、供桌等物均已破損不堪，遂拆下不少木片，自己也從行囊之內，取出乾衣換好。一問西殿二女，濕衣也已換下。乃攜同所拆木片，走入西殿，生起一堆火來，並略爲清掃地上灰塵，以備略爲休憩。

等濕衣烤乾，火光已微。三人由清晨開始，除中途略進飲食以外，全是翻山越嶺，竭力趕路，自然有些疲乏，一齊倦眼矇矓，似睡非睡！只有柏青青，剛才見那死屍的恐怖之狀，只覺得有些不大自在，心頭直作噁心。因爲只一矇矓，那死屍怪狀立時出現眼瞼，一賭氣索性不睡，調息運功，打起坐來。

一心既靜，六蘊齊空！柏青青剛剛神與天會，突然聽得中殿棺木格吱微響，並有一種低沉悠長的嘆息之聲傳出。柏青青不由全身汗毛一豎！窗前電光一亮，緊跟著一個震天霹靂，震得屋頂四壁的泥土簌簌下落，暴雨狂風也倏然而止。

這時葛龍驤所集木材，業已燒盡，谷飛英被那震天霹靂驚醒，雙眼微睜，窗外烏雲已散，素月流光，只見當門好似人影綽綽地站有一人。她先還以爲是葛龍驤，不過忽然想起，葛師兄雖然書生打扮，身著長衫，但何來馬褂？心中一凜，立時聯想到死屍方面。她膽量倒比柏青青還大，生怕葛、柏二人尚未發現，措手不及，飄身擋在二人身前，沉聲叫道：「青姐和葛師兄快醒，這廟中鬧鬼。」

葛龍驤也被方才霹靂震醒，不過他是背向中殿，聞言霍地回頭。柏青青則根本就未

閉眼，業已看清門口直挺挺地站立之人，正是那具棺中屍體！不由得手挽葛龍驤，嬌軀微微打顫。

那枯瘦屍體聳身一蹦，已距谷飛英不足六尺，薄唇微撮，「絲」的一聲，吹出一口腥臭屍氣。

谷飛英究竟女孩兒家，休看平日霜鋒一揮，賊子飛頭！但在這種荒山古刹的環境之中，遇上這等怪異，要說是絲毫不怕，簡直是欺心之論！所以在縱身向前，護衛葛龍驤、柏青青之時，冷雲仙子所秘傳獨步江湖的無相神功，業已運足。隨著妙目顧盼，化成一片無形柔韌勁氣，圍向身前，那腥臭屍氣吹到，自然無功而散。

怪屍連吹數口屍氣，均為無相神功所阻，根本近不得三人。喉中呼呼作響，舉起左爪，向谷飛英凌空一抓，竟有幾縷尖風當胸襲到。

柏青青看那怪屍陰森森的，連吹幾口腥臭屍氣，確實有點心驚膽顫，毛骨悚然，但這末後一抓，卻把她抓回了英風豪氣，脫口朗聲叫道：「英妹！快亮青霜劍斬這惡賊，我就不信鬼物還練過這種隔空抓人的陰風掌力。」

谷飛英的無相神功，與怪屍左爪發的五指陰風凌空對撞，各自退後兩步，也已試出是人非鬼。聽柏青青一喊，腰下微探，嗆啷啷的一陣清脆龍吟，青芒奪目，寶劍出鞘。

葛龍驤則嫌這殿中過於逼仄，地形太生，易遭暗算，運足彈指神通，一聲斷喝。十

指齊彈。一片疾猛罡風，把四扇窗門撞成粉碎，與柏青青、谷飛英三人，一齊飄身縱到院內！腳才落地，一聲慘嘯，那具怪屍也自殿中追出，但右爪之中，卻握著一根三尺來長、核桃粗細的鐵棒，棒身滿鑄狼牙，精光閃閃。

谷飛英被這怪屍裝神弄鬼，嚇了半天，心中早就有氣，此時見怪屍手中竟有兵刃，把青霜劍在胸前一橫，冷笑說道：「閣下是哪路朋友？在這荒山古剎故弄玄虛，用心安在？」

那具怪屍哼的一聲輕笑，陰惻惻地說道：「無知女娃！我來自西崑崙星宿海修羅聖域……」

葛龍驤想起在大雪山所見七指神姥柬帖，心頭一驚，不等話完，即問道：「你是黑白雙魔門下？」

怪屍也不禁微愕！眼角打量葛龍驤，冷冷說道：「我兩位恩師，數十年不履中土，你這娃兒倒有點見識！我是修羅三鬼之一，活屍鄔蒙。因聞人言，武林十三奇冠絕江湖，心中不服，故而萬里遠來，會會十三奇中人物，一分勝負，立回崑崙。十年之後，再與師兄弟等人同蒞中原，光揚西域絕學！」

谷飛英嗤之以鼻，冷笑說道：「憑你這種三分不像人、七分倒像鬼、名副其實的走肉行屍，也膽敢妄冀一窺中原武學秘奧？慢說十三奇海闊天高，仰攀莫及。就是我們這些年輕末學，他也未必應付得了？來來來！把你那根哭喪棒兒，盡量施展，先讓你見識一下中原劍法。」劍訣一領，身隨劍走，往左盤旋。

那活屍鄔蒙，平生練的就是玄陰屍氣，厲害無比！連吹數口，又加上陰風掌力，均不曾傷得身前少女分毫，知道不是自己一路所遇那些庸碌之輩可比。雖然自負甚高，也未敢過分輕視，雙雙把步眼活開，凝神注敵。

谷飛英偷眼一窺這活屍步法，沉著輕靈，加上葛龍驤聽他報名時的震驚神色，雖仍不知西崑崙星宿海的黑白雙魔是何來歷，但已警覺面前這口出狂言的活屍鄔蒙，確有不凡身手。她前在揚州十二圩的廢寺之內，與苗嶺陰魔的二弟子聖手仙猿姬元過手，青霜劍會鬥蛟筋虯龍雙棒之時，就因爲開始輕敵，不肯施展本門心法，以致連用了六、七種別派名劍，均未勝得姬元，眼前不肯再蹈覆轍，抱元守一，劍走中宮，目光凝注劍尖，慢慢發招，上手就用的是冷雲仙子震懾武林的地璣劍法。

葛龍驤在大雪山從冉冰玉的一身絕世功力，即可看出其師七指神姥的武功造詣。臨行寄柬，七指神姥殷殷以西崑崙雙魔未死，門下弟子可能擾亂中原，務須特加注意爲囑，可知厲害。這具活屍模樣之人，自稱修羅三鬼之一，豈是低能？聽谷飛英言語輕敵，正在替她擔心，但見她動手時，卻一志凝神，一開始就施展出師門真傳，不由眉頭稍解。

活屍鄔蒙手中那支奇形獨門兵刃修羅棒，果然精妙無倫！忽棒忽刀，忽槍忽劍，有時竟還夾著鞭棍招術，與小摩勒杜人龍學自獨臂窮神的那套「萬妙歸元降魔杖法」，真有異曲同工之妙。青霜劍芒如電，奪目生眩，修羅棒迅疾如風，驚心蕩魄。兩般絕藝，一對高人，在這荒廢古寺院中，素月流輝之下，捲成兩團光影，虎躍龍騰，不分上下！

葛龍驤見這活屍鄔蒙身手如此之高，忽的腦中電閃，靈機一動。

這時二人纏戰已近百招，谷飛英知道恩師冷雲仙子，昔年就憑這柄青霜劍與一套地璣劍法，威震群邪，成為武林十三奇中的出奇人物，如今自己竟連這樣一個名不見經傳，裝神弄鬼的西域門下之人都勝不了，還麻煩葛師兄、青青師姐，去幫自己鬥什麼蟠塚雙兇？想到此處，嬌靨一紅，竟自施展地璣劍法之中的精粹招術「倒踩七星追魂三劍。」

冷雲仙子葛青霜與不老神仙諸一涵，本是一對神仙眷屬，夫妻合創精研的「璇璣雙劍」合璧運用，固然天下難敵，單獨施展，也一樣的威力絕大！其中精微奧妙之處，即在兩種劍法彼此相通。谷飛英好勝情急之下，使出的「倒踩七星追魂三劍」，即係上應天象，縱身先到北極方位，然後足下「蓮枝繞步」，以極快的移形換影身法，倒踩七星，在「天權」位上，「伏地追風」；「天樞」位上，「截江奪斗」；「天璇」位上，卻來了招威勢最強的「星河倒掛」！三招從三個方向發出，攻的是上、中、下三盤，但

迅疾無倫，迴環掃蕩，加上青霜劍的精芒騰彩，就如同一片劍山，向活屍鄔蒙電旋而至。

鄔蒙功力的確甚高，但畢竟初進中原，從未見過這等精妙劍術。修羅棒揮舞遮攔，人也跟著閃展騰挪。嗆啷連聲，青霜劍芒尾掣處，已自削落修羅棒上的兩枚狼牙利齒。

鄔蒙慘白瘦削的臉上一紅，縱身跳出圈外，回手一指谷飛英道：「女娃兒劍術確甚高明，但倚前古神物之力，削我修羅棒上的緬鐵狼牙，鄔蒙敗得有點不服。你敢不敢與我再比比掌法？」

谷飛英哪肯被他較短，青霜劍回鋒入鞘，正待點頭，一聲「且慢」，葛龍驤業已縱過。谷飛英一看是他，暗叫來得正好！讓這西域狂徒嚐嚐我葛師兄得自獨臂窮神的龍形八掌，是何滋味？遂向葛龍驤低頭一笑，退回柏青青身側。

但哪知葛龍驤並非替下谷飛英與鄔蒙對掌，雙拳一抱，向鄔蒙含笑說道：「適才過手，秋色平分。我師妹倚仗前古神兵之力，略為僥倖，委實算不得數！掌法方面不必再比，我等甘拜下風。鄔朋友遠離西域，初涖中原，為的是訪門十三奇中人物。如今武林十三奇，因應付明歲中秋黃山論劍之約，均在閉洞練功，只有青衣怪叟鄺華峰一人，在陝西嶓塚山黃石嶺，離此最近。以鄔朋友這等功力，只與青衣怪叟過手百招，便或試出中原與西域孰勝的了！」

活屍鄔蒙對葛龍驤注視半晌，冷冷說道：「我入新疆東來，沿路就沒有遇上一個像樣一點的武林人物，正自納罕中原武學怎的這等膿包？卻在此間遇上三位。雖然修羅棒上狼牙，是毀在神物利器之下，但明人之前，不說暗話。這位姑娘的精妙劍法，我已心折不已。鄔蒙雖然來自西域，也知信義，話出如風，決無更改！我因說過此來為鬥十三奇中人物，承告青衣怪叟現在陝西蟠冢，縱已聽出朋友話中，似含激誘之意，但劍樹刀山，仍須一探。你我青山不改，後會有期！」修羅棒往上微指，收入袖中，身形微閃，人已不見。

葛龍驤聞言覺得此人生相雖惡，又是異派，心性倒似並不太壞，又有那一身好武功，若要死在青衣怪叟手中，倒成了自己有意作孽。正在出神，柏青青走到身畔，含笑說道：「龍哥那麼老實的人，竟也覺變得滑頭起來。你是不是想借這活屍之力，牽制青衣怪叟，我們好合力施為，專門對付英妹的殺母仇人硃砂神掌鄺華亭嗎？」

葛龍驤皺眉道：「我本意雖是如此，聽那活屍鄔蒙臨去之言，此人並不太壞。如若被我一激，喪身青衣怪叟手下，豈非問心難安？這真叫作繭纏身，我們還是應該與他打個接應才對。」

柏、谷二女聞言，不禁啞然失笑。此時風雨早停，三人回到殿中收拾衣物，又向陝西蟠冢星夜急趕。

且說那活屍鄔蒙，在勒馬集的古寺之內，與谷飛英一番惡鬥以後，雖然勝負未分，但已暗暗心驚：中原武學，果然不凡！這幾個少年男女加在一起，能有多大年紀？自己數十年西域潛修，竟未佔得絲毫勝算！胸襟氣度，偏又那等磊落高華，所以心中不但對葛龍驤等人不生仇恨，反倒頗有好感。暗自決定去到蟠塚，見識過青衣怪叟鄺華峰那十三奇中人物之後，即行返回西域，稟告恩師及師兄等人；如欲冀圖把西域武學在中原光揚，必須再加苦研精練，方足一爭雄長！

到得蟠塚以後，不識路途，要想找人問詢，但他那副活屍形貌裝束，常人一見嚇都嚇得半死，哪裡還肯相告？好不容易捉到一個獵戶，硬逼著問清方向，足下加功，向著那座參天孤峰電馳而去。

鄺氏雙兇勞師動眾，傾巢而出，僕僕於羅浮、九華之間，雖然在毒龍潭的水眼之內，撈出那匣假的金精鋼母，但又被苗嶺陰魔邴浩趕來取走。白白地浪費這多時間和犧牲了三個弟子，所得到的只是苗嶺陰魔煉劍平分的一句諾言，怎不懊喪已極。

鄔蒙到時，雙兇師徒也只返回不久。鄺華峰、鄺華亭兄弟因警覺黃山論劍之期已在不遠，準備在這一段時間之內不問外事，專心凝練一種陰毒功力，以備到時應用。

他們所居是在這參天孤峰的半腰空曠之處，依山而建的十來座樓台亭閣，定名「離

憂仙館」，周圍景物，頗稱靈秀！酈氏兄弟威名在外，任何人也不敢無事輕捋虎鬚，所以平日並無守衛之人。

雙兇的二弟子惡鍾馗潘巨，這夜正在自己房中把晚課做完，剛待解衣就寢，突然聽得一點極爲輕微的夜行人衣襟所帶風聲。知道師兄雙頭太歲邱沛正在逍遙堂中，隨侍二位師尊，這夜行人不但定是外人，並還功力不弱。不由心中一驚，伸手在壁上摘下自己的獨門兵刃「點鬼鍾馗筆」，飛身縱上簷頭，觀看動靜。

活屍鄔蒙本是明來索鬥，一見有人上屋，霍地回頭，雙足輕點，宛如一縷輕煙，向惡鍾馗潘巨身前縱到。惡鍾馗潘巨，老遠便覺得此人縱躍雖快，但上半身直僵僵的，身法極爲怪異。等人到近前，月光之下，乍一看鄔蒙慘白乾枯的那副尊容，倒真嚇了一跳！手中點鬼鍾馗筆往前一指，發話問道：「來人是哪路朋友？吃了什麼熊心豹膽，竟敢夤夜妄闖我離憂仙館！難道不知青衣怪叟訂有規矩，無論任何江湖朋友，若無主人事先應允，擅入這離憂仙館半步者，最輕刑罰是刖足示儆嗎？」

鄔蒙一聽，心中便覺有氣。暗想此人如此驕狂無禮，和前遇鳳目重瞳的英俊少年，簡直無法相比。遂寒著一張鬼臉，冷冷答道：「大好山林，難道是你們私有？鄔二太爺愛來便來，要去便去，誰敢阻擋？青衣怪叟是你何人，快把他喊出來，鄔二太爺要問問他，妄定刑規所憑何物？」

惡鍾馗潘巨一聽，暗道自從去往羅浮掘寶開始，自己師徒好似處處交上背運，所遇全是一些特別棘手人物。如今回到蟠塚，卻又不知從哪裡跑來這麼一個半人半鬼、像個活僵屍一般的怪人。聽他說話，竟比自己還橫。

潘巨功力甚高，人又險惡，等鄔蒙話完，冷笑說道：「青衣怪叟是何等人物，憑你也配見他老人家？擅闖聖地，再加上口出不遜，豈是區區刖足之刑便可贖罪？潘巨代師行罰，讓你這活鬼先嚐嚐我的五毒神砂，是何滋味！」

原來在鄔蒙發話之時，潘巨看出這活僵屍似的怪人並不好鬥。左掌中業已偷偷扣好一把五毒神砂，袍袖一拂，毒霧瀰空，向活屍鄔蒙劈頭蓋臉而至。

鄔蒙何等角色，見惡鍾馗潘巨一面聽自己說話，一面兇睛亂轉，早就注意他有甚陰謀。五毒神砂才一出手，鄔蒙「哼」的一笑，左手也是袍袖微拂，一股奇勁陰風逼散當前毒霧，右手卻屈指成鉤，遙向潘巨當胸一抓！潘巨識貨，認得這是一種旁門陰手中的極高手法，叫做「鬼手抓魂」！趕緊一凝真氣，仍然覺得周身血脈一漲，心魂欲飛！這才知道這個夜闖仙館之人，不是自己所能抵禦，驀地騰身，便往雙兇所居逍遙堂縱去。

活屍鄔蒙冷笑說道：「修羅二聖門下，向來做事善惡無定，因人因事而異！像你這種初次見面，不分青紅皂白，便以極毒暗器驟下毒手之人，哪裡容得？還不快與鄔二太爺納命！」身形微動，兩個起落，業已趕上潘巨，抽出腰間所掛的修羅棒，倒轉棒頭，

往潘巨後背虛空一指。夜色之中，只見幾絲精光微微一閃，惡鍾馗潘巨立時「吭」的一聲，腳軟身傾，竟往庭中摔落。

這時逍遙堂中練氣行功的鄺氏雙兇，鄺華峰功課已畢，鄺華亭卻尚未完功。活屍鄔蒙與惡鍾馗潘巨的一問一答，早已把鄺華峰驚動。但他深知十三奇中人物不會暗來偷襲，至於普通之人，潘巨那身武功應該足能料理，所以先未理會，等到聽出不對，開門縱出之時，潘巨已從屋上倒下。

青衣怪叟一把接個正著，但入手便知潘巨是中了什麼奇毒之物，業已無救！門下五徒連去其四，青衣怪叟怎不怒火沖天？一聲厲嘯，縱起了六、七丈高，單掌遙推，用出了九成真力。

就這麼往起一縱，活屍鄔蒙業已知道武林十三奇名不虛傳，自己這點功力相形見絀，差得甚遠，但青衣怪叟出掌太快，鄔蒙閃避不及，只得雙掌奮力硬接一招。兩股劈空勁氣互相交接，鄔蒙心頭一熱，血氣翻騰，人被震飛出丈許遠近，落在牆根之下。

突然牆側暗影之中，有人低聲說道：「鄔朋友，青衣老怪功力非凡，心狠手毒！我代你擋他一下，你往東南方。」聲音雖然極低，鄔蒙業已聽出是個女子。他不遑多想，身形縱處，果然如言撲奔東南。

十七　雙劍合璧

青衣怪叟一掌遙推，業已試出對方功力，微微一哂，剛剛說了一聲：「網中之魚，還不快與我徒兒償……」突然看見鄔蒙不戰而退，濃眉一剔，雙足頓處，身形飄起半空。

哪知牆角花叢的暗影之中，有人發話說道：「鄺華峰！你狂些什麼？嚐嚐我這神針滋味！」

一個身著黑衣的奇醜老婦，也向東南方斜拔而起，身法快捷無倫，半空中手指輕彈，四、五道冷電似的青艷寒光，破空襲到。

青衣怪叟一看針上光華，便知不是普通暗器，連劈帶躲，讓過飛針，活屍鄔蒙與黑衣奇醜老婦的身形，已在二十丈以外。

青衣怪叟怎肯任人這等戲弄，上門傷徒？真氣猛提，竟自施展出「凌空虛渡」的絕頂輕功，隨後追去。他功力自非前面二人所能比擬，幾個起落已自迫近。但轉過山角，

前行二人想是腳程懸殊，脫身不易，雙雙擰身竄入一片樹林之內。

「遇林莫入」是武家禁忌，青衣怪叟雖然未把逃人放在心上，但也略爲躊躇，不肯貿然衝林而入。他正在遲疑，活屍鄔蒙竟從樹林之中緩步走出，向青衣怪叟微一抱拳，發話說道：「酈老前輩暫息雷霆之怒，且請聽在下一言。在下來自西域，渴慕中原武林十三奇盛名絕技，特地登門拜訪，以求教益。令徒過分兇狂，不問青紅皂白，一見面就以極毒暗器五毒神砂暗算，雙方動手，才致誤傷，並不是我鄔蒙心狠意毒！老前輩窮追不捨，難道真要叫我這萬里遠來求教之人，流血橫屍，才覺快意吧？」

青衣怪叟見對方竟敢自林內走出，頗出意料！一面靜聽，一面兇睛閃爍，不住打量鄔蒙。聽完把臉一沉，陰惻惻地說道：「無知小輩！花言巧語怎能瞞得老夫？既是慕名來訪，爲何還有同黨？傷我愛徒之罪決無可逭。那奇醜黑衣老婦怎不一齊出來，我要看看你們這兩個狂徒，到底是何門何派？敢到我蟠塚山中撒野！」

活屍鄔蒙冷冷答道：「你既身爲江湖前輩，難道連我等來歷都看不出？技出何門，師承何派，你接我十招，自然知曉。」話音才落，鬼手連抓，招術又快又辣，奇詭無倫！功力雖然不到登峰造極地步，但爪爪生風，無不含有內家真力，倘若真教抓上，青衣怪叟一樣禁受不起。最狠的是，招招攻敵，不顧己身。這種拚命打法，青衣怪叟自然存有顧忌。轉瞬已過九招。鄔蒙第十招用的是「鬼王撥扇」，右掌一發即收，出其不意

地雙足點地，倒縱回樹林之內。

青衣怪叟被他這一輪疾逾風雨、奮不顧身的拚命狠攻，倒真弄得有些狼狽！剛在設法制敵，哪知十招才發，人已退走。平素那樣陰沉的人物，此時也被氣得鬚眉蝟張，正要不顧一切衝林而入，林內清咳一聲，又換了那黑衣奇醜老婦慢慢走出，右手一抬，指著青衣怪叟微哂說道：「想不到老怪物居然動了真氣，這又何必？鄔朋友連攻十招，武功門戶，憑你這種人物應該已經看出。真要我們自報來歷，不但嚇得你骨軟筋酥，臉面還往哪裡擺呢？」

鄔蒙動手之時，青衣怪叟何曾不留神觀察？但他十招之中，手法無一雷同：「三陰絕戶掌」、「黑煞手」、「五鬼陰風掌」、「鬼手抓魂」等各種手法，交互運用，全是黑道陰手中的極高掌力，根本無法判斷技出何門。聽黑衣老婦一問，語帶譏嘲，不由臉上微紅，殺心頓起！一陣哈哈長笑，藉著長笑聲中，已把全身真力凝聚右掌，準備一舉要把這貌雖老醜、口音卻嬌嫩已極的黑衣老婦擊斃，揭開她本來面目，看看是誰？然後再找那活僵屍一般，自稱姓鄔之人算賬，料他無人援手，難以逃脫。

這黑衣奇醜老婦，正是玄衣龍女柏青青戴上自葛龍驤囊中分得的人皮面具，喬裝而成。她與鄔蒙二人逃到林中，略示本來面目，定計輪番出戰，一人在林內相機接應。第一陣鄔蒙自告奮勇，柏青青囑咐他拚力連攻十招，立即退回。鄔蒙此時已嘗過厲害，如

言照辦，果然把個青衣怪叟氣得半死。

換了柏青青出場，口角自然更爲犀利。等青衣怪叟被她嘲弄得放聲長笑，柏青青雖然不知他蓄意已深，藉笑提勁，出手便是全力，縱有「天孫錦」在身，因彼此造詣相差過巨，一樣要受重傷，業已危機一髮！但柏青青冰雪聰明，瞭解這不怒反笑，乃是氣惱到了極處的反常表現。人一氣極，出手必辣！這老怪功力太高，還是先發制人爲妙。心念一動，藉著笑指對方，屈指輕彈，透骨神針化做三縷精光，分向青衣怪叟前胸「將台」、「七坎」、「章門」三處要穴，電射而至。

青衣怪叟才把氣勁提足，長笑聲猶未斷，三縷精光業已聯翩飛到。這三處要穴，處處致命！何況早已看出黑衣老婦所發暗器，光華有異，不似尋常飛針，相距不遠，針光眨眼即到，如若騰挪躲閃，又怕她跟蹤再發，反陷窘境，只得略卸幾成勁力，反掌震落飛針，手掌心一推，一股陰柔暗勁往柏青青當胸拍到。

柏青青微微一哂，高聲叫道：「無恥老怪！你這無風陰掌能傷別人，卻動不了我的毫髮！我正好懶得回林，就藉這一掌，憑虛御風，倒是一樂！換上那位你看不出來歷的鄔朋友，再讓你嘗上幾手西域絕傳，修羅棒的威力。」

這「西域絕傳」及「修羅棒」等字，青衣怪叟入耳心驚。見那活僵屍似的鄔姓之人，等黑衣醜婦話音一了，果然手執一根三尺來長，棒身鑄狼牙鋸齒的奇形鐵棒，又自

林內縱出。

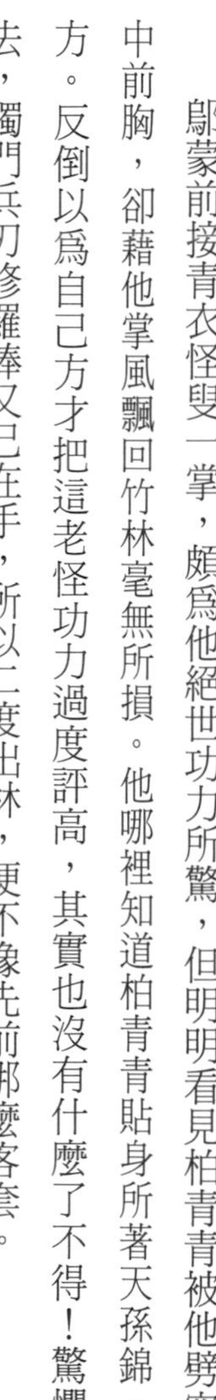

鄔蒙前接青衣怪叟一掌，頗爲他絕世功力所驚，但明明看見柏青青被他劈空勁氣按中前胸，卻藉他掌風飄回竹林毫無所損。他哪裡知道柏青青貼身所著天孫錦，妙用無方。反倒以爲自己方才把這老怪功力過度評高，其實也沒有什麼了不得！驚懼之心一去，獨門兵刃修羅棒又已在手，所以二度出林，便不像先前那麼客套。

一語不發，把修羅棒舞成一片寒光，向青衣怪叟猛攻而至。

青衣怪叟連讓三招，反手一掌，用一股陰柔勁氣逼退鄔蒙，口中喝聲：「且慢！」

武林規矩，對方只要出口招呼，就應該等人把話說完再行動手。鄔蒙聽他一喝，只得停招收棒，青衣怪叟手指鄔蒙，發話問道：「你手中兵刃既名『修羅棒』，老夫看去又覺眼熟，所以想起一事相問。昔年有兩位奇人，所用兵刃與你手中之物相似，名爲『修羅杖』，杖長四尺二寸，杖端並多塑一隻梟鳥。你口口聲聲來自西域，莫非崑崙山星宿海的修羅二聖黑白雙魔，居然還在人世？而你就是他們門下弟子？」

活屍鄔蒙聽人家提到師尊，不能不答，冷冷說道：「青衣老怪果然有點見識！我兩位恩師功參造化，壽與天齊，怎說什麼莫非還在人世？至於修羅杖棒之別，不但長短有異，連質地也自不同。我這修羅棒，若像恩師寶杖般也是風磨銅所鑄，則棒上狼牙也不會在那位姑娘的青霜劍下斷折兩枚。老怪物話若講完，請亮兵刃。」

青衣怪叟不但怯於冷雲仙子的昔日威名，就是前在華山，也被薛琪用青霜劍削落一片衣袖，引為畢生奇恥！所以自聽活屍鄔蒙說出是黑白雙魔門下弟子，眉頭已是一皺；再聞及「青霜劍」三字，不禁詫聲問道：「青霜劍？難道說冷雲賤婢也這般無恥，偷襲我離憂仙館？」

柏青青怕青衣怪叟對鄔蒙問來問去，套上交情，聽他言語之間辱及冷雲仙子，遂把自己青鋼長劍及得自八臂靈官童子雨的磁鐵五行輪，一齊準備停當，也自林間一躍而出，戟指青衣怪叟說道：「冷雲仙子天上神仙，不容老怪物你妄加污蔑！要想處置你們這樣兩個老怪，隨便派上個把弟子已足，哪裡會用得著她老人家親自出手？」

柏青青話一說完，青衣怪叟陰惻惻地自鼻中冷笑一聲，說道：「賤婢目無尊長，妄逞口舌之利，理所難容！慢說是你，就是柏長青老賊在此，我也是一樣處置！」袍袖一揮，他真恨透了柏青青，竟把向不輕用的三粒「星角神芒」，盡數發出。寒光電掣之中，人也隨後撲去。

柏青青長年隨侍龍門醫隱，對各派絕學及極端霸道的獨門暗器，類皆耳熟能詳。她預先端整好磁鐵五行輪，就是恐怕由自己的透骨神針，招惹出青衣怪叟的星角神芒。寒光一閃，五行輪淩空揮舞，叮叮幾聲，竟把青衣怪叟珍逾性命的三枚星角神芒，一齊收去。

活屍鄔蒙心中本對葛龍驤等人並無惡感，又感於柏青青臨危相助之德，無形中二人業已成爲一路，見青衣怪叟隨著所發神芒飛身進撲，哪裡能容？修羅棒掉轉棒頭，朝空一指，月光之下，又是幾縷銀絲，電閃飛出。

青衣怪叟自聽說鄔蒙是崑崙山星宿海黑白雙魔門下，便已猜出二弟子惡鍾馗潘巨的死因。因爲雙魔昔年在所用兵刃風磨銅修羅杖之內，即暗藏一種自煉絕毒之物，名爲「毒龍鬚」。此鬚長短粗細，便如桃杏等的花蕊一般，一中人身，見血就化，當時絕命，厲害無比！此刻見鄔蒙從修羅棒端之中，發出幾縷銀絲，知道即使不是昔年雙魔所用的「毒龍鬚」，也是類似之物。哪敢怠慢！半空中吸氣停身，倏然下墜，但腳還未及著地，柏青青的透骨神針又化成幾道精光，在眼前一閃。逼得個武林怪傑，一代宗師，萬般無奈地竟用了一招俗而又俗的「懶驢打滾」，咕嚕嚕地一滾丈許，方脫此厄！翻身起立，修羅棒、青鋼劍兩般兵刃，又自雙雙襲到。青衣怪叟一面揮掌迎招，一面連鬚帶髮都氣得微微打顫。

鄔蒙的修羅棒法，霸道無倫！柏青青的青鋼劍，也非俗技，再加上兩人難躲難防的「毒龍鬚」和「透骨神針」，不時蹈暇乘隙。

青衣怪叟雖然功力深湛，武學絕世，一時半刻之間，要想在這兩個後起之秀手下穩佔上風，還是不易。

暫時按下這一方的龍騰虎躍，再敘述另一面的石破天驚之戰。

葛龍驤脫下「天孫錦」交與柏青青，並接過紫電劍之後，便與谷飛英二人，偷偷尾隨活屍鄔蒙進入離憂仙館，暗窺動靜。他們是與柏青青伏在相反方向，眼看惡鍾馗潘巨死在活屍鄔蒙修羅棒內所發銀絲之下，谷飛英不覺暗自心驚。幸虧師父地璣劍法精妙無倫，削落他修羅棒上狼牙之後，鄔蒙即行含羞認敗，要求另比掌法，不然真還未料到他棒中另有玄妙。看潘巨死得那般容易，那幾縷銀絲必非普通暗器，可能劇毒無比！想到此處，青衣怪叟自己從逍遙堂內縱出，柏青青扮老婦也已現身用透骨神針阻擋，接應鄔蒙向東南方向遁去。

葛龍驤、谷飛英等屋頂追逐的青衣怪叟等三人形影杳後，提氣輕身，悄悄向雙兇所居逍遙堂側縱落。腳才點地，室中已有一個洪亮粗暴的口音問道：「窗外何人？擅闖我離憂仙館！」

這聲音葛龍驤雖然陌生，但谷飛英卻在九華山毒龍潭前聽得熟而又熟，知道發話之人就是自己殺母深仇，硃砂神掌鄺華亭！葛龍驤與自己這身輕功，雖不敢說已經練到躡空虛渡、飄絮無聲的最高境界，但落地即知，這老賊的耳音也過分靈敏！聽視之力除特殊天賦以外，是與內功進境相輔相成。一葉知秋，深深警覺，雙兇武功造詣驚人，著實

絲毫怠忽不得！遂暫不答話，向葛龍驤一比手式，叫他把紫電劍準備停當，自己的青霜劍也掣在手中，這才面對窗櫺朗聲說道：「廬山冷雲仙子門下女弟子谷飛英，來報當年殺母之仇。鄺華亭老賊，還不出來受死！」話完，足下微點，嬌軀業已退出兩丈多遠，橫劍待敵！葛龍驤卻趁谷飛英發話之時，不縱不躍，躡步輕移，藏在雙兇所居逍遙堂的窗櫺以下。

果然室內一陣震天狂笑，窗櫺一啓，硃砂神掌鄺華亭說了聲：「沛兒看住丹室，我看看是什麼樣吃了熊心豹膽的女娃兒，敢來嶓塚山黃石嶺的離憂仙館送死。」

他雖然聽出來了兩人，遠遠屋脊之上卻只站著一個手橫長劍的白衣少女，但再也想不到來人有此大膽，竟然伏在已隨手便可擊斃的窗櫺之下！哈哈一笑，袍袖微展，便如一隻巨鷹一般，穿窗而出。

這卻要怪葛龍驤近來連遭奇險，閱歷大增，以致做事反較謹慎。倘若他在鄺華亭穿窗而出的刹那之間，長身揮劍，給他來個「玉帶圍腰」，以紫電仙兵之力，這個混世魔王豈不應手便可了賬？鄺華亭當窗發笑，丹田氣足，威勢震人！葛龍驤以為他發現自己，剛一凝神準備應變，對方人已縱出。葛龍驤這才悔恨自己坐失良機，悄然跟蹤縱起，右手紫電劍「力劈華山」，左掌卻凝聚全身功力，照準鄺華亭的腰背之間，來了一招龍形八掌中的極重掌法「金龍探爪」。

間。

他身形一起，鄺華亭便已發覺，但料不到葛龍驤身法這快，並還是掌劍同施！半空中才略一借勢回頭，紫電劍光芒打閃，已自斜肩劈落，另一股內家潛力也已襲到腰背之間。

鄺華亭功力真高，一看劍上光華是前古神物，不敢怠慢。「哼」然冷笑，右掌虛空一推，身形便自往左飄出數尺，隨手用了六成硃砂掌力，一接葛龍驤掌風，以爲還不立把這偷襲自己的英俊少年震傷墜地？哪知葛龍驤自幼就在諸一涵悉心調教之下，刻苦用功，根基打得幾乎比他師兄尹一清還好。下山以來，每每因禍得福，所服靈藥及奇物太多，以致功力也無形增長。而所用獨臂窮神柳悟非所授的龍形八掌，更是冠絕江湖的精妙掌法。他這凌空尾隨，向硃砂神掌鄺華亭攻出的一劍一掌，劍是虛招，掌卻實勢，偏巧鄺華亭看出劍非凡物，避劍就掌，又倚仗自身以硃砂神掌成名，輕視葛龍驤年歲太輕，只用了六成勁力。幾椿湊巧，兩股內家絕藝一接之下，鄺華亭不但未如所料把對方擊傷，自己反而覺得掌心火熱，一條右臂隱隱痠麻，人也震出七、八尺以外。

葛龍驤微微一哂，冷笑說道：「蟠塚雙兇，原來不過如此，隨你家小爺西北一會。」身形起處，與谷飛英奔向和柏青青等人的相反方向，故意把這鄺氏雙兇引得遙遙相隔，使他們彼此呼應不及。

鄺華亭恃技驕狂，致遭此辱！他本來就是性情偏激暴躁之人，哪堪聽任葛龍驤嘲

笑？一語不發，悶聲疾追，跟著接連幾縱，硃砂掌的功力業已叫足，一條右臂自肘以下完全成了紅色。尤其是掌心左近，赤若硃砂，準備把前行二人，來個石破天驚地一擊而斃。

這時三人業已出得離憂仙館，約莫數里遠近，左依峭壁，右有叢林，是個絕好打鬥所在。葛、谷二人才一駐足回身，酈華亭的一條人影，挾著無比驚風跟蹤已到，左掌護住前胸，血紅如火的右掌高舉過頭，兇睛炯炯覷定二人，周圍兩、三丈方圓，俱在他這種威勢的籠罩之下。

葛龍驤知道酈華亭含忿而來，用的也是天龍身法，隨意夭矯。人已在他目光所注之下，絕難閃躲，倘一慌亂失措，可能立遭毒手。

遂向谷飛英叫道：「老怪自詡掌力，我們用璇璣雙劍的第七式，接他一下，看看硃砂神掌和前古仙兵究竟孰勝？」

二人身形往中一湊，似要合力出劍。酈華亭滿懷得意，一聲：「螳臂擋車，娃娃找死！」右掌一落，凝聚含蓄已久的內家真力，化爲一片奇勁罡風，照準二人當頭下擊！暗想任你二人手中寶劍，芒尾伸縮如電，是一對前古仙兵，但我硃砂神掌這次是以全力施爲，一丈以外，就憑罡風勁氣，壓也把你們壓死。除非你會馭氣飛劍，不然仙兵再利，其奈我何？哪裡曉得葛龍驤知道酈華亭這蓄怒而來的凌空一擊，威勢必然難擋，故

而招呼谷飛英所用璇璣雙劍第七式，是叫「陰陽開闔」。

二人身形疾如閃電，一合便分，葛龍驤往南，谷飛英往北，紫電、青霜雙劍，一個「雲怒風吼」，一個「瀾翻潮捲」，紫巍巍、青閃閃的光華，從半空分走兩個圓弧，一齊向鄺華亭掃劈而下。

鄺華亭的硃砂神掌，威力也著實驚人。雖然看見葛、谷二人由分而合，瞬即由合而分，但係全力發掌，無法再收，罡風勁氣過處，把好好的地上，生生擊出一個深坑，沙石驚風，散落如雨。

紫、青雙劍遞到，離身尚有數尺，寒風即已砭人。鄺華亭心中一驚，逼得用出了一手自己最得意、臨危脫難的輕功絕技「旋葉凌空」，矮胖身軀滴溜溜一轉，果然真如一張柳葉一般，輕飄飄地，飄出了紫電、青霜的劍光以外。

谷飛英知道這樣一來，老怪盛氣稍餒，不敢再像先前那樣囂張！想起自己母親慘死之事，眼圈一紅，手指鄺華亭，淒然恨聲說道：「鄺華亭老賊聽真，我母湘江女俠白如虹，與你毫無仇怨，不過彼此為友助拳，竟然遭你這老賊毒手！姑娘茹苦含辛，精研絕藝，今日來報親仇。老賊當知因果循環之理，還不懺悔前非，低頭受死。」

鄺華亭哈哈一陣震天狂笑，說道：「老夫硃砂神掌之下，殺人不計其數，誰還記得什麼湘江女俠？你們兩個小娃，慢說是學了諸一涵、葛青霜的兩手劍法，就是諸、葛親

來，老夫又有何懼？乳臭未乾，不知天高地厚，今天讓你們見識見識！」右臂一揚，整隻手掌紅如殷血，並不劈空揮擊，只向二人把掌心微張，也未見有什麼疾風勁氣，但面上卻滿含得意之色。

葛龍驤、谷飛英均是絕頂聰明，見老賊連受小挫，已知自己二人年歲雖輕，並不是易服之輩，仍敢出此狂言大話，定然有甚殺手！這種成名老賊，聲威必非倖致。見他掌心一張，也不管他用意何在，不求成功，先求無過。紫電、青霜雙劍，用了一手璇璣劍法中的護體絕招「天地交泰」！一掣一揮，在二人身前旋起了一團青紫的光圈。葛龍驤並還加上了左手五指的彈指神通，谷飛英也不約而同地用無相神功往外一逼。

這一合力施爲，鬼使神差地竟使二人逃過了一次大難！原來鄺華亭貌雖驕狂，其實對葛龍驤、谷飛英這兩位英俊少年深懷戒意。方才那一下掌心微張，看上去好像輕描淡寫，暗中卻已用上十二成的硃砂神掌，再加以本身數十年沉潛所得，化剛爲柔，凝成了一片無形罡氣發出！心想等你們兩個小賊看出端倪，或等無形罡氣近身警覺之時，眼耳口鼻等七竅五官已被封住，甚至連手足都抬不起。無形罡氣再加一擠一壓，哪怕你這兩個娃娃飛上天去！

算盤打得原是絲毫不錯，但福善禍淫，天道不爽！葛龍驤與谷飛英偏偏未因小勝而驕，反而特別警惕！這一招「天地交泰」使出，無形罡氣的威力立顯，雙劍揮舞之間，

好似滯重已極！但紫電、青霜是前古仙兵，天璇、地璣又是當代劍法中的絕學，雙劍合璧威力更增！一旋一絞之下，無形罡氣業已破去大半，再加上葛龍驤彈指神通的破空逆襲，谷飛英的無相神功往四外一逼，當前壓力立時消失。鄺華亭卻濃眉一皺，真氣巨震，無形之中又吃了一次更大的啞巴暗虧！還怕他們乘勝追擊，足下輕點，退出了三丈有餘，心中兀自驚疑。這一雙少年男女，加起來也不會超過四十歲年紀，怎會學成了這麼多的精粹絕學？

其實葛龍驤、谷飛英雖然仗著師門中幾樣震懾武林的極高神功，無意中脫了一次大難，但也覺得雙劍揮舞帶澀，彈指神通遭逢無形障礙。尤其是谷飛英用無相神功往四外一逼之時，感覺到面前阻力千鈞，無相神功幾乎被反逼回頭。末了雖然無事，也把真氣消耗過度，亟須調元固本，恢復體力。

所以鄺華亭一退三丈，雙方均中下懷。谷飛英凝神運氣，周轉「十二重樓」，妙目一睜，向鄺華亭哂笑說道：「不知羞的老怪！這就是你要我們見識的嗎？裝神弄鬼了老半天，可曾傷得我葛師兄和姑娘的半根毫髮？投之桃李，報以瓊瑤。你也來見識見識我們的璇璣雙劍！恐怕不必等我龍門醫隱柏師叔、獨臂窮神柳師叔，和天台醉客余師叔等到此之時，武林十三奇中，就已剔除你這號人物了。」話完，與葛龍驤雙劍並指，驚閃掣電，驟雨狂風，轉眼之間，把硃砂神掌鄺華亭圈在了兩團青閃閃、紫巍巍的劍光之內。

她這末後幾句話，半假半真。明知龍門醫隱與天台醉客，聽荊芸稟告自己等人去向之後，必定趕來接應，但卻又把個遠在廬山冷雲谷的獨臂窮神柳悟非順口加在其內。

哪知這一來倒真收了攻心之效！鄺華亭因見兄長青衣怪叟鄺華峰自發現敵蹤，追出逍遙堂之後，便無音訊，正在驚疑。現聽谷飛英一說，不但信以為真，並還以為青衣怪叟所遇的，就是龍門醫隱等人。倘醫、丐、酒三奇合手，兄長處境未免太已艱危。他心懸青衣怪叟，不覺分神，手底下也就自然稍稍略慢。

葛龍驤、谷飛英的璇璣雙劍，本來被鄺華亭的深厚功力和精妙掌法，阻礙得難以合璧運用，雖然仍舊各盡其妙，威力終嫌不能發揮盡致。如今卻趁著鄺華亭手底略慢，葛龍驤瞋目怒喝，紫電劍精光電閃，連攻三招，得隙回身，與谷飛英雙劍一併，兩道青紫光華舞起一合，化成一圈彩色長虹，精芒暴長，威力備增！十來招過去，這位武林怪傑蟠塚兇人氣焰頓低，相形見絀。

璇璣雙劍合璧之下，攻敵防身，完滿無缺！鄺華亭知道不妙，幾次要想蹈暇乘隙，脫身圈外，均未如願。纏戰到了二十招以外，璇璣正好又用出了前在華山，葛龍驤與薛琪合用來對付青衣怪叟那兩招「星垂平野」、「月湧大江」。

葛龍驤向谷飛英叫道：「谷師妹！我們盡力施為，殺這老賊與伯母報仇雪恨！」雙

足點處，身形突然拔起三、四丈高，半空中「神龍轉身」掉頭撲下。紫電劍一旋一抖，化成千萬朵紫色寒星，往鄺華亭當頭罩落，左手並以彈指神通，發出幾道疾猛無儔的罡風勁氣，助長這招天璇劍法中的絕學「星垂平野」的威勢。

谷飛英卻默運無相神功護住自己，奮不顧身衝近對頭，矮身盤旋，青霜劍精芒橫掃，貼地如流，真如同「月湧大江」一般。無數青色劍花，從下往上翻滾，直向殺母深仇硃砂神掌鄺華亭的中、下兩盤，電掣而至。

這一來，上面是萬朵紫色寒星，當空耀彩！下面是一片青芒冷電，掠地騰輝！鄺華亭再高的內家功力，再狠的硃砂神掌，終究是血肉之軀，怎能擋得住兩般前古仙兵的無邊威力？身在青紫精光上下籠罩之下，一聲長嘆，眼看著谷飛英就要快意恩仇，並可為江湖除去窮兇巨惡。

谷飛英見殺母深仇硃砂神掌鄺華亭，業已受制在自己與葛師兄精妙無倫的天璇、地璣劍法並運，前古仙兵紫電、青霜雙劍合璧之下，不禁心頭狂喜，越發奮力施為。漫空紫電和匝地青霜，眼看往中一合，老怪即無倖理。

但武林十三奇名位豈是幸致？個個均有一身蓋世奇能！鄺華亭平素那樣驕狂，按說像他這等人物，在兩個年輕後輩手中，竟然吃了不少小虧，應該越發暴跳如雷才對！哪知他畢竟功力深厚，到了這種生死關頭，不但毫不氣憤慌亂，一顆心竟能反而沉靜起來。

自被葛龍驤、谷飛英圈入一片青紫奇光之內，老怪即已心中暗忖，想不到諸一涵、葛青霜昔年震壓武林的璇璣雙劍，在他們弟子手中施展就有如此威力！看來黃山論劍會上，除卻苗嶺陰魔邴浩，還有希望與他們一爭武林最高名位之外，自己弟兄恐怕不過陪襯陪襯而已。

「星垂平野」、「月湧大江」是璇璣雙劍的精絕招術，鄺華亭何等眼光？葛、谷二人才一出手，便知不妙，但真想不出破解及閃避之策。直到紫電臨頭，青霜繞足，心頭才似暗室之內突現明燈！調元聚力、納氣凝神，運足硃砂神掌，雙掌一翻，照著面前山地，劈空盡力猛擊，頓時大小碎石與沙礫等物，被他奇猛掌力震得四散亂飛，宛如無數鏢箭暗器同時迸發，疾猛生風，霸道無比。

葛龍驤、谷飛英驟出不意，不得不撥打閃躲，手中自然略慢。

鄺華亭就把握這刹那生機，遁出這兩招精粹絕學之外。但人雖脫去圈外，「哧」的一聲，右腿上的中衣，仍被谷飛英青霜劍的精芒劃了兩、三寸長一個裂口，血如泉湧，霎時鮮紅一片。

葛龍驤、谷飛英正待乘勝追擊，鄺華亭一聲震天暴吼道：「狂妄小輩！過分欺人！」滿頭短髮，根根沖天勁立，雙手箕張。非僅掌肘之間若紅硃砂，連頭臉、頸項全

部赤紅如血，面容獰厲，怖人已極！不但不退，反而迎著二人劍光飛撲。雙掌屈指成鉤，往前伸處，並有一點星光當空一閃。

葛龍驤不知這星光來歷，但谷飛英卻因在九華山毒龍潭，與天台醉客余獨醒做壁上觀，看蟠塚雙兇與嶗山二惡交手之時見過，知道這是雙兇輕不使用的星角神芒。不但神芒本身是寒鐵所鑄，無堅不摧，其中並有一支含蘊奇毒！剛待招呼葛龍驤趕快閃避之時，突然一個清朗口音答道：「鄺老二怎對兩個後生下輩，這等捨命窮拚起來？也不怕失了你武林一派宗師的名頭身分。」

側面林內的一株喬木頂端的最細枝條之上，不知何時站著一個面如古月蒼松，貌相清奇，仙風道骨的五十來歲長鬚老者。

那片樹林，離三人交手之地足有十丈以外。老者發話之時身猶未動，但聽到尾音，人已到了當空。根本不曾見他縱躍作勢，就連足下所立的手指粗細枝條，也只微微一搖，並未多動。老者身到當空，左手微招，星角神芒中途折向，飛入他的大袖之中；右掌凌空一揮，一股陰柔暗勁，把硃砂神掌鄺華亭的全身穴道一齊閉死，「咕咚」一聲暈倒在地。

老者這一揮拳，不但救了鄺華亭，同時也救了葛龍驤、谷飛英兩條小命。

原來鄺華亭突然變得周身赤紅、頭髮勁立、雙目噴火的那副兇相，是因為身受谷飛

英青霜劍傷，憤激過度，神智全昏，竟把數十年潛修的內家功力，整個傾囊而發，孤注一擲。只要等他屈如鋼鉤的十指伸出，雙掌一翻，鄺華亭本人固然真力齊竭，當時虛脫！但葛龍驤、谷飛英爲躲那星角神芒，決難再讓開他這破釜沉舟的拚命一襲，勢必逼得用彈指神通和無相神功硬接一下。這兩樣雖係不老神仙和冷雲仙子的秘傳絕學，但葛、谷二人年歲終輕，再好的稟賦悟性，除卻倚仗精妙絕倫的璇璣雙劍克敵之外，單論這種內功掌力方面，仍比鄺華亭差上一籌。只一雙方硬對，兩個少年英傑和一個蓋世魔頭，必然毫無疑問就地橫屍，同歸於盡。

那個貌古神清的老者，收去星角神芒，閉死鄺華亭周身穴道之後，飄身落地。在鄺華亭身上一陣亂揉亂點，又向他胸前背後各拍兩掌，倏地回身，面容不喜不怒，慢慢問道：「小娃兒家，仗著你們老鬼師父那點微末傳授，便敢對武林前輩如此放肆無禮嗎？」

對這老者，葛龍驤是識其音而不識其貌，谷飛英是識其音而又識其貌。兩人心頭一寒，暗叫不妙。知道來人正是在武林十三奇中，與不老神仙諸一涵、冷雲仙子葛青霜鼎足其名的邪派之中第一人物，苗嶺陰魔邴浩。

但聽這老魔言語之內藐視恩師，兩人同時英風一凜，俱是一樣心思，暗想要闖就索性闖上一場大禍！仗著紫青合璧、璇璣並運的無倫威力，連你這老魔也鬥上一鬥。

葛龍驤首先發話，雙拳當胸一抱，神情不亢不卑，莊容正色說道：「來人可是苗嶺邴老前輩？晚輩葛龍驤，前奉家師衡山涵青閣主人之命，有事華山，與老前輩有一語之緣。這是冷雲仙子門下谷飛英師妹，因與硃砂神掌鄺華亭有殺母深仇，才特上皤塚清算！武林中人不論何門何派，均貴乎行仁任義，教孝教忠。爲母復仇，似屬天經地義，爲人子者，均應盡孝道。老前輩功參造化，名重江湖！適才的『放肆無禮』之責，葛龍驤與谷師妹百思莫解。至於師門所授微末與否，斗膽敢以爝火微光，一抗當空皓月，敬請老前輩不吝指教。」

苗嶺陰魔邴浩在林內旁觀已久，真從心眼之中喜愛這雙少年英俠。聽完葛龍驤這一番話，更不禁暗暗點頭。覺得這少年先前的拚鬥鄺華亭之際，猛如虎兕，靈若龍蛇，此時卻又侃侃陳言，辯才無礙！自己外號「苗嶺陰魔」，江湖之中無人不知，自己也不引以爲嫌，但這葛龍驤卻硬把「陰魔」二字剔去，只稱「苗嶺邴老前輩」！話又得體，理又佔住。末後的幾句話，更是既維護了師門威望，又不涉狂妄輕薄。這份神情、器宇、風度、襟懷，把老魔頭愛了個發自由衷的呵呵大笑。

葛龍驤、谷飛英都知道這位老魔頭，功行不在自己的兩位恩師之下，話一講完，早就靜心攝慮，納氣凝神，準備萬一將老魔招惱，驟下毒手，好加防範閃避。但苗嶺陰魔把話講完，不怒反笑！這一笑，卻把葛、谷二人笑得緊握紫電、青霜雙劍，滿面驚疑，

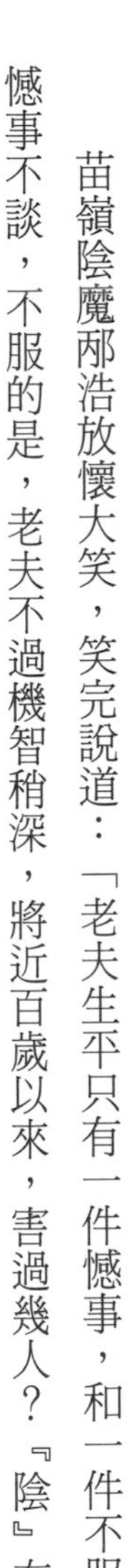

莫名其妙。

苗嶺陰魔邴浩放懷大笑，笑完說道：「老夫生平只有一件憾事，和一件不服之事！憾事不談，不服的是，老夫不過機智稍深，將近百歲以來，害過幾人？『陰』在何處？卻被那些自命正派的人物，硬給弄上一個外號，叫做什麼『苗嶺陰魔』！雖然好笑，但也無可如何。這佳名勝傳遐邇，數十年來，反而蓋過了我原名邴浩二字！這是第一次聽見你這名門正派的弟子，替老夫把『陰魔』二字剔掉，兆頭大佳，說不定我那件畢生憾事，可能也有機遇彌補。

「你們兩個娃兒真好，膽量也真夠大。老夫平生有言，決不對後輩動手，今日爲你們破例，以一套是我自創但絕非左道旁門的『維摩步』法，和你們兩個娃娃玩上一回。你們以璇璣雙劍作爲『散花天女』，老夫權當『病榻維摩』，看看諸一涵、葛青霜的無雙劍術，可能沾得老夫半絲衣袂？交手過後，我卻要將你們手中的紫、青雙劍暫時收存，免得你們倚仗這兩柄前古仙兵，到處藐視武林前輩！但老夫絕不覬覦小輩之物，黃山論劍之時，自會交還不老神仙和冷雲仙子。至於什麼報復母仇之事，老夫不問，酈華亭少時即醒，你們自己清算！我還有事要找青衣怪叟，不能多留。千載良機，稍縱即逝，你們還不動手？放大膽兒，只許你們傷我，老夫決不傷你們。」

葛龍驤、谷飛英福至心靈，雙雙聽出苗嶺陰魔的言外之意，但嫌老魔說話太狂，既

然不肯傷害自己，卻想奪去紫、青雙劍，豈非作夢？思念未了，聽老魔催促動手，二人此時均覺得這位苗嶺陰魔，氣派果然迥異凡流！索性把他當做武林前輩，一齊「童子拜佛」，獻劍恭身，先盡後輩的禮數，然後才行招開式，把師門鎮壓武林的無雙絕學，「璇璣雙劍」施展開來。一面各自留神，注意這苗嶺陰魔，到底用什麼樣的驚人絕技，來對抗自己的前古仙兵及精妙劍法。

苗嶺陰魔邴浩在紫、青雙劍精光掣動之下，哈哈一笑，長袖雙揮，就在如練如幕、如虹如電的劍光籠罩之中，飄飄而舞！身法並不快捷，簡直可以說得上暇豫悠閒，但舉步投足之時，無不含有無窮玄妙！任憑葛龍驤、谷飛英二人劍化龍蛇，勢奔雷電，用盡胸中所學，果然連人家一絲衣角均未沾上。

葛龍驤、谷飛英在動手之前，早已存心，又是根骨絕倫，天生穎悟。璇璣雙劍使到尾聲，業已把苗嶺陰魔的「維摩步」法，記下了十之八、九。

轉眼之間，璇璣雙劍使到了最後一招「洪鈞萬化」。谷飛英凝神發劍，一片青光旋向苗嶺陰魔，口中出聲叫道：「老前輩！再用你那第三十九步，左盤右繞，進七退三的身法，避避我們這招『洪鈞萬化』」。

苗嶺陰魔哈哈大笑，如言身形微晃，幾個盤旋，果然脫出劍光之外，擺手止住二人，含笑說道：「這『維摩步』法，是老夫近百年心血結晶，連我門下弟子沐亮、姬

元，因嫌他們悟性、資質稍差，也未傳授。你們無意之間有此奇逢，緣福真不淺！我素來言出必踐，女娃兒掌內青鋒，似是冷雲仙子昔年故物，先與老夫撒手。」

葛龍驤、谷飛英二人，見這苗嶺陰魔特別對自己投緣，藉著過手爲名，傳了一套那麼玄妙精奇的「維摩步」法，正在自欣奇遇！突然聽到他最後幾句，仍要奪劍，不禁暗笑這老魔頭，無怪人稱「陰魔」，最低限度，也有些「陰」晴無定！既然一再聲言不肯傷害後輩，倒看你怎生奪劍？

方想到此間，谷飛英手中一震，好似有甚無形大力牽引，青霜劍把握不住，竟自凌空飛向站在丈許之外的苗嶺陰魔身畔。不由大吃一驚，花容變色！

苗嶺陰魔把青霜劍接在手中，略微一看，偏頭朝葛龍驤微笑說道：「青劍果是青霜，紫劍必係紫電，你也與老夫撒手！」說完，右手虛空往前一抓。

葛、谷二人先未料到老魔頭是這樣奪劍。谷飛英寶劍既失，葛龍驤前車有鑒，雖然不好意思把紫電劍雙手抱在懷中，但已把全身真力貫注右臂，緊緊握住紫劍。

哪知雙方功力實在差得太遠，苗嶺陰魔那樣輕輕虛空一抓，葛龍驤竟似力無所用，掌中寶劍頓化龍飛！只見一溜紫電，飛起半空。葛、谷二人正自急得手足無措之時，突然山壁之間有人發話說道：「無恥老魔！憑你那等身分，怎好意思攘奪後輩之物？簡直令余獨醒爲之齒冷。」

十八　靈山護法

黃衫一飄，天台醉客余獨醒縱到當場，也和苗嶺陰魔一樣，舉手虛空一抓，那剛剛飛起半空的紫電劍，去勢遂停，並慢慢往回飛落。

苗嶺陰魔微微一笑說道：「無知酒鬼！也不問問老夫給了兩個娃兒多大好處？老夫豈是攘奪後輩寶物之人，不過見他們把酈老二氣得那般模樣，暫時收去雙劍。黃山會時，自當交還諸、葛，免得他們倚仗這種神物利器，小小年紀遽爾驕狂，隨意冒犯武林前輩。你那幾手功夫，對付對付什麼高粱、紹興之類，還可以博得一個『天台醉客』，要想到老夫面前賣狂，豈非太不量力？」將手再招，那柄紫電劍不再回頭，又往前飛，但去勢頗慢，天台醉客余獨醒向來瀟灑從容的面上，也已微微顯出窘色。

就在此時，山壁之間，又有人一陣朗聲長笑，說道：「老魔頭一別二十年，果然功行精進。這種凌空奪劍，生面別開，甚爲有趣，柏長青也參加一個。」龍門醫隱話畢縱身而下，與天台醉客合力出手。這一來，苗嶺陰魔獨對醫、酒雙奇，再不敢賣狂大意，

也自全神應敵。

葛龍驤、谷飛英知道這種賭鬥神功，因爲雙方均是武林中絕頂高人，名譽、身分攸關，不能夠從中干擾。只得束手呆立，看著那柄紫電劍，真變做仙兵飛劍一般，在半空中一會兒飛向醫、酒雙奇，一會兒飛向苗嶺陰魔，幻成從來未有的奇觀！到了最後，雙方真力盡量發出，恰好扯平！紫電劍幾乎靜止，只在半空中往東、西方向微微掣動，苗嶺陰魔與龍門醫隱、天台醉客三位高人的臉上，也已均現汗珠，一滴一滴地掉下地面。

這一來葛龍驤、谷飛英不禁心頭急煞。因爲武林競技，倘強弱有別，倒不礙事，最怕的就是這種勢均力敵，難分上下！尤其場中三人，都是一等一的宗師身分，爲了顧昔往日英名盛譽，彼此誰也不能先行罷手，只有硬拚到底。如此則醫、酒雙奇，豈不要隨這邴浩老魔一起斷送。

二小這裏焦慮未已，場中形勢也已越來越急。龍門醫隱與天台醉客暗自心驚，想不到這老魔頭二度出世以來，竟有這高功力！自己以二對一，合手奪劍，不但絲毫未佔上風，且真力僅餘三、四成，瞬刻即將用盡！但老魔頭卻滿臉笑容，神態似較暇豫。

休看醫、酒雙奇在平日均是一樣的精細慎重，但在目前這種局勢之下，也只有寧折不彎，縱教人亡，不令名墜！天台醉客倏爾揚聲笑道：「柏兄，老魔頭確實不錯！我們索性摸摸他底細，看看究竟有多少能耐？」竟然不惜耗盡殘餘真氣，把乾天掌力盡量發

出。龍門醫隱也自笑諾，少陽神掌同樣施爲。經這一來，那柄被雙方真氣互吸，停在空中微微掣動的紫電劍，遂朝醫、酒雙奇這面緩緩墜落。

苗嶺陰魔邴浩因走火入魔，半身久僵，心無旁騖，絕慮苦修，故自悟透八、九成玄功，修復久僵之體，二度出世以來，功力大進，以爲業已舉世無敵。所以先前雖見醫、酒雙奇現身，並未放在眼裏。但一交手賭鬥神功，凌空奪劍之下，這才知道自己雖非昔比，人家同樣大有進境！所以貌雖暇豫，心頭也在暗暗叫苦。

醫、酒雙奇陡然加勁往回奪劍，苗嶺陰魔心雄萬丈，在明年黃山論劍之時，根本就不作第二人想，怎肯就此甘心受挫？豁出損耗真元，自丹田發出一聲清嘯，施展自己秘密練來準備對付諸一涵、葛青霜，向不輕易顯示，只在毒龍潭取寶擊斃三足兕竉，用過一次的十二都天神掌！雙手同揚，虛空一抓，紫電劍又自飛回。

三位當代宗師，不僅彼此間汗如珠墜，並且漸聞喘息之聲，胸前不住劇烈起伏！葛龍驤見爲了一柄紫電劍，使龍門醫隱與天台醉客同陷危機，而自己對這位苗嶺陰魔印象也不算壞，正待甘心捨劍，籲請三人住手。突然一陣極爲熟悉的龍吟虎嘯般哈哈怪笑起處，兩條人影當空飛墜，正是被龍門醫隱誆往冷雲谷護法，與眾人睽違了一年有餘的獨臂窮神柳悟非和小摩勒杜人龍。

柳悟非人到當場，一言不發，舉起他那條獨臂，便向當空猛抓。

苗嶺陰魔便見風轉舵，真力一收，紫電劍電疾飛回，被龍門醫隱伸手接住。苗嶺陰魔冷笑一聲說道：「以多爲勝，老夫不屑一拚，我們黃山再會！」人隨聲起，帶著谷飛英的青霜劍，一縱便是十來丈遠，霎時即逝！

這時那位蟠塚雙兇的老二硃砂神掌酈華亭，氣血漸活，悠悠醒轉。一看武林十三奇中的醫、丐、酒，在身前並立，葛龍驤、谷飛英二小瞋目怒視。不由一陣惶慚，怪叫一聲，猛翻右掌自行震碎天靈而死。

谷飛英雙膝下跪，默禱母親在天之靈，應見深仇已雪。龍門醫隱卻見酈華亭也是一代宗師，如此下場，不禁淒然一嘆。從背後藥囊之中，取出兩瓶益元玉露和兩粒太乙清寧丹，分了一半遞給天台醉客，搖頭笑道：「邴浩老魔，確實不凡！不是老花子突如其來，我們以二對一，仍然免不了丟人現眼，但就這樣，真元損耗亦不在少。余兄服我這兩樣靈藥，再稍微用功，當可恢復。」

柏、余二老服藥調元以後，剛待要向獨臂窮神互道別來光景，葛龍驤業已忍不住地向龍門醫隱大叫道：「伯父請慢與我柳大哥等寒暄，青妹與西崑崙星宿海黑白雙魔門下的活屍鄔蒙，在東南方合力雙戰青衣怪叟，還是趕快前去接應爲妙！」

龍門醫隱雖然驚奇黑白雙魔門下怎的已到中原，並與柏青青聯手？但知青衣怪叟功力絕倫，心懸愛女，無暇細問，便顧不得與獨臂窮神師徒寒暄，眾人一齊腳尖點處，撲奔東南。

再說玄衣龍女柏青青與活屍鄔蒙，雙戰青衣怪叟。一開始雖然仗著透骨神針和鄔蒙修羅棒內的毒龍鬚，稍佔上風，但青衣怪叟功力本就高出乃弟硃砂神掌，而鄔蒙修羅棒和柏青青鋼長劍的威力，也遠遜於紫、青雙劍的璇璣合璧，所以時間一長，便居敗勢。

青衣怪叟仗著精湛功力，把形勢扭轉之後，不住哼哼冷笑。就憑藉一雙肉掌，硬把一個神醫愛女，一個西域怪徒，圈入一片掌風之內。

柏青青見勢不妙，估量爲時已久，葛龍驤、谷飛英鬥硃砂神掌，或勝或敗，也當了結，爲想引逗青衣怪叟分神，遂邊打邊行高聲叫道：「青衣老怪！你不要耀武揚威，可知道你中了姑娘誘兵之計？我爹爹與天台醉客余師叔等人，業已乘虛而入，去處置你那兄弟了呢！」

青衣怪叟先以爲無以敢捋虎鬚，但一聽此言，果覺內有蹊蹺。眼珠一轉，功力驟加，好似想要盡速戰敗二人，趕去援救。柏青青還以爲得計，向活屍鄔蒙笑道：「鄔朋友！老怪想溜，我們實行遊鬥，活活把他氣死。」

哪知就是先前那幾句話，青衣怪叟鄺華峰對她怨毒已深，幾乎惹下了殺身之禍。

這時青衣怪叟目如冷電，眉蘊殺機！左手用劈空掌力阻擋柏青青不使近身，右手招招迅疾沉猛，威力無倫地專向鄔蒙一人進攻。一連幾下連環殺手，把鄔蒙迫出兩丈以外。青衣怪叟一聲暴喝，縱起急迫，但雙足剛點地面，即捷如電掣一般倒縱回來，反臂回身，掄圓右掌，「呼」的一聲，照準柏青青腰背之間下手。

柏青青事出意外，驟不及防之下，後背挨了十成十的一掌！被打得脫口慘哼，嬌軀足足飛起兩丈來高，「叭」的一響，摔在山石之上。一口鮮血噴得滿地桃花，人便暈倒。

原來她雖然貼身穿有「天孫錦」那等至寶，但冷雲仙子曾經說明，此寶固可禦寶刀、寶劍，但如遇極高的內家掌力之類，卻仍難擋。

上次葛龍驤在嶗山大碧落岩，挨那追魂燕繆香紅一掌，僅僅略受震盪，安然無事之故，是因爲繆香紅彼時內傷已重，真力大虧。此時青衣怪叟這夾背一掌，掄圓打實，何等威力！柏青青怎能禁受？若非「天孫錦」護體，當時心脈便被震斷，使葛龍驤鸞儔折侶，難補情天，龍門醫隱醫道再高，也自返魂無術。

活屍鄔蒙極爲歉疚地看了暈躐在地的柏青青一眼，知難而退，厲嘯一聲，遁入林內。青衣怪叟知他來歷以後，本不願與黑白雙魔過分結仇，故而不去追他，方待縱身上前，對柏青青再下毒手，忽然側耳一聽，霍地回身，西北方一條灰衣人影，已如神龍御

風一般，當空撲下。

青衣怪叟見來人那等聲勢，以為柏青青所言不虛，真是龍門醫隱或天台醉客等人。一聲暴喝，運足了十成功力，單掌一揚，便對來人凌空劈去！但一臨近，認出是誰，「哎呀」一聲，收勢已是不及。

來人微微一笑，雙手微分，便使青衣怪叟所發劈空勁氣化於無形。身形落地，正是那苗嶺陰魔，左掌之中，還握著一把青芒奪目的長劍，向青衣怪叟笑道：「金精鋼母的銀匣一開，入爐熔鑄之下，發現我們九華山毒龍潭之行，枉費心機！所得的不過是匣稍好的凡鐵溶液。老夫生怕諸兄誤會，特來通知。左、班二兄行蹤靡定，還望得便轉告。令弟西北遇敵，幾乎折在兩個年輕後輩手中。如今柏長青、柳悟非與余獨醒三個老鬼已來，鄺兄還不趕快接應，對這已受重傷的小女娃，再下毒手作甚？」

青衣怪叟關心兄弟，一聽苗嶺陰魔之言，知道鄺華亭再高的硃砂神掌，也難與醫、丐、酒三奇為敵，此時定已危繫一髮，急得連金精鋼母之事都顧不得細問，厲嘯一聲，便往西北方急縱而去。

苗嶺陰魔向暈死在地的柏青青臉上微一端詳，皺眉說道：「無怪這干老鬼自命不凡！光這些根骨絕倫的少年男女，便一個勝似一個，是從哪裡找的？此女受傷太重，今日索性廣結善緣，再捨一粒續命靈丹，救這丫頭一命。」手剛伸入懷中，突然微一側

耳，復行自語說道：「老鬼們來得太快，鄺老二恐怕此命休矣！」隨向柏青青左手之內，塞進一粒青色蠟丸，身形微晃，便自不見。

青衣怪叟鄺華峰趕往西北，才到中途，便遙見醫、丐、酒三奇，帶著葛龍驤、谷飛英及杜人龍三小，如飛而來！心中一驚，知道不妙。一則敵勢太眾，二則急於探視鄺華亭，不願再事糾纏，遂低頭伏身，避將過去。

其實龍門醫隱等人，何嘗未看見他？但雙方懷的同一心思，避免糾纏最好！葛龍驤愛侶關心，老遠就看見柏青青撲臥在地，血跡殷然，一動不動！不由肝腸痛斷，急叫一聲，飛撲過去。一探柏青青心頭尚有微溫，但已只剩奄奄一息，忍不住向龍門醫隱流淚叫道：「伯父趕快救救青妹。」

龍門醫隱先前真被葛龍驤那種神情嚇了一跳，等到聽他請自己趕快施救，知道柏青青尚未死，心內頓時一寬。走過一看，柏青青傷得那麼重，也不禁搖頭垂淚。細察脈息，才知柏青青是後背要穴之上，中了極重的內家掌力。幸而仗著貼身所著的那件武林奇寶天孫錦，護著幾絲心脈，未被震斷，才留下這奄奄一息，不致當時斃命。但傷到這般地步，臟腑受損極重！憑自己醫道和囊中靈芝，縱然竭盡心力，也不過只能在墟墓之間，挽回她一縷遊魂，勉強多活上個一月半月而已。並且在這段時間之內，簡直形同廢人，些微勞累都禁受不得。

葛龍驤是何等聰明？一見龍門醫隱爲柏青青診脈以後的那種沉痛神態，心中不禁突突亂跳，囁嚅問道：「伯父！青妹難……難道……」

龍門醫隱淒然一嘆，但只嘆出半聲，與葛龍驤含淚目光一對，陡然一事突上心頭，不禁暗罵自己該死！葛龍驤大雪山求藥復容之時，七指神姥不是贈了三顆千年雪蓮實？有此稀世奇珍在懷，怎的幾乎忘卻？此時不但葛龍驤業已急得全身顫抖，連獨臂窮神、天台醉客和谷飛英、杜人龍等人，亦莫不焦急之狀形諸於色。

龍門醫隱趕緊微笑說道：「青兒傷勢實在太重，本來無可挽回餘地，但我幾乎忘掉了大雪山之行所得的稀世奇珍……」

葛龍驤不等龍門醫隱說完，已搶著問道：「伯父說的可是那七指神姥，在我們將離大雪山之時，派靈獸雪狒送來的三顆千年雪蓮實嗎？」

龍門醫隱點頭笑道：「正是此物！千年雪蓮實據武林傳說，真有生死人而肉白骨之功！縱然所譽稍過，但療傷特具靈效，卻可斷言。你但放寬心，青兒不妨事了。」

獨臂窮神柳悟非，聽得好不耐煩，向龍門醫隱叫道：「老怪物！你女兒受傷這重，能救快救，怎的嘮叨不完？這裏若有新鮮人乳，老花子也可以使她著手回春，並不一定非要你這自以神醫標榜的老怪物動手不可呢！」

龍門醫隱一面取出千年雪蓮實，撬開柏青青的牙關，以益元玉露哺她服下，一面詫

向獨臂窮神問道：「新鮮人乳，除了配合碧玉靈蜍可療重傷奇毒之外，另無治傷之效！蟠塚雙兇雖然自悟元大師手中奪得此寶，但傳係贋鼎，且不似虛謊。老花子口出此言，你在何處把真的碧玉靈蜍找到？」

獨臂窮神柳悟非，把怪眼一瞪說道：「此事說來話長，你這老怪物撒了一個瀰天大謊，差點兒把老花子送到枉死城中。等你把女兒治好後，再和你算算這本舊賬。」

龍門醫隱微笑不言，靈藥之力行開，稀世奇珍功效果然無比！柏青青眼珠微轉，人已還甦。葛龍驤暗抹額間冷汗，心頭一塊大石落地。

柏青青星眸微啓，突見爹爹等人，尤其是好久未見的獨臂窮神和小摩勒杜人龍也在身畔，不覺一怔！再見葛龍驤淚眼相看，知道他關懷過甚。好在這些師叔和師弟妹等不是外人，自己不必避嫌，伸出一隻柔荑，讓葛龍驤握在手中，低低淒聲說道：「龍哥！爹爹和柳師叔等何時趕來？英妹親仇可雪？青衣老怪這一掌，把我打得好重。」

葛龍驤見心上人雖然醒轉，並能開口說話，但黛眉顰蹙，聲若游絲，知道柏青青這場苦頭吃得太大！心中好生憐惜，遂低聲敘述經過，並寬慰她好好養傷，他日再尋青衣怪叟，報復這一掌之恨！忽然看見柏青青左手之中，握著一顆青色蠟丸。取過一看，丸上印有「續命紫蘇丹」五字。以爲是龍門醫隱秘煉靈藥，柏青青不及取服，人便暈死！葛龍驤也遂輕輕一捏，蠟丸中分，裏面果然封藏一粒龍眼大小、異香撲鼻的紫色靈丹。葛龍驤也

不管，便自塞入柏青青的櫻口之內。

柏青青靈丹入口，覺得芬芳已極，以爲是葛龍驤師父靈藥之類，微笑便自嚥下。

龍門醫隱先也和柏青青是一個心思，但見葛龍驤往地上甩下兩半青色蠟丸，隨手拾起一看，不覺大驚，忙向葛龍驤問道：「龍驤！這是苗嶺陰魔邴浩所煉靈藥『續命紫蘇丹』。老魔對此珍逾性命，你從何處得來？」

葛龍驤聽是苗嶺陰魔之物，也覺意外，皺眉答道：「此丹是青妹握在手中，我以爲是伯父自煉靈藥，青妹不及取服，人便暈厥！既是苗嶺陰魔之物，誤服可妨事嗎？」話完，回頭欲問柏青青此丹從何處而來？哪知就這片刻工夫，柏青青業已香夢沉沉，睡得好不酣熟。

龍門醫隱見葛龍驤眉宇之間，又現愁急之色，含笑說道：「賢侄不必惶急，此丹既名『續命紫蘇丹』，服下焉有害處？我所驚奇的是，風聞老魔頭窮一甲子精力，不過煉成此丹一十二粒，怎麼拿來贈與還可算是敵對之人呢？」

葛龍驤接口道：「這位老魔頭好像對我們特別有緣，伯父與余師叔等未到之前，他還藉著過手爲名，傳了我和谷師妹一套玄妙絕倫的『維摩步』法呢！」

龍門醫隱聞言又是一驚，向獨臂窮神等人嘆道：「維摩步是老魔畢生心血結晶，向爲不傳之秘！今日竟會連這續命紫蘇丹一齊送贈外人，無怪武林中人均說這老魔喜怒無

紫電青霜

常，正邪莫辨！平生行事，只憑一時高興，宛如天際神龍，不可捉摸。他們三人，福緣真算不淺！」

轉面又笑對葛龍驤道：「青兒所受之傷，服下千年雪蓮實後本已無妨。稍微休憩，便可痊癒！你又與她加服這粒『續命紫蘇丹』，最少要睡上一個對時。但醒來以後，兩股靈藥混合之下生出妙用，真力必然大增。她武學之中的先天唯一缺憾，也可從此彌補，未始不是因禍得福呢！」彎下腰抱起柏青青，走到林內避風之處，葛龍驤脫下外著長衫，爲她半鋪半蓋，服侍柏青青睡好。

龍門醫隱又笑向天台醉客說道：「余兄，我想鄺華峰見硃砂神掌自戕之後，不是傾巢來拚命，便是率領徒眾，遠走高飛，他日徐圖雪恥。因青兒服藥酣睡，我們還須在此久作逗留，似乎應該探聽明白。小一輩的功力稍弱，老花子則性情太暴，動輒就要殺人，還是余兄勞駕如何？」

天台醉客含笑踅去。獨臂窮神柳悟非卻氣得不理龍門醫隱，揮手叫過葛龍驤，從懷中取出一隻大約三寸，通體透明，腹內似有無數光華，隱隱不停流轉閃閃精光，映得人鬚眉皆碧的形似蟾蜍之物，笑聲問道：「當年悟元大師黃山斬蟒所得，可是此物嗎？」

葛龍驤點頭詫道：「這碧玉靈蜍到底共有幾隻？悟元大師自行握碎一隻，青衣怪叟奪去一隻，如今又有一隻。究竟哪隻是真？哪隻是假？真叫人無法分辨。」

龍門醫隱要過仔細一看，並自身畔取出一枚透骨神針，把那碧玉靈蜍嘴部靠近針尖。果然靈蜍腹內似有幾縷青色煙雲，剛一流轉便自消滅！而透骨神針本在爛銀之中，微帶的一點青色，也已無跡。托起碧玉靈蜍，交還獨臂窮神柳悟非笑道：「老花子真有兩手！這隻碧玉靈蜍，確是靈石仙乳、萬載空青所孕的人間至寶，你從何處得來？」

獨臂窮神哈哈一笑，怪眼一翻，說出一番話來：

原來當初獨臂窮神柳悟非在仙霞嶺楓嶺關的旅店之中，與龍門醫隱、天台醉客等人分別以後，哪裡會想得到是諸一涵在先天易數之中，參詳出他有場凶險，預示先機，龍門醫隱才設計誆他去往冷雲谷中避難。只道是真有不開眼之人，勾引上幾個多年不曾出世的老怪，趁著冷雲仙子坐關期間，欲往冷雲谷中生事。心想以葛青霜昔日威名，來人定非俗手，倒要看看是哪路人物！遂與小摩勒杜人龍二人，日夜不停，兼程猛趕。

一路無話，七天即趕至廬山雙劍峰冷雲谷中，師徒二人見過冷雲仙子，獨臂窮神柳悟非忙自懷中取出葛龍驤稟報苗嶺陰魔訂約黃山論劍，及衛天衢所說當年父仇隱事的書信，交與冷雲仙子。

冷雲仙子把信看完之後，微微笑道：「宇文屏用計雖狡，當年我也不過一時負氣，事後早明白。但一來苦無證據，二來知道我兄長遺腹有子，已在外子門下授藝。子報父仇，理所當然，所以才未找那妖婦晦氣！其實我與外子，也真想趁此機會，各自屏慮絕

紫電青霜

緣，進參幾種上乘功力。自龍驤下山行道以後，涵青閣與冷雲谷之間已通音訊多次，連柳兄來此之故，也是因為外子在先天易數之中，參詳出柳兄今春似有災厄，才用隱語通知柏、谷等兄，設法預為防備……」

獨臂窮神「嘿」的一聲，自座中跳起說道：「好個柏長青老兒，他騙我來冷雲谷護法，大概是要叫老花子在你這洞天福地之中，和昔日威名之下，消災避難！」

兩位多年闊別的武林奇人，說笑一回，冷雲仙子便喚過白鸚鵡雪玉，命牠把葛龍驤那封書信送上衡山，交給尹一清，轉呈涵青閣主察閱。

從此獨臂窮神柳悟非便在冷雲谷內，鍛鍊自己龍形八掌精華所聚的「擒龍手」法，並教授小摩勒杜人龍培元回本的易筋神功，以彌補他先天稟賦不足。

冷雲仙子則因二十年來，功行精進，雖然也為準備黃山之會，練那九轉三參的「乾清罡氣」，但已可在無形無相之中有所進益，不必閉關。興到之時，便與獨臂窮神一同指點杜人龍武學。杜人龍在這兩位蓋代奇人，耳提面命的悉心啓迪之下，內外功行哪得不突飛猛進！這時獨臂窮神的「擒龍手」法業已練成，杜人龍則在這段時間之內，功行較前豈止倍增！留此已無所事，獨臂窮神久靜思動，遂向冷雲仙子告辭。冷雲仙子知道老花子野鶴閒雲，無法羈絆，也不強留，互期黃山之會而別。

十九　異寶乍現

出得冷雲谷後，獨臂窮神柳悟非一算龍門醫隱與天台醉客在漢中附近的約會之期，已不算太遠，他一來心想鬥殺青衣怪叟鄺華峰，爲自己的方外好友悟元大師報仇；二來懸念葛龍驤西行求藥，不知順利與否，容貌可復？遂意欲順皖、鄂邊境，經豫、陝等地，赴援龍門醫隱等人。

師徒二人緩步當車，沿途遊覽，照著預定途程，慢慢行去。到得河南澠池附近，獨臂窮神想到自己生平另一好友中條山客無名樵子，已有甚久未見，正好順路一探，遂略變原計，攜同杜人龍渡河入晉。

杜人龍生長揚州，一向足跡所經，最遠也不過在江南附近，對這北地山水的壯闊景色，覺得比起家鄉的那種水秀山明，另具一番風味。尤其是這條南吞二華、西控三秦的黃河，濁浪排空，奔雷飛雪，似較萬里長江更覺來得雄渾浩蕩！胸襟隨之一暢，放歌鼓棹，橫渡急流。

但到了中條山無名樵子舊居，獨臂窮神不覺一怔，只見蛛網塵封，竟似久無人跡。

獨臂窮神柳悟非越牆而入，見室中什物凌亂，地上並有幾塊紫黑乾涸血跡，顯見曾與仇家爭鬥，並還傷人！但從積塵之厚看來，最少已有數月之久。獨臂窮神不禁為老友擔心，但無名樵子所居，是絕峰之頂的幾間茅屋，家中既無子女親屬，周圍數十里內更少人煙，無從探詢。到底是出了什麼變故？這個悶壞人的啞謎，卻反把這個獨臂窮神氣得連連暴跳！

小摩勒杜人龍勸道：「師父，此事發生已久，空為無名樵子老前輩擔憂，也自無用。我們還是沿路注意江湖傳言，並往無名樵子老前輩平素有甚冤仇方面著想才是。」

獨臂窮神喟道：「這無名樵子為人謙和已極，生平無甚仇家，何以突然遭禍？真教我推想不出！既然無法可想，只好沿途打探再說。」

由中條奔往漢中，是由風陵渡過河，恰巧與前次悟元大師懷璧招災，華山遇難之時，走的同一道路。一過潼關，獨臂窮神柳悟非驀然想起，葛龍驤曾經說過，悟元大師遺蛻就埋在華嶽廟左近。自己既然路過，何不趁便把老友遺骨運回天蒙寺，讓他師兄弟三人合葬一處，也算了卻了一樁心事！遂與杜人龍到處尋找，末了總算在那兩株長松之間發現一座土墳，上面並插著葛龍驤所刻「秦嶺悟元大師之墓」字樣的一片樹木。

柳悟非對景傷情，想想老友往日的聲音笑貌，忍不住撲簌簌英雄淚滴！並暗暗禱祝

老友在泉下安心，今日先把遺骨運回天蒙寺內，等到黃山論劍之時，老花子拚著骨化形銷，也要捕殺冷面天王班獨和青衣怪叟酈華峰，爲老友報仇雪恨。

禱祝已畢，師徒二人合力開墳。悟元大師圓寂雖然不過年餘，但因掩埋之時無物盛放，是以肉身覆土，所以墳土挖開以後，一位堂堂俠僧，業已變成了一堆白骨。

獨臂窮神柳悟非性情至厚，望骨思人，忽然傷感放聲大哭。他這一哭，卻把小摩勒杜人龍弄了個不知怎麼才好？但忽然看見墳內白骨之中，似有碧光一閃，不由向柳悟非叫道：「師父，你看悟元大師遺骨之中，碧光閃閃的，那是何物？」

柳悟非自墳開見骨，想起自己這四位知交，天蒙三僧與無名樵子，曾幾何時，均成異物！人物數十春秋，無論苦樂榮枯，一旦大限臨頭，誰也難逃一死，縱有盛名偉業，也帶不入這黃土壟中，究竟有甚趣味？越想越傷感得如醉如癡，根本就未往墳中細看。聽杜人龍一叫，略爲注目，果然看見白骨之下，似有碧光閃動。上前撿起一看，是隻大約三寸、通體透明的碧玉蟾蜍。

他曾聽葛龍驤把悟元大師得寶、失寶經過敘述甚詳，知道這就是那隻萬人矚目的武林至寶碧玉靈蜍。但此寶明明說是已被青衣怪叟酈華峰奪去，怎會仍在悟元大師墓中，好生令人難解。

獨臂窮神對這碧玉靈蜍端詳半天，目光又轉向墳中白骨，忽然一挫鋼牙，恨聲說

道：「就爲這麼一個小小碧玉靈蜍，害得武林之中多少成名人物喪卻性命！光我老友，一死便是三人。老花子今日要碎此禍胎，爲江湖永絕後患！」說完，舉起碧玉靈蜍，就要往山石上砸去。

小摩勒杜人龍急忙伸手攔住師父，說道：「神物重寶，有德者自居之！這碧玉靈蜍功能袪毒療傷，雖然屢爲此物發生凶禍，但它本身無罪，總還是個益世救人之物。悟元大師黃山斬蟒，得來何等艱辛？末了還把自己師兄弟三人性命饒上，倘在老友手中毀去，豈非死不瞑目？師父憑你這身功力，難道還怕賊寇生心攘奪？不如暫時帶在身旁，日後交與龍門醫隱柏師伯，行醫濟世，豈不爲悟元大師積下莫大功德。何必定欲將它毀掉呢？」

獨臂窮神柳悟非被他一勸，對手內的碧玉靈蜍一看，突然帶著淚痕怪笑一聲，說道：「你龍門醫隱柏師伯，醫道神通，濟世活人，根本不必乞靈於天材地寶。老花子自己掌管這碧玉靈蜍，並要盡量宣揚，把那些聞風而來的萬惡賊子，殺他個乾乾淨淨！」

杜人龍拍手讚道：「師父這主意更高，殺一惡人，等於救了無數好人，何況還可以防身濟世，但倘若真有那些不開眼的賊子們，敢來虎口拔牙之時，師父可不要一齊殺光，留兩個讓我試試，看近一年來冷雲谷中究竟增長了多少功力？」

獨臂窮神把碧玉靈蜍揣入懷中，點頭笑道：「老花子生平立願殺盡天下惡人，想不

到收個徒弟，也是煞神轉世！和尚們講究火化，你去弄些乾柴，把悟元大師遺骨火化成灰之後，才好帶回他們的天蒙寺內。」

杜人龍如言照辦，師徒二人遂把悟元大師遺骨火化成灰，帶到太白山天蒙寺，與他兩位師兄悟靜、悟通合葬一處。葬畢以後，獨臂窮神因舊遊之地，觸目傷懷，不願久留，便與杜人龍仍按前計畫，趕往漢中，走到佛坪，柳悟非見當地酒好，多喝了幾斤，身上又無急事，不想連夜趕路，遂找了一家店房住下。

師徒二人頭方及枕，忽然聽得隔壁房中，有人恨聲拍案說道：「想不到爲了發現一部《紫清真訣》，我大哥在中條山翠蓋峰頭遇見煞星，豈不令人太已難過？」

這一聲《紫清真訣》和「中條山翠蓋峰頭」傳到耳中，真把獨臂窮神柳悟非嚇了一跳！原來《紫清真訣》是一部至高無上的內家寶典，但武林中已有近百年未見此書。那「中條山翠蓋峰頭」，卻正是不知吉凶禍福的無名樵子所居之處，再加上話中的什麼「煞星」、「慘死」等語，柳悟非怎不驚心？悄悄飄身下床，走到壁邊。

這種窮鄉僻野的小店，板壁多有隙孔。柳悟非就隙一看，隔房中是一個五旬左右老者和一個頗有傷疤的大漢。大漢眼中猶泛淚光，老者似在好言勸慰。

小摩勒杜人龍見師父忽然這種動作，好生驚異，剛待問話，柳悟非怕他驚動隔室之人，慌忙搖手噤聲，只聽那老者問道：「賢昆仲的鐵砂掌力壓蓋關中，武功均是上乘之

選，令兄怎會竟在中條喪命？此事老夫不明，還請賢弟暫抑悲懷，把內中經過詳細講清，才好計議報仇之策呢！」

大漢長嘆一聲說道：「此事說來話長。半載之前，我偶遊中條，為追捉一隻墨黑小猿，走到一條子午谷內。那谷峭壁排雲，中只一線，除子午兩時之外，不見日月光華，端的幽森已極！本來輕功再好，也不易到達那所在，是因為那小猿地形太熟，從老遠之處，慢慢盤旋繞入，但一到谷中，小猿即已不見。我正自懊喪白白走了這多的冤枉路，還把小猿追失。突然從一個松蘿掩覆的洞穴之中，慢慢鑽出一人，懷抱著一個小石匣，匣上刻著四個篆字《紫清真訣》。我不由大吃一驚！知道《紫清真訣》是武林中無上異寶，不想在這幽谷之中被人發現。這類千載良機，自然不肯輕易錯過。遂上前要求與那人共同參詳。那人不防外面有人，也是大吃一驚，嚴詞拒絕。一言不合，動起手腳。他武功倒未必勝我，只是偶爾有一、兩招掌法，卻是神妙已極！鬥到六十多手，被他用『神龍擺尾』，震傷我的右臂之後，揚長而去。

「我不捨至寶，強忍傷痛，潛行跟蹤，查明那人住在翠蓋峰頭。回家與我大哥一說，略為療治傷勢，兄弟二人捲土重來。到了翠蓋峰頭那人所居的茅屋背後，因欲先行窺探虛實，輕輕點破紙窗一看，只見那人正在秉燭觀看那薄薄一本《紫清真訣》。我大哥欲入室奪取，忽然茅屋之外極其陰森懾人的一聲冷笑，房門被人慢慢推開，當門站著一個膚色漆黑，五十上下的瘦長老婦，手中執著一根奇形鐵杖，腰間纏著一條綠色長蛇，蛇頭垂在右肩，奄奄地不似活物。面容冰冷，如同個死人一般，目光又兇又毒，注視室內那人手內的《紫清真訣》一瞬不瞬！室內那人先頗驚愕，但忽然一陣哈哈大笑，起身向那老婦說道：『來人可是武林十三奇中的黑天狐宇文屏嗎？以尊駕這種人物，無故決不會寵降我翠蓋峰頭，不問可知，必然是爲這部《紫清真訣》而來的了？

「這『黑天狐宇文屏』六字，真把我們兄弟兩人嚇了膽碎魂飛，知道這是武林十三奇中，最陰、最刁、最毒辣、最狠的人物，殺人向不眨眼！今夜不想居然淌上這場渾水。此時，只得屏息靜觀，希冀萬一僥倖，苟想圖逃，只一轉側，必爲發覺，立時身遭慘死！黑天狐宇文屏聽室內之人認出自己，冷冰冰的『嗯』了一聲說道：『你認得我最好，這部《紫清真訣》對我關係太大，諸一涵、葛青霜一雙老鬼的那身功力，非習此書無法勝之！我千辛萬苦探聽搜尋，好不容易才找到子午谷內，不想業已爲你先得。這《紫清真訣》所載深奧異常，你們這些凡夫俗子，根本無法領會！宇文屏向來決不留人，殺你也不過是舉手之勞。但念你得此真訣，也費了一番心力。如若好好奉上，我只將你舌頭割掉，兩手剁去，使你無法洩漏這樁機密，破例網開一面，恩施格外，饒你不死便了。

「割舌剁手，還說恩施格外、網開一面？連我們兄弟隔著一層窗牆，都覺得汗毛直豎，全身起慄！但那室內之人卻無絲毫懼色，依舊哈哈大笑道：『武林寶籍，當然應該獻與絕頂高人，何必以言詞恫嚇，我雙手恭敬奉上！』說罷，果然雙手捧著那冊《紫清真訣》，慢慢走向黑天狐宇文屏的身前。黑天狐宇文屏見這人對自己如此的恭敬聽話，冰冷的臉上，居然也浮現了一絲笑意，剛開口說了聲：『你……』面色倏然又變，右掌當胸一格，人便向前躥來。

「原來那人雙手快到黑天狐宇文屏面前，左手突然抓著《紫清真訣》回收，一下送到明晃晃的燭火之上，右掌卻就勢一沉一吐，擊向黑天狐宇文屏當胸！黑天狐宇文屏再兇狡，也想不到對方居然甘心自行焚毀這部武林寶籍。心急保全，隨手一格，人便向前急縱。哪知一掌格出，竟被對方一種極其奇異的力量輕輕化解，『砰』然一掌，擊中當胸，身形不但未曾縱起，反而退了兩步。雖然這當胸擊中的一掌，並非那種奇異力量，只是普通內家掌力，傷不了黑天狐宇文屏這等高人，但她怎能忍受此辱？右掌一揚，劈空一擊，勁風颯然，便把那室內之人擊得口噴鮮血，暈厥在地。

「黑天狐宇文屏撿起《紫清真訣》一看，雖然仍是一本，但上半截和末後兩頁均已燒去！不由把牙關挫得吱吱直響，舉起手中鐵杖，正要向地上暈絕之人砸去，忽地眼珠一轉，俯身先點了那人穴道，然後取出一粒靈丹，將他救醒，陰惻惻地說道：『宇文屏平生計慮超人，你那些微末伎倆，何必來在江邊賣水？這《紫清真訣》，你若不早已熟

記在心，豈肯焚毀？何況方才我中你暗算之時，那種化解掌力的奇異力道，決非世俗武學，可能就是這《紫清真訣》之上，所載的某種神功。你得此不過十日，就有如此成就，我若參研精熟，豈不蓋壓武林？諸、葛二人及邴浩陰魔，哪裡還在話下？你現在已被我點了『天殘』重穴，全身骨軟，有如廢人。我把你帶到一個極其隱密的所在，憑你記憶所及，替我補全這部武學奇書。倘有絲毫違抗，我一施展五毒酷刑，便比墜入阿鼻地獄還要難受萬倍，永世不得超生的了！』說完，把那部燒殘的《紫清真訣》揣入懷中，扛起地上那人。

「不料黑天狐宇文屏忽的一轉面，向我弟兄藏身所在，冷笑一聲說道：『窗外何人？既然遇上了黑天狐，難道還想僥倖？』我大哥知道不妙，突然縱聲狂笑，雙掌震碎窗櫺，但在發笑震窗之前，卻把我一腳踹出了丈許遠近！我知道大哥此舉是想捨命救我，彼此功力相差過巨，倘若拔足飛逃，必被追上！遂就地連滾，好在峰頭草長過人，藏在深草之中，屏息不動。只聽得我大哥一聲狂吼，好似著了什麼暗算。黑天狐宇文屏冷笑連連，在四周視察一遍，見再無人跡，才從距我身外丈許的小徑之中，下峰而去。我怕她故意誘敵，去而復轉，又躺了許久，真無動靜，才慢慢爬出一看。

「可憐我大哥連頭帶臉被黑天狐劈去半邊，腦漿迸流，橫屍在地！收埋大哥屍首之後，因為驚悸過度，一病數月。今日在此遇上胡兄，還是第一次把這隱情向人傾吐。胡

兄你想，不但黑天狐宇文屏名列武林十三奇，武功超凡入聖，江湖中所有黑白兩道人物，都對她的五毒邪功引爲大忌，便是她落足之地，也無法可尋。我這殺兄深仇，豈非無日能報嗎？」

說罷，大漢又自垂淚不止。那胡姓老者，一聽大漢殺兄仇人，竟是武林中聞名懾膽的第一兇星——黑天狐宇文屏，也把眉頭深鎖。兩人徒自相對欷歔，淒然無語。

獨臂窮神柳悟非聽完隔房大漢這一大段敘述，心頭已自雪亮。知道大漢口中，住在中條山翠蓋峰茅屋之內，巧得武林寶籍《紫清真訣》之人，即是老友無名樵子！《紫清真訣》若被黑天狐參詳透徹，則武林中立時便是一番莫大浩劫！幸無名樵子洞識利害，將書焚毀大半，不過人被宇文屏點了「天殘」重穴拐走，朝夕以酷刑相迫。

固然相信老友不至於改變初衷，替宇文屏將《紫清真訣》補全，但那種熬刑的莫大痛苦，卻必然慘絕人寰！天下之大，江湖之廣，不曉得那刁鑽絕頂黑天狐宇文屏的狐穴築在何處？無法對老友加以援手，豈不令人惱煞。

小摩勒杜人龍見師父隔牆聽了半天以後，濃眉緊皺，在房中不住往來蹀躞，似有無窮心事！明知就裡，略一思忖說道：「黑天狐宇文屏出名刁惡兇狡，不但藏身之處，必然極端隱秘難尋，定還不只一處巢穴！師父還是趕緊前往蟠塚，與柏師伯等人會齊，互相商議一個萬全的搜殺妖婦之策才好。」

獨臂窮神柳悟非再狠，也無法奈何這條行蹤飄忽的狡猾妖狐，只好聽從杜人龍之言，趕往漢中左近，尋找龍門醫隱及天台醉客等人。到了地頭，找遍各處，只在一家旅店牆外，發現了龍門醫隱所畫暗記鐵竹藥鋤。但進店一問，人早已走了多日。

獨臂窮神柳悟非，恐怕錯過了一場廝殺機會，趕緊率領杜人龍前往嶓塚，卻見雙兇所居黃石嶺離憂仙館之內，靜悄悄地毫無戰鬥痕跡，雙兇師徒七人，也自一個不見。萬般無奈，在川、陝邊境略為留連。等到二次再上嶓塚，卻剛好遇見了醫、酒雙奇，正與苗嶺陰魔邴浩賭鬥神功，凌空爭奪葛龍驤的那柄紫電劍。

老花子將別來經過，絮絮講完，天台醉客弄來的兩瓶好酒，業已被他喝得瓶底朝天，什麼燻獐鹿脯，也吃了個一乾二淨！天台醉客余獨醒從懷中取出一個扁平小瓶，一開瓶塞，酒香四溢！舉瓶就口，向獨臂窮神笑道：「老花子的吃相，實在太惡！嚇得我連這自己秘製的醉仙釀，都不敢事先取出。」

獨臂窮神怪眼一瞪，罵道：「老醉鬼不要賣弄你那家私，總有一天老花子要暗上天台，把你埋藏的那幾罈秘製陳酒，偷他個乾乾淨淨！」

轉面又對龍門醫隱等人問道：「老花子這一年經歷業已講完，你們有什麼新鮮事兒沒有？這柄紫電劍是從哪裡來的？」

龍門醫隱遂把藏邊求藥、嶗山三惡萬里追蹤、雪山惡鬥、葛龍驤杵中現劍、八臂靈官童子雨裂腦身亡，以及九華山毒龍潭撈得「金精鋼母」、衛天衢石門洞中鑄劍等情，也對獨臂窮神柳悟非師徒二人敘述一遍。

把話講完，柏青青也自醒轉。她雖然挨了青衣怪叟鄺華峰那重一掌，但一顆千年雪蓮實和一粒續命紫蘇丹，均是武林中的難得異寶，再加上龍門醫隱自煉的太乙清寧丹和益元玉露，不僅傷勢全復，一試真氣內力，果如龍門醫隱所言，較前長進不少。

話題轉到黑天狐宇文屏擒去無名樵子，要用酷刑勒逼背出被焚毀過半的《紫清真訣》上。龍門醫隱、天台醉客一致認爲，此時尋她，縱然踏破鐵鞋，也不過是枉費氣力。反正黃山之約，凡屬武林十三奇人物，均所必到，萬般恩怨一齊了斷，最爲爽快不過！諸一涵、葛青霜不提，邪派之中，如苗嶺陰魔等人，也無不在做赴會準備。彼此既然忝屬醫、丐、酒三奇，眼看會期只剩一年掛零，著實應該相互研討研討！

獨臂窮神柳悟非向龍門醫隱點頭說道：「老花子雖然在冷雲谷中，練成了『擒龍手』法，總覺得尚未到那稱心如意境界，實在再想找個地方深加鍛鍊。我既號窮神，自然居無立錐之地，老酒鬼天台山那幾間草房，也太嫌狹窄，還是到龍門山天心谷內擾你如何？」

龍門醫隱自然笑諾，但眼光一瞬愛女，眉頭突然微皺。柏青青冰雪聰明，業已猜出爹爹的心意，笑聲說道：「爹爹與柳、余二位師叔，儘管回天心谷內練功，女兒與龍哥、杜師弟、谷師妹四人行道江湖，在明年中秋節前三日，定然趕到黃山始信峰頭見面。」

龍門醫隱就是覺得這幾個年輕男女之中，只有葛龍驤尚稱穩重，至於谷飛英、杜人龍和自己愛女，卻一個比一個膽大！一旦失管，多大的禍，都敢去闖，著實放心不下。

剛想叫他們一齊回轉天心谷內，獨臂窮神柳悟非已自說道：「老怪物不要放心不下，攔阻他們！黃山會後，我們不是結伴歸隱，不問世事嗎？此時不讓他們歷練歷練，難道真要我們這些老不死的，跟著他們當一世保鏢不成？只要凡事無愧於心，劍樹刀山，一樣會變成了康莊大道！『兒孫自有兒孫福，莫為兒孫做馬牛！』他們個個以少年英俠自居，自然應以鐵肩擔道義，辣手斬奸邪！怕什麼艱難險阻？所以別人徒弟，老花子不問，杜人龍你這小鬼，一年後黃山見面之時，若對老花子報不出幾件所做的體面之事，便不算我門下！這隻碧玉靈蜍功能濟世活人，老花子帶到天心谷中無用，從此賜你！」

老花子一席話頭頭是道，葛龍驤、柏青青、杜人龍、谷飛英四人聽得眉飛色舞，天台醉客含笑不言。龍門醫隱心中卻在暗想，這老花子說話簡直一廂情願，黃山會後，自己等人相約歸隱，把主持武林正義之責，交付小一輩，那是因為預計始信峰頭一戰，雙

兇、四惡等著名兇人一齊伏誅，剩下些妖魔小丑，自然不足為慮。如今不但青衣怪叟鄺華峰、逍遙羽士左沖、冷面天王班獨等人，與自己這面結怨太深，連西崑崙星宿海黑白雙魔也有蠢動之意。他們四人，這一年多時間以內，究竟會遇上些何等人物？發生些什麼事故？簡直不敢斷定！但細察四人面相，均無暗晦之色，況且也不便一意堅持，讓老花子笑自己過分心疼愛女。遂亦含笑點頭，把藥囊中的太乙清寧丹、益元玉露，及用千歲鶴涎及朱藤仙果練成的那種解毒靈丹，分了不少交給愛女，並偷偷塞給葛龍驤一顆千年雪蓮實，囑咐四人處事不許粗心，對人不許傲慢，萬一有甚急變，趕緊分人立向天心谷中報訊。

醫、丐、酒三奇一走，柏青青立時發表意見，向葛龍驤說道：「龍哥，我不贊成爹爹那種看法，說是黃山論劍之時，凡屬列名武林十三奇中人物，必會到齊，恩怨便可一齊了斷！據我所見，除了苗嶺陰魔因為要想急奪武林第一的名頭，本身藝業又高，可能出場之外，其餘群邪，蟠塚雙兇已喪其一，嶗山四惡已喪其二，與我們這些小輩作對，就沒有佔什麼便宜，威風大煞！除非別有奸謀，蠱惑出什麼意想不到的人物，藉以壯膽，才會赴約！要光憑他們那幾個敗軍之將，怎會以卵擊石，硬往不老神仙和冷雲仙子手下丟人現眼？

「黑天狐宇文屏更是狡猾，既然弄到半部《紫清真訣》，並脅迫無名樵子替她補全，在這心願未了以前，慢說赴約，連形跡也不會輕易現出一點，但《紫清真訣》既然那等神妙，若真被這妖婦練成，武林之中，定然釀成浩劫奇災！趁著我們有這年把光陰，何不盡力而爲，搜搜這妖婦的藏身之處？倘能邀天之幸，鬼使神差地把妖婦除去，一來爲龍哥報卻親仇，二來也好免得她練成絕技，成爲江湖大患！如今我們分成兩路，我與英妹北逛甘、寧、綏、察，龍哥與杜師弟南遊川、滇、黔、湘，彼此就做爲江湖行道，修積處功，順便到處留心這妖婦蹤跡。但她五毒邪功，霸道無倫，倘真發現，不可輕舉妄動，打草驚蛇。至遲今年年底，必須一齊趕回天心谷內過年，互道所遇，再定萬全下手之策。」

葛龍驤確實心急親仇，頗爲贊同柏青青的這一番計議。不過無端又要與心上人兒離別半年有餘，似乎有點不大好受，但總無法要求柏青青和自己一起，而令兩個年齡太輕的杜人龍、谷飛英同走一路之理，遂也只得點頭答應，自腰間解下紫電劍遞過，換取柏青青的青鋼長劍。

柏青青見他面上那種無奈神色，知道葛龍驤有點不大放心，互相換過寶劍，微笑說道：「天孫錦、紫電劍均在我手，此番受傷服下那種靈藥之後，平日略嫌稍弱的真力反而大增！加上英妹的無相神功和地璣劍法，龍哥總該放心了吧？倒是杜師弟的手中，連件兵刃都沒有，可覺得不方便嗎？」

杜人龍笑道：「小弟與葛師兄同行，哪裡會用得著什麼兵刃？何況師父『萬妙歸元降魔杖法』，尚稱精妙，只要不遇上特殊強敵，削木折竹，即可禦敵，柏師姐不必為小弟過慮。」

柏青青把龍門醫隱留下的幾樣靈藥，分了一半給葛龍驤，含笑揮手，四人南、北分途而別。

二十　風塵俠蹤

葛龍驤向杜人龍笑道：「你青青師姐就是這等性情，倘一拗她，立時便不高興。此地離四川最近，我們先遊覽蜀中景物，然後一賞金馬、碧雞、滇池、洱海之勝，再行經黔、湘等地，回轉洛陽龍門天心谷內。杜師弟，你看這樣走法好嗎？」

杜人龍笑道：「小弟唯師兄之意是從。蜀中山水，久所聞名，我們這趟萬里勝遊，就由大巴山開始，一路逛將過去。」

葛龍驤點頭笑諾。大巴山橫亙川陝邊境，峰嶺重疊，甚稱險峻！但二人那樣一身武功，又爲的是尋幽選勝，並想探聽黑天狐宇文屏藏身巢穴，自然不肯順著什麼官塘大路行走。雙雙施展輕功，專門挑那些峭壁危岩、深壑絕澗等人跡難到之處遊覽。

行約數日，越走越是些摩天峻嶺，也不知到了什麼所在。眼前一片密莽叢林，阻住去路，兩側峭壁千仞，別無他途。杜人龍笑道：「葛師兄，我們這種走法未免也太荒唐！走來走去，竟自走到了絕地之中！如今究竟是繼續硬闖這片森林，還是走回頭路

呢？」

葛龍驤略爲躊躇，皺眉答道：「我們根本未照路徑行走，但方向始終不錯。這片森林，密層層的甚是險惡，極可能藏有什麼奇毒蛇蟲之類，而且不知有多深邃，照理不應亂闖！但若走回頭路時，卻也太不像話，不如暫且入林，見機而作便了。」

林中樹木茂密，互相擠壓虯結，幾乎連天光都難透下，加上蔓草叢生，長幾過人，又怕草叢樹上藏有什麼蛇蟲之類，時時還要注意提防！饒他葛龍驤、杜人龍一身輕功，也自感覺難走已極！杜人龍輕輕一掌，「喀嚓」一聲，砍下一段樹枝，準備用來撥草前行，但忽然耳邊似有所聞，向葛龍驤詫道：「葛師兄，你聽這是什麼聲音，是不是有人喘息？」

葛龍驤功力比他高出不少，早在杜人龍舉掌砍樹之時，業已聽見，不過聲息太低，直到現在才辨明是從右側三、四丈外，一棵合抱大樹之下發出。聲音微弱已極，好像是病重之人的垂死哀鳴。這樣的荒林之中，居然也有人跡？葛龍驤不禁大爲奇詫，用手一指右側大樹，與杜人龍雙雙自草叢之間，騰身而起，往前縱去。

因爲拿不準到底是人與否，葛龍驤在離那大樹丈許之外，就一扯杜人龍，收勢落地，以防萬一有甚蛇獸，突起發難，倉猝之間，不好應付。但到此業已看出，那大樹根際草中，果然躺著一個衣服襤褸的瘦削中年乞丐，面容慘白得不帶一絲血色，兩隻枯瘦手掌，往大樹之上拚命抓撓，好似痛苦已極！雙眼神光盡散，看情形業已命在頃刻。

杜人龍正欲上前，葛龍驤看見那乞丐發現來人，神情反更愁急！喉中低低作響，嘴皮微動，不知想說什麼話？但從那目光之中，可以略爲猜出，似是不願自己與杜人龍走近他的身側。知道其中必有緣故，遂止住杜人龍，揚聲問道：「這位兄台，身上是傷是病？在下等路過此間，身畔尚有靈藥，可以相贈救治。」

那瘦削乞丐面露苦笑之色，把頭微擺，意思仍是不令二人近前施救。

葛龍驤靈機一動，突然猜了大半，再度問道：「兄台既然非傷非病，可是中了這林中什麼奇特罕見的蛇獸之毒嗎？」

那乞丐此時竟連點頭的力氣全無，只以目光稍微示意，眼皮漸合，好似即將死去。

葛龍驤想起龍門醫隱在天心谷中，以朱藤仙果和千歲鶴涎煉成的半紅半白靈丹，是專門爲解黑天狐宇文屏五毒邪功的那等無倫劇毒之用。這瘦削乞丐既是中了林中蛇獸之毒，此丹理應能治，遂暗提真氣，高聲叫道：「兄台所中之毒，在下有藥能治，請把握這一線生機，竭盡餘力張開口來。」

這幾句話，葛龍驤是用內家真氣專對瘦削乞丐一人而發，字字聲若洪鐘！乞丐果然似有所聞，勉強微微睜目張口。葛龍驤手法又準又快，乞丐口剛張開，那粒半紅半白的解毒靈丹，業已被他用暗器手法輕輕打入口腔之內。

杜人龍詫異問道：「葛師兄，你不餵他吃藥，用這暗器手法作甚？」

葛龍驤道：「此人心地異常善良，在這樣荒林之中垂死之際，見有人來，不但毫無求救之心，反而怕我們不慎近前，為餘毒所染，實在難得！但也由此可以知道，他所中之毒必然極重。用這暗器手法，隔空餵藥，不是一樣生效？免得萬一一個尚未救好，又行毒倒兩個，那才叫討厭費事呢！」

那粒半紅半白靈丹，端的靈效已極！就這片刻工夫，乞丐已能開口說話，向葛龍驤滿含感激地說道：「在下蒙賜靈丹，劇毒漸解，即將瀉下，奇臭必然難聞，二位且請暫退。」

葛、杜二人微笑頷首，飄身退出兩、三丈去。

過了片刻，那乞丐蹣跚踅來。葛龍驤見他神色委頓，又贈了他一粒太乙清寧丹，乞丐毫不客氣，接過服下，就地盤膝用功。

頓飯光陰過後，雙目一開，人已復原，起身向二人笑道：「在下奚沅，大恩不敢言謝，兩位小俠怎樣稱謂？此德奚沅沒齒不忘！」

二人通了姓名，說是江湖行俠，扶危濟困，理所當然，叫他不必在意。

奚沅又自笑道：「我自信略通醫道，所中之毒幾乎無藥可治，但小俠靈丹一粒，居然入口回春，真令奚沅自慚井蛙窺天，見識之淺呢！」

葛龍驤笑遜道：「那靈丹是我一位長輩所煉，專解各種奇毒，龍驤不過是以濟世而已。倒是奚兄遇上了何等怪蛇毒蟲？若就在這林內，倒要設法除去，免得流為世害呢！」

奚沅嘆道：「我不自度德量力，特地來此尋覓這個怪物，差點送掉性命！看兩位小俠器宇，定然身懷絕世武學。且聽奚沅把來此原意說明，不但要仰仗二位大力除掉這世間惡物，並還有個熱鬧場合。如若有興，奚沅願意陪同前往，參與其盛，說不定還可以得到一件稀世奇珍呢！」

葛、杜二人對什麼稀世奇珍，倒未注意，只是催他說出林內所藏是什麼怪物？奚沅請二人縱到一根大樹橫枝之上坐下，慢慢地說出一番話來：

「滇東與貴州交界的烏蒙山中，有一座歸雲堡，堡主姓萬名雲樵，江湖人送美稱『獨杖神叟』。早年憑著手中一根奇絕兵刃『毒龍軟杖』，馳譽西南各省，人又正直義氣，頗受武林愛戴！直到八十歲上，才退隱不問世事。在這烏蒙山中，覓了一塊風景佳妙之地，建築了一座歸雲堡，頤養天年。

「今年十月初三，正好是這歸雲堡主，獨杖神叟萬雲樵的百歲大慶。老莊主一時高興，要在壽辰當日舉行一個『百杖大會』，從所有拜壽赴會的群雄之中，選出一位對杖法造詣最高之人，而將自己珍逾性命的『毒龍軟杖』，舉與相贈。

「這『毒龍軟杖』，是獨杖神叟萬雲樵昔年偶遊野人山，看見一條千年靈蟒，被一隻極大的灰鶴啄去雙眼，奄奄待斃！索性就勢殺死以後，設法將蟒皮剝回，找了一位善造各種兵刃能手，巧運匠心，把這蟒皮做成了四尺五寸長的一條金龍。龍腹中空，不用之時，圍在腰間，絲毫形跡不現，欲以對敵之時，只須就龍尾的一個小孔之中略微吹氣，立即堅挺。不但軟硬隨心，而且任何寶刀、寶劍所不能毀！杖端寸許長的兩隻小小龍角，左角有毒，右角無毒，專打人身上一百零八大穴及鎖拿對方兵刃。確實是武林中善使棍、棒、鞭之人，夢寐難求的無上異寶！」

奚沅武功不弱，因在丐幫三長老中，排行第三，人稱神乞奚三，本名反而湮沒不彰。他與獨杖神叟萬雲樵昔年原是舊識。丐幫中人對於杖法一途，個個均有相當火候。聞知此事以後，頗想到時前往看看情勢。也許機緣巧合，能夠獲得這「毒龍軟杖」也未可知。

但歸雲堡多年未去，此番又是萬雲樵的百歲期頤整壽，不弄一點出色壽禮，怎好意思？想來想去，忽然想起曾聽幫中專捉異蛇毒蟲的弟兄講過，這片密林之內，出現了一隻罕見毒物「金鉤毒蠍」，雖然奇毒無倫，螫人立死！但若能設法活捉，取出牠腹內丹黃，則可配製一種益壽延年，並專治各種風濕之病的無上妙藥！曾聞獨杖神叟，早歲爲瘴癘所侵，左臂微患風濕，至今猶有不便，倘能捕得那隻「金鉤毒蠍」，煉成靈藥，用做壽禮，豈不大妙？遂準備各項用物，並帶來一名對於捕捉蛇蟲極有經驗的幫中弟兄。

哪知這隻「金鉤毒蠍」，大概年歲太久，竟長到了三尺多長，毒性劇烈無比！不必專用尾上金鉤傷人，連口中都能噴毒物。奚沅等二人，一切還未佈置就緒，「金鉤毒蠍」業已電掣而來。兩口毒霧噴處，帶去的幫手首先中毒殞命！奚沅因內功尚有根基，揮掌震散不少毒霧，吸入不多，直到將要逃出林口之時，才毒性大發，支持不住，倒在那株大樹之下，幸天不絕人，葛龍驤、杜人龍恰巧到來，慨贈靈丹，救下了奚沅性命。

葛龍驤聽奚沅說完，回顧杜人龍笑道：「杜師弟，這獨杖神叟所舉行的『百杖大會』，我們倒可以拜會一下。那根『毒龍軟杖』，若由你使用，才真叫物得其主呢！」

杜人龍含笑答道：「小弟倒不敢妄起貪求，不過既稱『百杖大會』，必然匯聚天下杖法名家。去見識一下，可能對我獲益不淺！但目前要除掉林內所藏的這隻金鉤毒蠍，應該怎樣下手，我與師兄全是外行，還得請奚兄主持其事呢！」

奚沅雖見二人神情器宇，及由縱躍之上所表現的輕身功力，看出武學不弱，卻未把二人估計過高！聽葛龍驤口氣，這杜人龍也是使杖之人，心中暗想，獨杖神叟所設的「百杖大會」，其他武藝再好無用，必須杖法超人，才算合格。但杖法一途，不是自信，丐幫所傳鎮幫杖法，可能冠冕群流！到時若這杜人龍力有未逮，自己出手，將那「毒龍軟杖」得來轉贈於他，以酬這葛、杜兩少年相救之德。

念頭方畢，奚沅突聽杜人龍問自己怎樣除那「金鉤毒蠍」，不由搖頭苦笑答道：「這隻金鉤毒蠍，不但口中能噴毒霧，六、七尺外即無法近身，而且周身刀劍不入。只有腹下正中的一個龍眼大小白點，才是牠致命之處。而且蠍類不常翻身，那腹下要害永遠貼著地面，無論兵刃、暗器均無法下手。與我同來那位專捉蛇蟲的幫中弟兄已死，要想除此惡物，一時真還沒有什麼善策呢！」

葛龍驤笑道：「既有致命之處，不會無法可想。那金鉤毒蠍藏身何處及是何形狀？奚兄帶我們先看上一看，再作道理。」

奚沅嘗過滋味，知道那金鉤毒蠍厲害，但性命是人家所救，不好意思畏難，只得帶著葛、杜二人撥草穿林，走向這叢莽深處。葛龍驤知道奚沅劇毒新清，體力不足，遂與他並肩同行，以防萬一有甚不測，容易照應。

奚沅邊行邊從懷中取出三粒綠色丹丸，分給每人一粒，說道：「這種密莽叢最多瘴癘之氣，我這丹丸，雖然不如葛小俠那種稀世靈藥，但對於解瘴清神，卻也尚具效力，且請二位各自含上一粒。」

葛龍驤正覺得這林深之處，腐臭之氣中人欲嘔！龍門醫隱的幾種靈藥，又捨不得隨意糟蹋，見奚沅遞過那綠色丹丸，遂與杜人龍各取一粒，含入口中，果然清香挹人，煩惡立止。

這時林內樹木越走越覺茂密，草色卻漸見枯衰。奚沅招呼二人放慢腳步。說道：「我們業已走近那金鉤毒蠍的棲息之處，若見草色全枯，便到地頭。此蠍口中所噴毒氣並不太遠，只要離牠一丈以外便無大礙。但那條金鉤毒尾，厲害已極，觸人立死！兩位小俠，千萬不要倚仗一身武功，對其忽視呢！」

說話之間，周圍草色已成枯黃一片。奚沅止住二人，向四周仔細打量一遍，然後對著一株樹身極矮、枝葉又廣又密的大樹影中，撮唇低做怪嘯！葛龍驤知道小摩勒杜人龍這一趟廬山冷雲谷之行，得益不少，身手大非昔比！恐他年輕好勝，遂關照杜人龍多加小心，不要妄自逞能涉險，害得別人多費手腳照顧。

杜人龍看奚沅的那副緊張神情，知道這隻金鉤毒蠍不好打發，滿口唯唯稱是。葛龍驤則可惜柏青青不在此間，不然有她透骨神針和紫電劍，任何一件也足以置這金鉤毒蠍死命！他師門與冷雲仙子一樣，僅傳手法，不傳暗器，遂隨手折了一段樹枝，以「折枝成箭」手法，試試奚沅所說刀劍不入的金鉤毒蠍皮骨，到底有多麼結實？剛把樹枝截成四寸來長的三段在手，那株大樹的密葉之中，懾人心魄的一聲淒厲怪叫，慢慢爬出一隻絕大毒蠍。

那毒蠍形狀，極像一具古琴，身軀倒只有兩尺來長，色作暗綠。

但那一條金光閃閃的長尾，帶著一枚尖鉤，高高倒翹在背脊之間，卻足有身長兩

倍！大概是被奚沉所發怪嘯引來，爬出了密葉以後，看見三人，遂在一段樹身之上，停止不動。一對兇睛，碧光閃閃覷定三人，肚腹不住一鼓一鼓地吸動不已。

奚沉低聲說道：「兩位小俠留神，你看惡蠍身前枯草之中的那灘黃水，就是我同來弟兄所化！可能是死後又被惡蠍毒尾所打，以致毛骨全消，何等可怖！我們現時離牠一丈四、五，所噴毒氣難達，卻千萬不可再向前接近呢！」

杜人龍端詳那隻金鉤毒蠍好大一會兒，始向葛龍驤含笑問道：「葛師兄，這毒蠍形狀雖然獰惡怪異，但只有這麼點大，真如奚兄所說的那般厲害嗎？」

葛龍驤也以為像這近距離，憑自己手法敢說百發百中。雖然所用暗器是段樹枝，但以內家真力發出，便是塊生鐵也必打扁！這毒蠍難道真就除牠不得？他屢經奇險，處事日益沉穩，心中雖然如此想法，口中卻仍說了聲：「天地之間，無奇不有！杜師弟不可小覷這隻毒蠍。光拿牠這副臨敵沉穩的神態看來，就不好惹。你與奚兄準備應變，我來撩撥牠一下試試。」話完勁風颯然，三段樹枝以兩段分打毒蠍雙目，另一段卻照著牠那金鉤保護之下，暗綠色的背脊打去。

葛龍驤暗器出手，金鉤毒蠍連動都不動一下，雖雙目被樹枝打中，只把眼一閉，「奪奪」兩聲，如中枯木。那打向背脊的樹枝，在將中未中之時，毒蠍雙目再睜，精光電射，一聲怒啼！肚腹猛鼓，全身突然脹大了一倍有餘，不但那段樹枝被反震得飛入半

空，毒蠍本身也似凌空飛射一般，向三人直撲而來。

葛龍驤那麼重的內家手法，兩段樹枝打在毒蠍的眼皮之上，竟然毫無損傷，依舊目光如電，便知此物果然生具異稟，不可輕侮！見毒蠍已被觸怒，八足齊劃凌空電射而來。那條帶鉤長尾，金光閃閃，漫空飛舞之下，還有不少黑色腥臭毒汗隨同飛灑，知道厲害已極，一聲斷喝道：「杜師弟相助奚兄速退，這毒蠍讓我擋牠一下。」

杜人龍也看出厲害，他近來輕功方面進境最多，一攙奚沅，雙足點處，便已倒縱出三丈以外。葛龍驤屏住呼吸，自閉百穴。雙手十指齊彈，勁銳罡風，把那飛射而來的金鉤毒蠍凌空擊落，人也就勢縱出，與杜人龍、奚沅會合一處。

那金鉤毒蠍雖被葛龍驤「彈指神通」的罡風擊落，但似毫無傷損，也不再向三人追擊，翹著那金光閃閃的長尾，依舊爬回先前出現的密葉叢中不見。

葛龍驤暗想，自己這「彈指神通」，是恩師驚世絕學，雖僅練到六成，但下山以來，不斷在醫、丐、酒三奇等高明人物之前，討教磨練，功行又有增長。威力之強，就是四惡、雙兇一類人物，料也不敢坦然受之一擊！方才這近距離，十指罡風一齊彈中，毒蠍竟然毫無所損！杜人龍、奚沅功力更不如自己，要想除此惡物，豈不大費周折？雖然事先屏住呼吸，因離那毒蠍太近，心頭總覺有點作嘔，遂又服下一粒太乙清寧丹，與杜人龍、奚沅暫時離開這片枯草附近，再作計議。

奚沅雖同來，實在暗替二人擔心。但見杜人龍帶著自己後縱的身法那等靈妙，以及毒蠍凌空飛撲何等兇威？葛龍驤屈指一彈，便即震落，才真正驚異這兩位少年英俠，武學之高，不易揣測。葛龍驤一面蹀躞，一面沉思，忽然向奚沅問道：「奚兄，你說那金鉤毒蠍，最厲害的就是那尾上毒鉤，螫人無救！至於牠那口中毒霧，縱然噴上，我也有靈丹足以治療。那麼我們只要先設法把牠的毒尾斷去，不是就易於著手了嗎？」

奚沅皺眉說道：「話雖如此，但那毒蠍生具異稟，刀劍不入，人又近身不得，要想斷牠毒尾，談何容易？」

葛龍驤笑道：「方才我也曾注意毒蠍長尾，是由一節一節的環節，互相接合而成，就如同蜈蚣的軀體一樣。環節全作金色，只有一節烏黑，可能那就是毒囊所在！此物雖然生具異稟，刀劍難入，但環節與環節之間，無疑必稍脆弱。若能以暗器把牠長尾毒囊附近的環節接合之處，用內家重力擊碎，再加長劍一揮，或可如願斷卻！不過這樣做法，一個手法拿捏不穩，便遭奇險，但爲了除卻這罕見兇毒之物，也只有一拚。奚兄，你平日所用的是什麼暗器？」

溪沅自懷中取出一把兩寸來長的月牙飛刀遞過，葛龍驤接在手中一看，刀雖不大，背厚刃薄，分量倒不算輕。拿了一枚，潛運真力，「呼」的一聲，釘入面前丈許外的大樹樹身之中，足足約有三寸。

這樣手勁，奚沅真是見所未見，不由欽佩已極！葛龍驤共取了三柄月牙飛刀，向杜人龍笑道：「奚兄劇毒新清，想必需進飲食。師弟把我們乾糧、食水取出，略爲吃喝休息，照我方才計畫，再去與那金鉤毒蠍一鬥！」

杜人龍是憑甚也不怕，奚沅此時看出二人功力，也比先前寬心不少。用畢飲食，一同略爲調氣行功，又自往那金鉤毒蠍藏身所在走去。

到得那片枯草附近，葛龍驤長劍交在左手，右手扣著取自奚沅的三把月牙飛刀，向奚沅笑道：「爲除這罕見毒物，小弟不再客套。我杜師弟輕功甚好，讓他去誘那金鉤毒蠍。奚兄請藏遠一點，免得萬一毒蠍受傷之後，拚命噴毒惹厭。」

奚沅也有自知之明，知道跟在杜人龍身旁，只有礙事，含笑點頭，縱身躍上了一株大樹，相好前後左右退路，暗窺動靜。葛龍驤見奚沅藏好，遂囑咐杜人龍千萬小心，自己也縱上了一株又粗又矮大樹的虬枝密葉叢中。

杜人龍折下一段樹枝，去掉枝葉，再用雙手一陣揉搓，做成了一支木杖，微一掂量，倒頗趁手。認準金鉤毒蠍適才出現之處，口中也學奚沅一樣，低做嘯叫。這時四處極靜，杜人龍嘯叫片刻，突然聽得樹葉之中，起了一陣沙沙之聲，知道毒蠍可能已到。

上次毒蠍是慢慢爬出，這回卻快捷已極！杜人龍聞聲剛在警戒，一條金藍相間的怪影，已自劈面射到！杜人龍不防牠來得這快，倒真大吃一驚。因要誘敵，不肯躲遠，身

形微飄，便自閃出丈許。

那金鉤毒蠍方才被葛龍驤「彈指神通」憑空震落，雖未受傷，疼痛驚恐也自難免，所以這次一出，便即發怒攻敵。一下撲空，落在枯草之間，兩隻長鉗微擺，金鉤毒尾豎起老高，八足齊登，二度又向杜人龍凌空射去。

杜人龍見這毒蠍轉折靈便，益發小心，總是仗著一身輕功，制敵機先，始終不與對面。毒蠍才起半空，他人已閃出數丈，兩個起落，便把金鉤毒蠍慢慢引往葛龍驤藏身的大樹之下。

這種罕見毒物，多半特具靈性，幾乎撲空，竟也出了花樣。

杜人龍見牠暗藍色古琴般的肚腹，不斷一鼓一吸，知道毒蠍要想蓄勢猛撲。此時葛龍驤所藏身的大樹，就在左側不遠，杜人龍故意凝立不動。但等毒蠍八隻短足一劃，將離地之時，身形微晃，業已躲到了葛龍驤藏身的大樹之後。哪知毒蠍這次也是虛張聲勢，八足雖然猛劃，身軀並未離地，等看準杜人龍閃向樹後之時，才一聲怒啼，像脫弦之箭一般，疾竄而出，半空中把口一張，一縷腥臭黑煙，直向杜人龍噴去。

這一來幾方湊巧，毒蠍恰恰從葛龍驤身下六、七尺外經過，葛龍驤知道良機不再，哪肯放過？把全身真力，一齊凝貫右臂，三柄月牙飛刀快得簡直看不清形狀，成了一道白光，打向毒蠍金色長尾，呈烏黑色的那節環節接合之處，跟著劍交右手，連身下撲，

一片寒光挾著無比驚風，向飛刀所打之處奮力劈下。

杜人龍見毒蠍居然也會誘招，真是意外！他在冷雲谷中一段時期，除萬妙歸元降魔杖法之外，對龍形八式也頗下了一番功夫。

身形猶未落地，毒蠍口中黑氣已快噴到，本來極難躲避，幸而面前有一段粗如人臂的橫枝，杜人龍急中生智，抛卻木杖，雙手搭橫枝，「潛龍升天」，一下拔起約有三丈。金鉤毒蠍所噴毒霧又空，正在急怒，長尾「毒囊」的關節之上，業已連中三刀。

這三刀是葛龍驤全身功力所聚，豈同小可？毒尾骨環生生硬被打裂，再加長劍就勢怒劈，再好異稟也受不住，果然半截長尾應劍而落！葛龍驤算計早定，金鉤毒蠍長尾一斷，根本不等人落地面，施展輕功絕技「海鶴鑽雲」，雙足倒換互踹，半空藉力長身，斜躥出兩丈以外。

毒蠍受此重傷，怒發如狂！口中毒霧連噴，四外長草沾上少許，便即枯黃一片。

奚沅見二人功成，自樹上縱下，會合一處。杜人龍道：「葛師兄，趁毒蠍受此重傷，我們合手把牠除去了吧！」

葛龍驤一看掌中長劍，業已崩潰了三、四處之多，把手一擺，命二人暫離此間，邊行邊向杜人龍搖頭笑道：「杜師弟何必如此性急？毒蠍此時正在怒發如狂，口中毒霧拚命噴射，易於傷人，撩牠作甚？何況方才那連環三刀和凌空一劍，幾乎消耗了我的六成

真力，你看看這口青鋼劍的殘缺情形，砍的還是牠尾上環節接合之處，便知這隻毒蠍太不好惹！好在我已想出了除牠之法，今日天已漸晚，林內昏黑，且自休息一夜。明日我安排妙計，拚著犯場奇險，大約可將此物除去。」

奚沅知道金鉤毒蠍除了腹下龍眼般大的白點之外，全身堅逾精鋼，葛龍驤三刀一劍，居然能斷長尾，必已勞累過度，亟待休息。

一看林中形勢，選擇一處草樹較稀之地，向葛龍驤笑道：「這林內稍大一點蛇蟲獸類皆不見蹤跡，想是均被那金鉤毒蠍害死，但毒蟻、毒蚊之類仍多。兩位小俠如此功力，當可以打坐調息，恢復精神，不必睡眠，就這樣我們還須互相守衛，免得爲那些妖魔小丑所襲，才冤枉呢！」

杜人龍點頭說道：「葛師兄，你方才勞累過度，明日還要親歷奇險，請即歇息。我與奚兄輪班守護便了！」葛龍驤也不再客氣，略爲清徐地上亂草，便自靜心行功，神與天會。

奚沅與杜人龍，則分任上、下半夜守護。林內一片死寂，除了風搖萬葉之聲，以及在月光照射之下，那些千奇百怪的搖搖樹影，宛如無數山鬼意欲舞爪攫人一般之外，真如身入虛無世界，別具一番清靜之趣。

輪到杜人龍守護的下半夜時，起初毫無異狀，但到即將天明之際，突然有一陣極淡

的腥香隱隱傳來。入鼻以後，令人神志慵慵，意欲思睡！杜人龍知道事非偶然，自己不明就裡，焉敢妄動，趕緊叫醒奚沅。

奚沅嗅見那股腥香之後，忙又取出那種綠色丹丸，分與杜人龍含入口中。此時葛龍驤也已驚醒，接過奚沅所遞丹丸，皺眉問道：「奚兄，這腥香從何而來？難道林內除了金鉤毒蠍以外，還有其他怪物？」

奚沅搖頭笑道：「俗語云：『天無二日，民無二主。』這片密林之內，也不會能容兩個以上怪物並據。腥香是毒蠍所發，牠大概今日受傷太重，斷尾以後，狂噴毒霧，體質消耗亦多。所以才以牠腹內丹黃，化成腥香噴出，要想相誘那些尚未死完的蛇蟲，供牠飽餐一頓，以恢復元氣呢！」

說話之間，四外深草之間，沙沙爬行之聲齊作，多少無名蛇蟲，一個個、一條條，大半神態獰猛，目若寒星，一齊往那金鉤毒蠍藏處方向而去。有幾條毒蛇，竟自面前遊過，但明明看見三人，卻絲毫不作理會。

杜人龍不禁咋舌說道：「不要說是那金鉤毒蠍，就是這些奇形蛇蟲，我便往日一條也未見過，今天真叫大開眼界！葛師兄你想了什麼除那毒蠍妙計？此時還不動手，難道要等那毒蠍吃飽、恢復元氣以後，才去嗎？」

葛龍驤笑道：「師弟怎的聰明一世，懵懂一時？我們此時趕去，豈不是要與無數蛇

蟲為敵？你看這些蛇蟲形狀，哪一個也不是善良之物，正好藉那毒蠍之力盡量剷除！至於毒蠍本身，金鉤毒尾既斷，便易著手。等天明以後，我們便可去除此怪了。」

杜人龍聽葛龍驤還在賣關子，未曾說出除蠍之法，心頭的悶葫蘆無法打破，好不急煞。

旭日一升，雖不能直接照射，但林內也已光亮。三人這次改由樹梢輕身飛縱，到得那片枯草之處，只見滿地均是蛇蟲遺屍，腥血橫流，驚心怵目。

葛龍驤向杜人龍笑道：「師弟，我們來得恰是時候！這種毒物飽餐同類精血之後，多半均要昏睡一時，師弟趁此良機，悄悄下去，找塊乾淨草地，去掉枯草，用這我柄殘劍在地上挖一個一人多長、二尺來深的土坑，但千萬不要有甚聲息，以免驚動了那隻毒蠍。」

杜人龍到此時還猜不出葛龍驤心意，如言做好以後，葛龍驤笑顧奚沅說道：「奚兄仍請居高臨下，為我掠陣，看我冒場奇險，除此毒物。」

奚沅知道「掠陣」之語，葛龍驤是故意為自己顧全臉面，其實是怕自己功力不夠，在樹上比較安全。心中又慚又佩，暗想自己枉稱丐幫三老之一，江湖之中頗有名頭，武功並不算弱，怎的與這兩個少年英俠相較，便似不濟，他們到底是何來歷？

不說奚沅暗自思忖，且說葛龍驤下樹以後，取出一粒龍門醫隱所煉半紅半白的解毒

靈丹含在口中，竟自仰臥在杜人龍所挖的土坑之內，向杜人龍笑道：「師弟取些枯草，把我全身覆蓋，然後把那毒蠍引出，務必誘牠從我身上躥過。我出其不意，暗用『彈指神通』襲擊牠腹下要害，大概便可了賬！」

杜人龍覺得葛龍驤此舉過於冒險，有些躊躇。葛龍驤笑道：「師弟不要害怕，我口中靈丹，是兩樁稀世難得的朱藤仙果與千歲鶴涎合煉而成，專解萬毒。何況你還有『碧玉靈蜍』在身，決無大礙！快去把毒蠍引來，此事如成，功德不小。」

杜人龍萬般無奈，撿起幾塊大石，照準那毒蠍經常出入的密葉層中，用內家重手猛砸而入！直砸得枝葉橫飛，連樹椏都斷了兩截。這一撩撥，碧光一閃，毒蠍已自密葉之中爬出。杜人龍見牠長尾只剩半截，神態威勢果比先前稍弱，遂脫手一石飛去。

毒蠍連理都不理，也不像先前一樣凌空躥撲，只由樹幹之上爬下草中，八隻短足一劃一劃地對著杜人龍走來，古琴似的肚腹，大概是飽餐了不少蛇蟲關係，鼓得極大。

杜人龍因那滿地蛇蟲屍體，對這毒蠍深懷戒意，又知牠會八足齊劃，凌空飛躥，所以離身兩丈以外，便即後退，決不與牠靠得太近。毒蠍見杜人龍一退，口中怒啼，八足如飛劃動，雖未凌空躥起，卻也行動如飛，拚命追逐。杜人龍仗著一身極好輕功，始終與那毒蠍保持兩丈距離。幾個轉折迂迴，便已把毒蠍引得朝著葛龍驤藏身的土坑方向追逐。

當局者迷，旁觀者清！奚沅盤踞樹頂，看那毒蠍追趕杜人龍，貼地飛爬雖然極快，但一次也未像以前那樣凌空縱起。先猶不解其意，後來一眼看到枯草之中，那條金光閃閃，被葛龍驤砍下的半截金鉤蠍尾，忽然悟出，牠長尾已斷，可能身軀平衡均勢已失，無法飛躥，照這樣貼地爬行，葛龍驤不但無法下手攻牠腹間要害，並還危險已極。

想到此處，一看杜人龍已把毒蠍引得正對葛龍驤藏身之處追趕，距離只剩丈許遠近，便到土坑，杜人龍也正作勢欲起，要想引那毒蠍凌空追撲，好讓葛龍驤從下面施展「彈指神通」，攻牠要害！奚沅見情勢這般危急，不禁亡魂皆冒，脫口高呼：「葛小俠速退，那毒蠍已然不會飛躥，牠要從你頭上衝過。」

奚沅話才出口，杜人龍業已斜縱半空。毒蠍果然收勢不住，也未凌空躥起，直朝葛龍驤仰臥其中的土坑，飛般爬去！葛龍驤聽奚沅一叫，知道不妙，趕緊由坑中猛運輕功，「龍門躍鯉」，電疾躍起！

剛出坑面，毒蠍已到。無巧不巧地，恰恰和那毒蠍來了個「不是冤家不聚頭」！人頭、蠍頭相距不過二、三尺遠！在這種情形之下，驟然不及施展，一身武功毫無用處，只有憑著人類遇危應急的本能，死中求活！

葛龍驤萬般無奈，口張處，竟把含在口中的那粒解毒靈丹，用混元真氣噴出，照準蠍頭打去，毒蠍被這從地中突然有人躍起之事一驚，毒吻怒張，想要噴毒，那股黑氣才

在口邊一現，葛龍驤所噴的解毒靈丹，恰巧打入蠍口之內。

這些都是一刹那間之事。眼看葛龍驤起勢未盡，金鉤毒蠍衝勢未衰，一人一蠍無法迴避，即將相撞之際！杜人龍身形落地，見此情狀，不由驚得心膽皆碎！奮不顧身地撲上前來，把全身真力貫注雙掌，一招「餓虎撲羊」，無比勁風，猛自横裏向那金鉤毒蠍襲去！金鉤毒蠍此時忽然兇威盡失，隨著杜人龍掌風一震，便自飛出七尺遠，「叭」的一聲摔在地上，僵直不動。

葛龍驤上得坑來，一身冷汗，奚沅、杜人龍也都爲方才那種驚險場面，舌咋不下。

葛龍驤稍定驚魂，向杜人龍問道：「師弟，今日怎的怪事層出不窮？這金鉤毒蠍除腹下要害之外，周身刀槍難入！我的彈指神通都奈何不了牠分毫，何以你劈空雙掌，便將牠震得一動不動。是真的死去了嗎？」

杜人龍自己也是大惑不解，自地上拾起兩塊石子，打向毒蠍身上，仍是一動不動。這才放心走過一看，毒蠍確已僵直死去。杜人龍眼珠一轉，向葛龍驤笑問道：「葛師兄，方才我好像見你口中噴出一點白光，射向蠍頭，那是什麼東西？」

葛龍驤失笑說道：「說來好笑，我在那種緊急狀況之下，有點驚惶失措！任何功力均不及使，只得把口中所含那粒解毒靈丹，以混元真氣噴出，不料無巧不巧地，噴入了蠍口之內。」

杜人龍拊掌大笑：「葛師兄，你想出這等絕妙主意，還說是驚惶失措，豈非言不由衷？那種解毒靈丹，是朱藤仙果與千歲鶴涎合煉所成！朱藤仙果不談，千歲靈鶴本來就是這些奇蟲毒蟒的最大剋星，鶴涎又是靈鶴內丹所化，自然對之有剋制之效。何況竟被你把這種稀世靈藥，噴到毒蠍口內，宛如在蠍腹內消毒，自然禁受不起！不過這樣一來，奚兄想要的毒蠍丹黃，恐怕也將隨之化去，不得如願的了。」

奚沅接口笑道：「能夠把這罕見兇毒之物除去，功德已自無量，哪裡還要什麼丹黃？不過今天除這毒蠍，一半固然是牠劫運已到，椿椿湊巧！一半也實由於兩位小俠的驚世絕學。昨日因大家心神專注毒蠍，奚沅未便動問，如今倒要請教二位師門，不要教奚沅失禮才好。」

葛龍驤、杜人龍因自己南遊主旨，在秘密探聽黑天狐宇文屏究竟藏身何處，才好設法殲卻。一來爲報親仇，二來也好拯救被她擄去的獨臂窮神老友無名樵子，並免得黑天狐萬一練成《紫清真訣》，爲禍江湖！所以不願顯露師門來歷身分，免得黑天狐聞風，更做深匿，越發不好尋找。何況更知道獨臂窮神柳悟非，在窮家幫中班輩極高，不過生性豪邁，不願受那些幫規羈絆，才不大過問幫中之事。

倘若說明身分，杜人龍小小年紀，可能要比奚沅高上一輩，無端受人禮敬，委實奇窘！所以聽奚沅問起，仍自隨口推脫。

奚沅知道，越是高人越不肯輕易顯露本相，一笑置之，也不再問。毒蠍既除，林中再無障礙。窮家幫中人物，個個對於道路均極熟悉，奚沅是窮家幫三老之一，平生足跡幾遍宇內名山大川，帶著葛、杜二人，不再回頭繞路，乾脆就穿越這片密林而出。

這片密林竟頗深邃，三人又復走了幾日，才出林外。奚沅笑向葛龍驤、杜人龍說道：「如今已在四川境內，獨杖神叟萬雪樵所設的『百杖爭雄大會』爲時尚早，兩位小俠在此期前，欲往何處勝遊？奚沅閒暇無事，若不嫌我惹厭，亟願追隨，到時一同去往烏蒙山歸雲堡中，觀光盛會便了。」

葛龍驤笑道：「奚兄說哪裡話來，龍驤與杜師弟初入江湖，能有奚兄這樣一位閱歷、經驗均極老到的武林奇俠，沿路指點，真連求都難得求到！我們對西南諸省非常陌生，僅從圖籍及師長口中略知梗概。我想由此先赴廣元、綿陽，途中一覽劍門之勝，再往川西，登臨青城、峨嵋兩大名山，然後南往入滇，把金馬、碧雞、滇池、洱海風光，收諸眼底！大概把這幾處西南名勝遊畢，離萬神叟『百杖爭雄大會』之期，也就不會遠了。」

奚沅笑道：「葛兄寥寥數語，已把川滇勝景包羅殆盡！這樣安排，再好不過。我們就沿路遨遊，先奔劍閣。」

劍閣乃因連山絕險，飛閣通衢得名。地在四川劍閣縣北，由諸葛武侯鑿石架空，始爲飛閣，以通行道，也就是有名的「棧道」所經。

萬山屏立，一峭虎口，九折羊腸。端的丸泥可封，地雄天險。

葛龍驤卓立劍門山絕頂，俯視群峰，心曠神怡，逸興遄飛！正在與奚沅、杜人龍指點談笑，突然遠遠響起幾聲極爲從容悠緩的鑾鈴，好似來人也是策馬漫步，眺覽這劍閣雄景。

杜人龍笑向葛龍驤道：「葛師兄，可惜今日天朗氣清，倘若細雨霏微，來人所騎再是一頭小驢，豈不就是陸放翁『細雨騎驢入劍門』的詩境了嗎？」

葛龍驤點頭笑道：「凡事必須講求『境界』，『細雨騎驢入劍門』詩情畫意，傳誦千古！倘若改成一個『晴日馳駒入劍門』，便把那些優美情思破壞殆盡。不但不堪入詩入畫，而且變成不堪入目！詞章如此，武術一道亦然。縱然遇上生死強仇，揮掌舞劍應敵之際，仍然是講究氣定神閒，從容不迫，方算上乘。呼號跳擲，劍拔弩張，便是村夫之勇，不足以語內家奧秘的了。」

杜人龍連連點頭，葛龍驤目光一瞬，忽又手指前方笑道：「杜師弟你看，天下事真有如此巧法！來人所騎，果然是一頭長耳公呢！」

杜人龍、奚沅齊順葛龍驤手指之處，果然見遠遠山徑之上，緩緩走來一匹青色毛

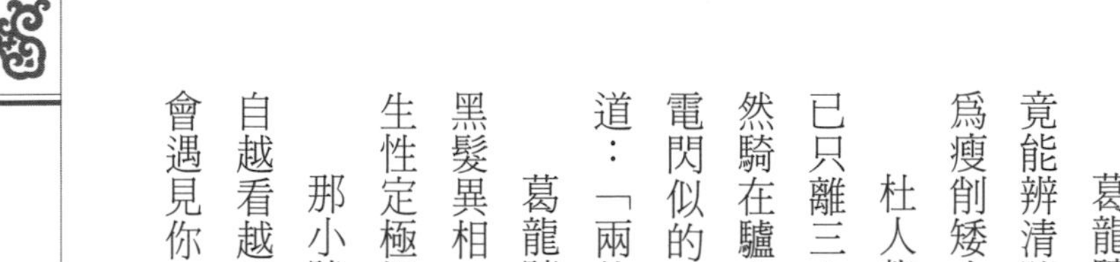

驢，驢上坐著一個白髮老者。

杜人龍叫道：「葛師兄！你看這匹毛驢多好？青得連一根雜毛都看不見。」

葛龍驤還未答言，奚沅好似想起什麼事？皺眉問道：「杜小俠眼力真好，隔著這遠竟能辨清驢身毛色，實令奚沅敬佩！杜小俠你再看看，那騎驢老者是不是白鬚黑髮而甚爲瘦削矮小？」

杜人龍抬頭看處，哪知就這兩句話的工夫，並未聽見什麼急驟蹄聲，那青色小驢業已只離三人半箭不到。驢上老者果然如奚沅所言是白鬚黑髮，鬚白如銀，髮黑似漆。雖然騎在驢上，仍看得出身材矮小瘦削，但雙眼神光極足，偶爾眼皮一翻，便如打了一道電閃似的！距離既近，奚沅也自看清來人形貌，神色忽然劇變，低聲向葛、杜二人說道：「兩位小俠，這是一個十幾年來未履江湖的武林怪傑，少時最好由我一人答話。」

葛龍驤也已覺得從雙目神光程度看來，這驢背老者武功確實不弱，又生具這種白鬚黑髮異相，怎的未聽恩師及醫、丐、酒三奇等談起此人？但見奚沅那等神情，猜出來人生性定極怪癖。方自把頭微點，青色小驢蹄聲得答，業已走到三人面前。

那小驢一身青色細毛，油光水滑，兩隻大耳聳立，顧盼生姿，神駿已極！杜人龍竟自越看越愛，驢上老者，目光瞥及奚沅，停蹄冷冷說道：「奚三！想不到在這劍門山上會遇見你，你師父可好？替我帶個口信，說我業已二度出山，不過西南有事，要到年底

才能前去找他。當年那筆舊賬，連本帶利，也該算一算了。」

奚沅神色莊重，恭身答道：「伍老前輩來得太遲，先師十一年前即歸道山！不過奚沅忝為『關中一丐』弟子，天大冤仇也敢為先師承擔，伍老前輩是否有所指教？」

伍姓老者從鼻孔中「哼」了一聲，道：「你師父倒早早擺脫了是非恩怨，教我遺憾終身，委實令人惋惜！你方才幾句話，雖是慷慨激昂，但明知我定例不與後輩動手，也有些故意取巧之處。我今天特別高興，你師父那筆舊賬就算是我在他靈前奠物，從此不必再提！你同行這兩個少年，是何來歷？根骨比你高出太多！我二度出山以來，第一件事就是要物色一個衣缽傳人，以繼承我在窮山幽谷面壁十三年所得的無雙武學！你問問他們，看哪個有此緣分？」

奚沅想不到這伍姓老者好端端的給自己出了這道難題，不由雙眉緊皺，正思怎樣答覆。杜人龍聽這老者竟想收自己和葛龍驤做徒弟，不由好笑，眉毛一揚說道：「這位老人家怎的這樣沒有見過世面？十三年空山面壁，算得了什麼？自詡為無雙武學！你把『諸葛陰魔醫丐酒，雙兇四惡黑天狐』等武林十三奇，置之何地？俗話說得好：『滿瓶不動半瓶搖』！就憑老人家這種驕狂自滿語氣，恐怕想做我們師父，還不配吧？」

杜人龍這幾句話，語語尖酸，奚沅聽得不禁在腹中一迭聲地暗暗叫苦，但那白鬚黑髮老者真是怪人，越聽面上越露笑容，等杜人龍說完，竟自樂了個仰天哈哈大笑，笑畢

拈鬚說道：「好，好，好！老夫生平最喜歡的就是像你這樣刁鑽刻薄而膽大妄爲的小鬼精靈！看你這副神態，你師父大概也不是什麼無名之士，快些說將出來，讓我找他商量一下，把你借我教上七年，準保造就一朵武林奇葩，揚威天下，無人能敵！至於你不信我面壁十三年，研參出無雙武學，並抬出那十三個老厭物一節，空口說來，諒你不信，我先讓你隨意出道難題，包括鬥鬥你所謂的武林十三奇人在內，我若能夠做到，證明所說不虛，再談找你師父借用徒弟之事便了！總之，老夫一生無論何事，想到必做，做到必成！今天我看你特別順眼，這半個徒弟是非收不可！連你身邊那個比你根骨看來更好的少年，都不想要了！」

杜人龍聽得幾乎「噗哧」一聲笑出口來，暗想江湖之上，果然甚等奇人都有！這白鬚黑髮老頭著實怪得可以，徒弟還有「半個」和「借用七年」之說，真是聞所未聞！聽他口氣，竟是無論如何非收自己不可，眼珠一轉，含笑說道：「老人家倘若真是身負無雙武學，這種機緣求都不易求到，要對我加以傳授，當然樂意！可是我師門長者，諄諄告誡，說是江湖之上騙子太多，老人家若不拿點真章出來，令人無法相信！老人家叫我隨意出個難題，包括鬥鬥十三奇中人物在內，我想十三奇中，『諸葛陰魔醫丐酒』不談，那『雙凶四惡黑天狐』卻個個狠毒無倫，武功又高，萬一老人家爲了想收我做半個徒弟，而受了傷損，豈非大蝕其本？所以我想一個折衷辦法在此，聽說黑天狐宇文屏

紫電青霜

最近匿跡潛蹤，不知隱藏何處，老人家如能探聽出來，便請於十月初三，屈駕到滇、黔交界的烏蒙山歸雲堡中，我便把我師父姓名告訴你老人家，你再去找他商量借用徒弟之事！我師父只一點頭，我便立時追隨老人家杖履，七年以後，傲視江湖，豈不甚好？不過我師父也極其古怪難纏，將來不要怪我事先不說清楚才好！」

白鬚黑髮老頭，簡直把一雙細目幾乎笑成一線，手指杜人龍，呵呵笑道：「你這小鬼真鬼！不知何事要想打探宇文屏下落，卻藉著出題為由，叫我老頭子替你跑腿！我也猜出你必有幾分來歷，不管你師父是誰，這半個徒弟，決所必借，你叫什麼名字？」

杜人龍起先對這老者頗爲鄙視厭惡，但現在突然覺得此人別具一種風趣，笑聲答道：「我叫杜人龍。至於老人家的姓名麼，因你們這些人物，什麼顧忌規例太多，我暫時不加請教，等會兒問問奚兄好了。」

白鬚黑髮老者哈哈笑道：「你這小鬼對我脾胃，老頭子就去找趟黑天狐，我們十月初三歸雲堡見。」說完，雙腿一夾，那頭青色毛驢四隻小蹄翻處，刹那之間，便已轉入萬山叢中不見。

廿一　滇池風流

奚沅等他形影俱杳，搖頭嘆道：「這位老人家，怎的忽然再入江湖？並恰恰和我們相遇，又立意看中杜小俠，真弄得人啼笑皆非！二位小俠可知道此人的來歷嗎？」

葛龍驤、杜人龍一齊搖頭答稱不知。

奚沅雙眉緊鎖，說道：「江湖中的極負盛名人物，除武林十三奇之外，近有北道南尼，還有雙魔一怪！北道三絕真人邵天化，聽說已然死在華山；南尼摩伽仙子，也已改邪歸正！黑白雙魔聲勢最大，但長年都在西崑崙星宿海，輕易不履中原，並傳聞早已化去。一怪卻就是我們方才所遇的黑髮白鬚老者，此人姓伍，名天弘，江湖賀號『鐵指怪仙翁』。平生行事，怪異無倫，一語相投，瀝肝披膽，俱所甘願；但有時睚眥之顧，卻會成爲不世深仇！十多年以前，這伍天弘不知遭受一種什麼挫折，竟在江湖絕跡，如今突然出現西南，又與杜小俠添上這場牽扯。倘若他真把黑天狐藏處找到，烏蒙山歸雲堡中見面之時，杜小俠不肯把尊師名號如言說出，這場麻煩可真不在小呢！」

杜人龍笑道：「奚兄，你說他怪，我倒看這老頭滿有意思！他若探不到黑天狐的藏身所在，自然不好意思去往歸雲堡尋找我們；萬一當真被他探到，我和我葛師兄便要先行鬥他一鬥，教他曉得徒弟豈是那麼容易收的？」

奚沅見葛、杜二人，業已聽自己把「鐵指怪仙翁」伍天弘的來歷說明，仍然毫不在意，不由以為他們年輕氣盛，恃技驕人！自己身受他們救命重恩，伍天弘的厲害久所深知。休看他今日聽任杜人龍頂撞譏嘲，隨和已極；若找到黑天狐蹤跡以後，杜人龍只一毀約失言，立刻便是天大禍事！自己師友之中，尚想不出有人能夠抵敵此老。獨杖神叟萬雲樵為慶祝百歲整壽，設下那「百杖爭雄大會」，如今在無心之中請去這位魔頭，倒要想條什麼妙計，不要弄得大煞人家風景才好。

葛龍驤知道這「鐵指怪仙翁」，即與西崑崙星宿海的「修羅二怪」黑白雙魔齊名，武功必有獨到之處！看奚沅這種神色，是為杜人龍擔憂後果，不忍令他過分焦急，含笑說道：「奚兄請勿為此事掛懷，葛龍驤絕非自矜武技，這位怪仙翁，看來不會比我們高出多少！何況宇文屏足跡難尋，我杜師弟所出的第一道難題，他就未必準能通過。我們還是照原定計劃，且作勝遊，瞻仰瞻仰青城、峨嵋等名山景色，以蕩滌胸襟塵慾吧！」

青城山在四川灌縣西南，群峰環衛，狀如城郭，諺稱神仙都會。黃帝曾封此山為「五嶽丈人」，故又名「丈人山」，道書號之曰「寶仙九室之洞天」，列為十大洞天之

一。葛龍驤、杜人龍是初次登臨，奚沅卻是識途老馬，在他指點引導之下，幽壑危峰，窮奇而探，果然峰峰挺秀，壑壑靈奇，環壁煙蘿，疊屏雲錦，丹青一發，紫翠千般！葛龍驤生長在南嶽涵青閣，所到過的廬山「冷雲谷」和龍門「天心谷」，景色也自絕佳，但總覺得比不上這青城山的自然靈妙。

爬上一座參天孤峰，極目青蒼，襟懷自遠，葛龍驤不由嘆道：「以前總以為『第一青城擅，無雙紫閣推』之語，不盡不實！今日身臨其境，才知所譽不虛！無怪此山道觀極多，玉佩金璫，天爐地鼎，原應在這種靈山妙境，才相配合呢！」

杜人龍忽然訝道：「葛師兄你聽，峰下竟有人來！難道還有人和我們一樣，有此雅興月夜攀登這青城絕峰嗎？」

葛龍驤笑道：「來者共是兩人，輕功看來不弱，既然月夜遊山，總非俗士，看看是何等人物？能多認識兩位西南英俊也好！」

奚沅此時靜心傾耳，仍只聽到極其輕微的一點聲息，見葛龍驤竟能從這點輕微聲息，分辨出來者人數、武功，不由心中加了幾分敬佩。

葛龍驤原以為月夜登峰，必是高雅之士，存心結識，但等峰頭人影一現，不禁眉頭大皺，暗叫晦氣不迭！原來上峰之人，一個是身材高大、滿臉橫肉的壯年道士，另一個則是奇醜無比的婦人，上身穿著一件蔥綠短襖，下身一條同色的羅裙，但腰間卻繫了一

條大紅絲帶，又矮又胖，獅鼻豬目，兩顆大黃板牙齜出在血盆大口以外，簡直稱得上氣死無鹽，羞走嫫母。

奚沅卻自這醜婦與道士上峰，便在暗暗留神，不住打量，突然眉頭一皺，向葛、杜二人說道：「兩位小俠，我們走吧！」

葛龍驤方一點頭，那矮胖醜婦竟然湊近身來，咧開大嘴，用那破鑼一般的聲音說道：「小兄弟慢走，我送你一朵花戴！」竟自鬢間摘下一朵粉色小花，要想替葛龍驤插在所著青衫的大襟之上。

葛龍驤聽她開口就叫自己小兄弟，說話之時，又唾沫橫飛，媚眼連拋，不由厭惡已極！劍眉方自雙挑，奚沅已在一旁接口說道：「這位姑娘，可是雲南滇池風流教主門下？在下奚沅，窮家幫幫主儲南州是我師兄，這朵花兒不要送了。」

醜婦把兩隻豬眼一瞪，說道：「窮家幫有什麼了不起？姑奶奶只要一高興，再送朵花給你們幫主儲南州戴戴，也說不定。」

奚沅知道這風流教中規例，送人花戴，就是要把這人擄爲面首之意。現聽醜婦居然出語辱及自己師兄丐幫幫主，不由大怒，冷笑一聲說道：「賊婆娘簡直不知道天高地厚，就是你們教主魏無雙，也不敢絲毫輕視我窮家幫的威名！如此淫蕩輕狂及出言無狀，奚沅要加儆戒！」說罷右掌一揚，向醜婦當胸劈空擊去。

醜婦一聲蕩笑，身形微飄，已自把掌風讓過。兩手一舉，毫未帶甚風聲，輕輕緩緩向奚沅迎面抓去。

葛龍驤認出她這虛空一抓，竟是旁門中的厲害功力「無風陰爪」！恐怕奚沅萬一抵擋不住，要吃大虧，右手五指輕彈，用了六成「彈指神通」。醜婦雙掌陡然如中利錐，奇痛入骨！已知遇到高人，「好漢不吃眼前虧」，帶著傷痛，與那道士雙雙逸去。

葛龍驤見她神情淫蕩，長相醜陋。轉面又對奚沅問道：「奚兄，你方才問的那醜婦可是『風流教』門下，這『風流教』名稱邪惡，內容如何？既在雲南滇池，恰好是我們原定行程之內，倘若係害人組織，順便把此教剷除，也好為西南人民除一禍患。」

奚沅聽他問起風流教之事，正色答道：「這風流教是一位紅粉魔頭所創，此女姓魏，名無雙，武功詭異，似非中土各派家數。此教規模不大，共收女弟子七人，而教址亦只知是在雲南滇池之中，但無固定處所。適才所見魯三娘，是魏無雙門下第三弟子，最稱淫兇狠惡，身畔帶著甚多迷香、暗器。想是震於葛小俠神功，不敢施展，便即逃遁！既以『風流』命教，當然不是善良組織。我們路過之時，憑兩位小俠的絕世武學，或可為西南少年子弟除一吸血惡鬼！不過這風流教門下弟子，各種迷香、暗器之中，大半兼帶媚藥，厲害無比，稍有不慎，任憑你英雄蓋世，也不得不在她們裙下低頭，失足成恨。」

葛龍驤在這風流陣仗之中，吃過大苦，如今想起追魂燕繆香紅那種袒裼裸裎、臀搖乳顫的淫形浪態，猶覺噁心！一聽雲南滇池之內，又出了這麼一位紅粉魔頭，風流教主魏無雙，俠心早動，定意蕩此妖氛，在西南一帶留些功德。

三人遊罷青城，順著岷江南下，暢遊峨嵋，然後再南行入滇。葛龍驤因有這「風流教」一事縈心，沿途不欲多事留連。反正黑天狐宇文屏藏處隱秘，難遇難尋，所以把峨嵋勝景盡興登臨之後，便直接奔向雲南昆明附近的滇池而去。

葛龍驤等三人，到得昆明，正是菊芳蘭秀，雀叫蛩鳴的清秋時節。既到昆明，就是不為風流教，也必先遊滇池。三人買棹乘舟，盡興遊覽。五百里滇池，浩瀚無垠，水平如鏡。葛龍驤笑指遠方，向奚沅及杜人龍說道：「奚兄及杜師弟，你看四外的丹青霜葉，水墨雲煙，暮藹微烘，夕陽殘照，我們這一葉扁舟，真如身在畫圖之內！尤其是那天邊極遠的淡淡一抹，分不出是雲是山？委實美極！胭脂三尺浪，螺黛一痕秋，這滇池風光比起天心谷湖蕩的清深幽靜，和大海浩瀚汪洋，別具一種淡遠之趣。我雖非『智者』，卻覺得樂山不如樂其水呢！」

突然一條梭形快艇，從自己所乘船隻的八、九尺外，電疾劃過！划船的是個紅衣少女，雙槳運用如飛。但在經過船頭的剎那之間，玉臂輕抬，似有一線金光，當空微閃！

杜人龍眼光何等銳利，猿臂輕伸，就用手中竹筷夾住那線金光。原來是枚四、五寸長的金針，針上還纏著一撚細紙。

杜人龍取下針上所附紙撚，打開看時，只見上面寫著：「拙徒歸報，有身懷絕技之翩翩公子，俠蹤突莅西南，並且有問罪魏無雙之意。竊思生平素昧，結怨何由？今夜三更滇池之西，碧雞山畔，魏無雙特駕小舟，於明月清風之下，佇候雅教！公子若有膽應約，請勿偕他人。魏無雙厭見猥瑣村童與骯髒乞丐，以免有所開罪！」

遂遞與葛龍驤，笑道：「翩翩公子請看！我與奚兄，一個是猥瑣村童，一個是骯髒乞丐！今夜這場風流雅聚，到底奉陪不奉陪呢？」

葛龍驤看完，劍眉雙挑，說道：「這類蕩婦淫娃，除了那些迷香媚藥之外，哪堪一擊？何必向她示弱。今夜如言催舟前往碧雞山下，奚兄與杜師弟遠遠為我掠陣，我要獨自見識見識這位風流教主魏無雙，比當年追魂燕繆香紅如何？」

杜人龍見葛龍驤有點惱火，心中不由暗笑葛師兄這副漂亮臉蛋，真替他找來不少麻煩！不過知道魏無雙決非追魂燕繆香紅可比。當年嶗山大碧落岩萬妙軒中，葛師兄誤服奇藥，全身癱軟無力，在那等奇淫極豔的風流陣仗之下，猶能強以真靈剋制慾火，不污絲毫清白！今日身懷多種靈藥，理應不虞有失。奚沅則更測不出二人高深，不便插口。

葛龍驤遂囑咐顧姓船家，要在三更左右將船搖到碧雞山附近水面。

轉瞬之間，夜色已深。玉靈千珠，銀河一線，池內的蘆荻叢中，不住閃著點點漁燈，碧雞山的巍峨山影已在不遠。

葛龍驤仰觀星斗，來得恰是時候。二鼓方過，三更不到，遠眺碧雞山方向，見水上有幾點燈火，似是泊著一艘大船。遂囑咐船家，緩緩搖到離那大船十丈左右，再行停橹定舟。此時看得分明，那艘大船雖然燈火輝煌，但卻不見船上有甚人影晃動。

葛龍驤悄悄告訴杜人龍與奚沅，自己施展輕功過船以後，顧姓老船家必然驚疑，可對他好言解釋。說完以後，在船上找塊木板，細一相度兩船距離，一捏一撅，木板分成三片。

葛龍驤見約定的三更已屆，走到船頭輕輕一躍，已向前縱出五丈。等到縱勢將竭以前，手中抛落一片木板，雙足微點，又是三丈左右。他此時功力勝似昔日，雖然撅了三片木板以備不虞，其實只用了兩片，人已如飄絮飛花一般，落身於那條燈火輝煌而不見人影的大船之上。

這種淩波虛渡、飄飄若仙的身法，休說船家疑神疑鬼，連身為窮家幫三老之一的丐俠奚沅，也覺得見所未見，舌矯不下。

葛龍驤雖然單人赴約，但心中並未過分小視對方。最後一次，藉第二塊木板之力，自水上往大船騰身，真氣業已提足，落腳之時，找的也是大船艙頂中心之處，所以身落

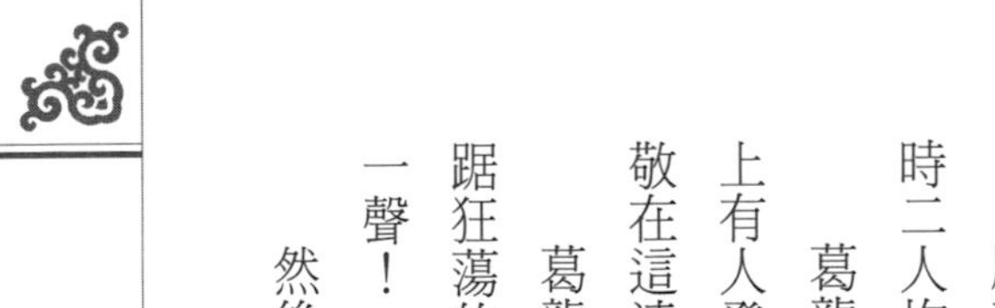

大船，不搖不晃，船上人毫未驚覺。

船頭船尾，均不見人，燈火輝煌的中艙之內，也是門窗輕閉，但好似微有蕩笑聲傳出。葛龍驤不由大惑，暗想那風流教主魏無雙，決無如此大膽——約定自己三更來此，而竟敢仍在閉室宣淫。難道自己找錯，不是這條大船不成？放目四望，黑沉沉池水之中，除卻東南六、七丈外，似有一條未點燈火的小漁舟，方圓左近，再不見有其他船隻停泊。葛龍驤萬般無奈，雙足勾住艙頂，「倒捲珠簾」，輕輕用舌尖點破窗紙，往裡一看，不由羞得滿臉通紅，暗叫晦氣不迭。

原來艙內正是那青城絕峰所見的「賽王嬙」魯三娘，與那滿臉橫肉的高大惡道。此時二人均脫了個半絲不掛，大參其歡喜之禪！而且是顛倒乾坤，窮淫極穢。

葛龍驤哪裡看得慣這等行徑？正待下手處置這荒淫無恥的蕩婦、惡道，突然水面之上有人發話說道：「公子走錯地方，魏無雙不敢以徒輩逍遙行樂的水上陽台褻瀆嘉賓，敬在這清潔漁舟迓客。」一聲若銀鈴，極其朗脆好聽。

葛龍驤聲一入耳，不用抬頭，便知道是發自那小小漁舟。他因極其厭惡那魯三娘箕踞狂蕩的兇淫之態，凜氣成絲，屈指輕彈。窗紙「啵」的一聲，室內魯三娘也「吭」了一聲！

然後抬頭一看，果然那六、七丈外的漁舟之上，燈火已明，一個一身漁家打扮的青衣女子卓立船頭，正向自己凝視。

葛龍驤懲戒魯三娘以後，足尖微一用力，已用「金鉤倒掛」之勢，翻回艙頂。忖度大船與漁舟相隔約六、七丈距離，自己功力尚可勝任，遂真力猛提，足下輕點，從艙頂長身，斜上方縱出約有四丈以外。縱勢尚未全竭，葛龍驤空中變式，低頭俯身，雙手左右平展，頭下足上，腰腿一屈一伸，便像一隻大雁一般，向青衣女子所立漁舟翩翩飛落。

人落船邊，一點聲響全無，漁舟也不過微微一側。青衣女子面帶驚容笑道：「毋怪小徒歸報，有極不平凡的人物，出現滇中。公子這種輕功身法，真如天際神龍，夭矯變化，令人嘆爲觀止！賤妾魏無雙，尚未請教公子高名上姓？」

葛龍驤身落漁舟，才看清這魏無雙，年齡頂多不出三十，一張清水鵝蛋臉龐，兩隻鳳眼，眉痕似柳，吹氣如蘭，加上那一身青布漁裝，腰如紈素，肩若削成，果然是位傾國傾城的絕代尤物。

但怪的是，雖然俏生生、嬌滴滴，但卻不像她們門下魯三娘那樣帶有一股妖淫之氣，只是蓬頭粗服，淡掃娥眉。若非她報名自稱魏無雙，誰會看得出這就是名震西南的風流教主？葛龍驤因想像之中，這位風流教主若非追魂燕繆香紅一般的紅粉魔頭，便定是魯三娘似的羅剎夜叉一流人物！哪知見面之時，大出意外，竟與那慾海知非的摩伽仙子有

些彷彿之處。

他心中納罕，不由多看了兩眼，忘了答話。魏無雙莞爾一笑，說道：「公子人間麟龍，天上神仙！傾心屬意之中原佳麗，當不在少。魏無雙這邊荒妖婦，蒲柳之姿，尙值得一顧嗎？」

葛龍驤聞言不由臉上一紅，暗責自己怎的這等失態？趕緊目光旁注。但聽得魏無雙自稱「邊荒妖婦」，越發覺得此女特別具有一種豪朗的英姿，而雙目之中，神光湛湛，毫不像那些縱慾貪歡的蕩婦淫娃之類！可是自己方才卻明明看見，她們下魯三娘的那等荒淫無恥形相，兩者相較，異常矛盾，究應如何解釋？

魏無雙想是看出葛龍驤心意，微微一笑，櫻唇略啓，正待說話，突然大船之上，響起一聲暴吼，方才在艙中與魯三娘淫樂的惡道，衣衫不整，自大船梢頭推落一條梭形小艇，直向漁舟蕩槳趕來。

原來魯三娘想是運數當終，正在得趣情濃，欲仙欲死之際，葛龍驤突然隔窗給她來了一下「彈指神通」！而且無巧不巧的，正好彈中她後腰的「精促穴」上，以致「吭」了的一聲，全身抖顫，元陰盡洩！惡道先還以爲魯三娘施展什麼素女之術，正覺銷魂，等到感覺身上人手足漸冰，驚起之時，業已無救！再看到窗紙破裂洞口，才知受了暗算。人在急怒之時，往往頓忘厲害。惡道見四顧無人，只有那條小漁舟上，對立一男一

女，他因初與魯三娘相識，被她帶來昆明，尙未見過魏無雙，便在那水上陽台淫樂，以致不認得那就是青城絕峰所遇少年，和名震西南的風流教主！更不掂量掂量自己身上，能有多少武學？莽莽撞撞地划著那梭形小艇，衝向漁舟，欲爲魯三娘報仇雪恨。

快艇到了兩丈左右，一聲暴吼：「是何小輩暗算傷人，還我魯三娘的命來！」人隨聲起，惡道竟往漁舟之上凌空撲到。

葛龍驤根本未加理會，魏無雙卻柳眉一剔，目射寒光，冷笑說道：「賤婢們耽於淫樂，忘卻我三年之約，早就該死！這惡道是中原巨寇，殺之無虧！」玉臂輕抬，向空微揮右掌。一股強烈掌風過處，惡道在半空中，突然慘叫一聲，連翻了兩個筋斗，噴出一口鮮血，墜入水中，眼看不活。

葛龍驤見這風流教主魏無雙，竟動手殺那惡道，口中並似對她自己門下女徒深有不滿，不由又是一陣疑詫。

魏無雙回身就船頭盤膝坐下，螓首微抬，對葛龍驤含笑說道：「公子既不肯見示姓名，難道也不讓我敬你一杯這自製百花佳釀嗎？」說完，舉杯相向。

葛龍驤動身離開自己坐船以前，爲防萬一，鼻中早已塞好奚沅所煉藥丸，但此時見魏無雙敬酒，心中頓又大費躊躇。看此女人品，確無絲毫淫惡之相，但「風流教主」之名卻太已難聽！這杯酒中不曉得有甚花樣？到底喝是不喝？思忖之間，卻見魏無雙面有

哂意。

葛龍驤何等好強？因鼻中塞有藥丸，說話不便，索性取出甩掉，劍眉一揚，英姿勃發，也就船板上坐下，朗聲說道：「在下葛龍驤，既然敢應教主之約，來此相會，慢說你這一杯百花佳釀，就是穿腸毒藥，也要叨擾！」說完舉杯一傾而盡，但心中早已打好主意，左掌之內暗藏一粒太乙清寧丹，準備一覺酒中有異，立時服用。

魏無雙點頭笑道：「葛公子，這等行徑，才是英俠本色！若像先前那樣，豈不是有些小家子氣？迷香媚藥之類，魏無雙不屑爲之。我自己曾有一句守則：『只可風流莫下流！』說句令你不信之言，我這風流教主，至今還是白璧無瑕，葳蕤自守！但薰蕕不能共器，魏無雙此時縱然舌粲蓮花，也解不了葛公子的心中成見。今宵之會，因我不知最不肖的孽徒魯三娘恰好回來，並在那水上陽台淫樂，大煞風景！現情趣已滅，不必再爲深談，到此爲止！明夜此時此地，再候公子俠駕，我並要送你幾件極好禮物，以壯西南之遊行色呢！」

葛龍驤酒雖入肚，其實仍在擔心，但這久無事，知道魏無雙果然未用下流手段，不由對她略爲改觀。現聽她竟下逐客之令，並訂明夜之約，略一尋思，點頭正色說道：「葛龍驤敬如尊言，明夜必至！教主方才『只可風流莫下流』之語，頗得人生真諦，但能循此以行，並以此約束門下，則一切干戈，均化玉帛！否則我輩既稱俠義，不能不爲

天地之間蕩滌邪氣，發揚正氣！教主好自思忖，葛龍驤明夜來時，敬聽一語。」

魏無雙面含微笑，連連點頭。葛龍驤見這漁舟，因在大船東南，離自己坐船也不過七丈左右，用不著施展「一葦渡江」身法，依舊以來時故技，「神龍入雲」轉化「平沙落雁」，一拔一撲，一屈一伸，縱回自己船上。

廿二　一夜情緣

自葛龍驤用船板借力，飛縱上那條大船開始，杜人龍與奚沅均已集中精力，遙為注視，準備萬一有警，立即赴援！此時見他並未與人動手，便即回舟，不由均出意外，爭問究竟。

葛龍驤搖頭嘆道：「天下事唯女子之心最為難測之語，確實信然！這位風流教主魏無雙，本人不帶絲毫邪氣，但她門下女徒，卻個個都是那副淫兇蕩逸之相，真教人揣摸不透其中究竟呢！」遂把在大船所見及漁舟所遇，對奚沅及杜人龍詳述一遍。

奚、杜二人也想不出魏無雙師徒冰炭同爐的所以然來，只得隨興遊覽這五百里滇池的水上風光。等到次日晚間，重行到這碧雞山下赴約。

此夜萬里無雲，月色更朗，葛龍驤老遠即望見那一葉漁舟，果然仍在原處。他經昨夜一會，把心中風流教主魏無雙定是一個窮兇惡極的淫蕩妖婦的印象驅除乾淨，一心一意要想顯些功力示警，然後再以善言，勸化此女。遂命那顧姓船家，將船搖到離那漁舟

三、四丈之外，才行泊住。

杜人龍見葛龍驤要船靠著這樣近，也不知道他的用意所在。只見葛龍驤略撩長衫下襬，向奚沅笑道：「奚兄請莫見笑，我要略爲賣弄所學，以警戒魏無雙勿存歹念，然後再以良言，試加勸化！」說完，肩頭微晃，竟自縱落水面，把這一片波濤，當做了康莊大道，飄然舉步，霎時便近漁舟，躍上船去。

杜人龍這才明白，葛龍驤蓄意施展絕藝震懾魏無雙，是以極高輕功「凌空虛渡」，配合恩師獨臂窮神柳悟非的「神龍戲水」身法，再加上不老神仙、冷雲仙子，諸葛雙奇獨門精研的「乾清罡氣」。但葛龍驤功力不夠，「乾清罡氣」僅是皮毛，一口先天真氣提得不能過久，所以要把兩船靠到三丈左右距離，才敢一試。

奚沅見狀，不由咋舌問道：「輕功絕技之中，雖有登萍渡水和一葦渡江之說，但總要有物借力方可。像葛小俠這種神功，奚沅自慚鄙陋，見所未見，聞所未聞！難道就是『凌空虛渡』？兩位小俠身懷這等絕世武學，究竟是何門派，可否見告？免得奚沅鎮日追隨，有所失敬。」

杜人龍與奚沅頗爲投緣，並非不肯告訴他來歷，只因獨臂窮神在窮家幫中行輩太高！一談之下，奚沅必會變成自己後輩，萬一他要來個執禮甚恭，豈不奇窘？現時聽他問起，覺得瞞也不是，說也不是。念頭一轉，決定仍瞞一半，含笑說道：「三丈出頭的

距離，凌空虛渡並不甚難，難的是在這起伏波濤之上，暇豫安詳，飄然舉步！奚兄問起我葛師兄門派，不便相瞞，他是武林十三奇中頭一位，衡山涵青閣主人不老神仙諸老前輩門下的第二弟子。」

奚沅聞言，才知無怪葛龍驤一身武學，淵深莫測，原來竟有這大來歷！得知底細以後，宛如吃了一服清涼藥劑，把一直掛在心頭的「鐵指怪仙翁」那段糾纏，也解除了不少憂慮。

葛龍驤行波踏波，縱上漁舟，那風流教主魏無雙果然面帶驚訝之色，指著船板上的精美清淡酒菜，讓客就座。

酒菜以後，船尾之上還置有一個極大錦布包袱。魏無雙笑向葛龍驤道：「葛公子，魏無雙昨曾說要送你一件極好禮物，以壯西南之遊行色。這禮物如今已在錦袱之中，公子你且猜上一猜，袱中何物？」

葛龍驤打量那錦布包袱，只見鼓鼓囊囊好似包裹了好幾層，無法猜透內中何物。劍眉一挑，舉杯向魏無雙說道：「這錦袱內縱然就是趙璧隋珠，或干莫名劍，葛龍驤也不以為貴。教主既有贈禮壯我西南行色之意，葛某要自行啓齒，如能應允，請盡此杯。」

魏無雙笑臉吟吟，把杯中之酒一傾而盡，妙目流波，含笑問道：「魏無雙心折葛公子你這身武林絕學和俠骨高懷，但有所求，無不應允。」

葛龍驤雙目一張，神光電射，肅容正色說道：「葛龍驤要求教主約束令高徒的不羈淫行，並解散風流邪教。」

魏無雙噗哧一笑，放下酒杯，向葛龍驤說道：「風流教肇立迄今，整整三年！為公子一言，解散原可，但魏無雙總得索點代價。你看這清風明月，何等宜人？葛公子你能在這漁舟之上，伴我做竟夕之飲，魏無雙便即悉如尊命！」

葛龍驤放懷長笑，朗聲說道：「佛家講究寧入地獄，也要普渡眾生！葛龍驤豈會吝惜這一夕之飲？清風明月，坐對美人，以風流韻事，解散風流邪教，也真算得上是一件風流的佳話！來來來！我先敬魏教……魏姑娘三杯。」

魏無雙伸手作勢，阻住葛龍驤舉杯，說道：「葛公子，你敬我的這三杯酒，少時再飲，我們還是先看看這錦袱以內，包裹的是不是你意外之物？」邊說邊自動手解開那錦袱。解到第三層時，已有血腥之味入鼻。最後一層的油布一開，葛龍驤霍然變色，幾乎推席而起。原來錦袱之中，包的竟是七顆血淋淋的首級！

魏無雙一笑歸座，向葛龍驤說道：「葛公子休驚，你看看這些首級之中，可有你所熟悉面目？」

葛龍驤定眼細看，七顆人頭雲髮蓬鬆，全是女子！其中兩顆面目熟悉，分明正是途中所遇假扮男裝和滇池飛針寄柬的阮姓紅衣少女，及昨夜與那惡道荒淫的醜婦魯三娘。

心中這才想到，聽說風流教下共有七個女徒，難道魏無雙竟把她們全數誅殺？

魏無雙此時臉上神色變得極其莊重，緩緩說道：「葛公子要求魏無雙解散風流教之事，我已徹底照辦，則交換條件的長夜之飲，也應開始。公子不要以為我盡殺孽徒，似嫌太狠！魏無雙一面蕩舟與公子共賞這昆明池的月色波光，一面略為敘述我的離奇身世遭遇，或可博得同情。不過我們驟然移舟，貴友難免生疑，公子還是知會一聲的好！」

葛龍驤聽說魏無雙果然把門下七個女弟子全數誅戮，知道其中定有怪異隱情！遂如言略凝真氣，遙向自己所坐船隻叫道：「魏無雙姑娘業已解散風流邪教，現正偕我蕩舟遊池，並做竟夜長談。奚兄與杜師弟不必驚疑，或是隨後緩行，或是在此等我均可。」

杜人龍一聽，向奚沅笑道：「奚兄，你看我葛師兄的魔力真不算小，兩度杯酒深談，兵不血刃，就使魏無雙那女魔頭甘心解散風流邪教！他們如今要蕩舟遊池，竟夜長談，我們究竟應否緩行隨行？」

奚沅略一沉吟道：「葛小俠是不老神仙的門下高足，應付這等場面，自無可虞！何況他又親口說是魏無雙業已解散風流邪教，按理我們似乎不必隨往。但畫虎畫皮難畫骨，知人知面不知心！江湖之中令人意料不到的風險太多，我們寧可被譏膽小，還是為葛小俠隨後接應為是。」

杜人龍點頭贊同奚沅老謀深算，遂命顧姓船家追那條漁舟，始終保持十四丈左右遠

近。那漁舟之上，魏無雙持杯就唇，連乾了葛龍驤所敬的三杯美酒，妙目之中，隱藏無窮感慨似的，說出一番話來。

原來魏無雙本是一位雲南武林世家的獨生愛女，資稟極好，冰雪聰明，小小年紀，便練成一身上乘武學，心性自然也就高傲無比！十五歲時，父母雙亡，無人加以羈束，憑著一身藝業，闖蕩江湖，竟在短短的兩、三年之間，在這西南一帶，創出了「辣手紅線」的女俠外號。但由於嫉惡如仇，過分手狠，更因她那一身冰肌玉骨，雪貌花容，以致惹得綠林道中的幾個巨惡窮兇，相與聯手，要對魏無雙有所算計。

在她十八歲的一個秋天，魏無雙經滇南哀牢，發現有三、四個強人，在一間茅屋之內要殺害一個中年隱士，不由俠心大動，才一現身，賊人便自嚇走，那位隱士自然德恩萬謝，欲加報答。魏無雙含笑說明，行俠之人係以鏟盡目中所見及耳邊所聞的不平之事，以爲己任，鋤強扶弱，豈是爲了「酬報」二字，才置身武林鋒鏑？但經不起那隱士一再殷勤，只得笑領香茶一杯，聊答其意。

哪知整個經過，均是群盜事先設計的一場騙局。魏無雙慢說年輕識淺，就是經驗再好，在這種情形下也極容易疏忽。一杯香茶入口，神思昏蕩，萬事皆休！那喬裝隱士的惡賊也露出猙獰的面目，竟自替魏無雙寬解羅襦，輕分裙帶，脫了個一絲不掛，妙相畢

呈！然後一聲暗號，先前幾個強人一齊出現。魏無雙袒裼橫陳的銷魂體態，勾引得這一干綠林賊寇，個個雙眼之中均噴出了熊熊慾焰！一齊自行剝得精赤條條，爭先恐後的騰身直上，想要把魏無雙輪流凌辱盡興之後再行處死，以了卻西南綠林道上的眼中釘刺。

此時魏無雙痛淚急流，想死都難。眼看著一朵嬌花，就要在無力抗拒之下橫遭蹂躪！茅屋之外，突然響起一聲：「無量佛！」號，飄然走進一個三、四十歲的中年道士，手中白玉拂塵略一揮舞，群賊便個個均被點了死穴！魏無雙被救之後，看出道人武學極高，以為因禍得福，堅欲拜師。道人卻僅允傳藝，不肯收徒，但隨他回轉所居哀牢後山無憂谷中之後，才知道魔孽纏身，自己甫離虎口，又入蛇穴，這道人竟是專以採補擅長的風流教主天欲真人！不過天欲真人平生採補所用爐鼎，全是出於自願的蕩婦淫娃，而且絕不憑藉藥物之力。就因為他天性好強，以為任何女子均願與他好合的這種怪癖，魏無雙在無憂谷的無邊慾海之內，才能葳蕤自守，保全了女兒清白。

十年中，天欲真人幾度要求魏無雙做他道侶，共參歡喜大法，魏無雙均誓死堅拒。說是自己當日若非他出手拯救，在群寇暴行之下，所受之慘，必不堪言！這種深恩大德，自當刻骨銘心，啣結以報，但要叫自己陪同行淫，卻萬萬不能！除此以外，任何赴湯蹈火、碎骨粉身之事無不應命！天欲真人秉性也極為高傲，聽魏無雙表明心意之後，竟不再相逼。第十年上，天欲真人大限已到，一病不起！在彌留之際，竟作遺言，要魏

無雙收他平日做為採戰爐鼎的七個女子為徒，繼任風流教主。

但以三年為限，三年之內，魏無雙若為門下弟子終日逍遙追歡作樂的風流情慾所動，貞關不守，失卻真元，則必須終身發揚該教；倘到期仍然一心不動，白璧無瑕，便可隨她心意，自由處置。魏無雙對天欲真人的這種怪異遺囑，真有些啼笑皆非！但自己有言在先，為報他昔年大德，除卻陪同淫樂之處，萬死不辭，遂也只得咬牙應允。

繼任教主以後，魏無雙首先約法三章，嚴禁門下擾及正直君子，那些勾引採戰、盜吸元陽等無恥伎倆，只准向一般綠林強寇及平昔就有淫行的邪惡之流身上施展。這七把刮骨鋼刀，在這種方式之下，三年之間，倒也使西南一帶的惡人淫寇變做風流孽鬼。

轉瞬限期即屆，魏無雙果然天生慧覺，濁水清蓮！在這風流慾海之中，身為教主，鎮日眼中所見，全是些天體雙雙的窮淫極穢，依然毫無感染！當門下首徒紅衣少女歸報，葛龍驤等有問罪風流教之時，魏無雙算來三年之約，正好將屆！遂東約葛龍驤漁舟一會，感覺英俠襟懷，畢竟不同流俗，那一身極高武學也是生平罕見。正邪相較，何啻天淵？乃立意就此結束十三年陷身邪教的苦惱生涯，還諸自由自在。

三年以來，魏無雙對門下七個女徒，曾一一仔細暗中觀察，看出個個沉淪慾海，本性已喪，無法救藥，目前雖在自己嚴刑峻法的約束之下，不敢明日張膽地相害好人，但若管束一失，卻將對西南各省的青年弟子流毒尤烈！權衡利害輕重以後，她十幾歲已便有「辣手紅線」之稱，端的肝腸似鐵！一夜之間，便把門下六個女徒全數誅除，連那正在縱慾狂歡之下，被葛龍驤憑空彈指，以至陰洩而亡的魯三娘，一共砍下七顆粉黛頭顱，包裹在錦袱之中，送給葛龍驤，權當做以壯西南之遊的厚禮。

魏無雙這一番奇特身世，娓娓講完，葛龍驤聞所未聞，不禁為之連浮大白。

魏無雙鑒貌辨色，知道葛龍驤對自己頗為同情，水光月色映照之下，對方那等俊奇倜儻的英朗丰神，加上不知不覺之中，微泛酒意、略微緋紅的冠玉雙頰，著實醉人！竟把這位淤泥難染、色界能勘的巾幗奇俠，三十年宛如古井不波的止水心懷，撩動起片片漣漪！向葛龍驤含笑舉杯，瓠犀微露說道：「公子聽完我這一席傾談，可對魏無雙的今後歸宿，有所指點之處嗎？」

葛龍驤正色說道：「魏……姑娘玉潔冰清，蘭芳菊傲，是非明辨，人所同欽！今後或如隱娘紅線，憑三尺青鋒，為人間扶持正義，剷除不平！或餐絳雪飯，種白雲田，在名山勝境之間，善保真如，參求性命交修的武家上道。利我利人，均無往而莫不利。」

魏無雙笑道：「無雙敬如公子所言，再以十載光陰，江湖行道，俟四十以後歸隱山林。但武家上道，須得心傳，無雙僻處西南，見識甚陋，公子心目之中，有無可為我引進之人嗎？」

葛龍驤對這魏無雙，一半敬其爲人，一半也覺得甚爲投緣，慨然答道：「龍驤的俗家姑母與師長，廬山冷雲谷冷雲仙子，功參造化，學究天人，他年只要魏姑娘有意清修，願爲引進。」

魏無雙訝聲驚道：「我平日在這西南一帶，除卻苗嶺陰魔與他兩個弟子之外，對武功一道，頗爲自詡，正覺公子如此年齡，一身內家絕藝，怎的猶在苗疆雙絕沐亮、姬元以上，原來竟有這大來頭！既稱令姑母冷雲仙子爲師門長者，尊師可是群流景仰的武林第一奇人，不老神仙諸大俠嗎？」

葛龍驤正容頷首，魏無雙起立進艙，取出一對碧玉巨杯，斟滿佳釀，向葛龍驤笑道：「魏無雙今夜一來得脫邪教，二來巧遇平昔景慕已久的不世奇人門下高徒，委實快意已極。我要回敬三大杯，公子勿卻！」

葛龍驤接過那碧玉杯一看，玉質極佳，不磷不淄，杯上並以精工雕出一條盤龍，鱗爪飛舞，栩栩欲活，容酒足有半斤，知道是只稀世罕見之物！與魏無雙手中那只玉杯，形狀大小，一般無二，只杯外所雕，是隻玲瓏彩鳳。

葛龍驤舉杯笑道：「武林之內，萬派同源，哪一派生來就是名門正源？所以邪正五分門戶，是非只在一心。這靈台方寸之間，倘能毫無愧作，始終朗徹清明，豈不帥理寓氣，活活潑潑？魏姑娘身處風流叢障之內這多年頭，清蓮自潔，太已難能。葛龍驤敬佩無已！『不移唯上智，可語豈中人？』魏姑娘今後無論出世入世，成就之高，龍驤無法妄加揣度。」

魏無雙莞爾一笑，與葛龍驤相互傾杯，妙目凝光，深注葛龍驤，含笑說道：「公子滿身俠骨，一片仁心，處處均對魏無雙教以微言，情實可感！俗語云樂不可極，魏無雙在這明月澄心、清風滌慾之下，恭聆雅教，受益已多。我說過要回敬三杯，公子且把這兩大杯酒飲完，便送你回舟，以圖後會如何？」

葛龍驤見談笑之間，一個罪惡淵藪的風流邪教便即瓦解冰消，心中自然高興！更加上魏無雙絕代丰神，溫言敬酒，哪還有絲毫考慮？舉杯連盡，但飲到第三杯時，突覺那酒似比以前更香更醇。他本就不善飲酒，腦中微微醺然，便即引手支頭，不勝酒力。

魏無雙見他這種神情，微笑說道：「公子想是飲酒過急，請到艙中略爲歇息，便可復原。」

葛龍驤此時仍未想到其他方面，勉強起立，如言進艙。但這一走動，越發覺得頭重如山，支撐不住，才進艙門，便即玉山頹倒！迷惘之中，覺得魏無雙竟替自己寬衣解帶，連貼身小衣也脫了個一絲不掛！少頃，更有一條軟綿綿、香噴噴、滑膩膩的赤裸女子嬌軀，鑽入衾內，與自己同睡。

葛龍驤這一驚非同小可！暗叫自己走眼，還以爲這魏無雙是一朵淤泥不染的濁水清

蓮，哪裡知道同樣是與她那些高徒沆瀣一氣的無恥淫婦！他心中雖然清醒，但全身氣力盡失，連手足都似無法抬起，比當年誤中追魂燕繆香紅迷藥以後的情形，更覺有以過之！預想到魏無雙與自己裸體同衾，繼之即將發動那種窮淫極穢之狀，可憐葛龍驤心頭直如一頭小鹿，騰騰亂撞！自然而然地想起了心上人玄衣龍女柏青青，不知道她與谷飛英二人此時遊蹤何處？自己身中藥力，無法抗拒，萬一奚沅、杜人龍不知有變，未來救援，竟在魏無雙風流狂蕩之下，有所失足，將來卻以何顏與心上人相對？

他正急得無可奈何之際，魏無雙果然似已發動。撥轉自己身軀，把顆雲髮蓬鬆、蘭香微度的螓首，並枕相偎，並從頸下伸出一隻玉臂，緊緊地把自己摟在懷中。胸前感覺到兩團軟玉，堅挺挺、顫巍巍，貼肉偎肌，銷魂蝕骨。

葛龍驤當日在嶗山大碧落岩萬妙軒中，雖然也是身中藥力，危機一髮，繆香紅並與面首大佈淫席，盡量挑逗，但還未到這樣赤身同衾、短兵相接的地步！如今懷中所摟、胸前所偎以及手足所沾，無不是香肌柔滑，觸處魂銷！葛龍驤自知這次風流魔障，恐怕無可逃免，只得盡力而爲。

當下微合雙目，舌舐上顎，竟在這漁舟艙內的軟床之上，懷抱半縷不著、貼胸偎臉的絕代佳人，要想運起玄門內功，來個物我皆忘，無人無相。

慢說葛龍驤這樣一位蘊藉風流的少年英俠，就是深山寺觀修持有年的高道名僧，在

這種情況之下，要能付諸無聞無見，也必無人能信！可憐葛龍驤一會兒靠玄門所學，萬相皆空；一會兒又爲現實所迷，塵念漸起。其中只要魏無雙略施風流解數，泯卻對方時朗時蔽的一點靈明，無疑好事立成，葛龍驤必失童貞，墜入風流小劫。

但出人意料以外的是，魏無雙把葛龍驤緊緊摟在懷中，貼臉偎胸之後，竟自一無動作！葛龍驤提心吊膽，宛如待宰羔羊一般靜候多時，不見對方發動風流攻勢，心中不由大異，忍不住微微睜眼一看，這位昨日的風流教主魏無雙，蜷伏在自己懷中，微聞香息，竟似業已睡去，但那露在薄衾之外的蝤蠐粉頸，和欺霜賽雪的美人香肩，以及隱約可見，正頂在自己胸前的那兩堆溫香軟肉，卻令葛龍驤觸目驚心，趕緊再度閉目。

起初不解魏無雙已然用盡心思，使自己直到現在還不知，是在怎樣誤服迷藥的情形之下中計，卻又不加侵擾之故，但忽然想到貓兒捕鼠之後，必先盡情戲弄，然後才行快意大嚼！不由得全身又是一陣寒顫。睜眼再看魏無雙，只見她秀逸出塵的嬌靨之上，雖在閉目睡著，仍然佈滿著一種湛湛神光，不帶絲毫妖淫邪蕩之狀。

難解！難分！難猜！難測！一連串的「難」題，把葛龍驤「難」到了下半夜，仍然「難」明究竟！他精神上也實再「難」以負擔，心頭雖然「難」放，但眼皮「難」睜，竟在這種「難」得奇逢之下，與魏無雙矇矓睡去。

這邊「難」睡著的葛龍驤，那邊可也「難」壞了奚沅和小摩勒杜人龍二位。

明明聽到葛龍驤以內家功力凝氣傳聲，說是魏無雙業已解散風流邪教，他二人要蕩舟遊池，並做長夜之談。那意思是叫自己二人放心，已無變故。但先前遙見葛龍驤與魏無雙對坐船尾，相互傾杯，此時卻雙雙入艙不見人影。要說有變，葛龍驤怎的毫無聲息，要說無變，孤男寡女，深夜之間，同處小小漁舟艙中，這久不見聲息，卻也不像是正常之事。

若聽其自然，奚沅、杜人龍均覺得有點放心不下；若過船探視，則因葛龍驤說這魏無雙業已回頭向善，彼此是友非敵，亦似大有不便，左右為難，躊躇不已。

尤其是杜人龍，心中暗念：「葛師兄呀，你與這風流教主，深夜同艙，情形不對！可千萬要像當年對付繆香紅一樣，自朗靈明，矢堅定力，假如陰溝之內翻船，這滇池之上有所失足，天心谷中相會之時，可怎樣向我那位玄衣龍女柏師姐交代！」

奚、杜二人反覆思索，欲行又止，心中難定之下，斗轉參橫，漫漫長夜已過，空中似有似無的，業已透出一絲曙色，杜人龍無法再忍，急中生智，伸手向奚沅借了兩柄月牙飛刀，遙向漁舟伸手發出。手法甚為巧妙，一刀先發，一刀後至，正好在漁舟艙邊不遠，後刀趕上前刀，「叮噹」互撞。靜夜之中，其音極為清脆，也不傷及漁舟分毫。「嗤嗤」兩聲，兩柄月牙飛刀，一起墜入水中。

杜人龍這飛刀示警之計，果然生效。在漁舟艙內，傳出一絲嬌音說道：「二位莫不

放心，葛公子酒倦稍息，並與我尚有話未曾說完。晴日一升，便即回舟，不會有損半絲毫髮。」

奚沅、杜人龍二人，見這魏無雙居然也會練氣成絲、傳音入密的極高內功。此時漁舟因無人操縱，久已隨波蕩漾，但兩船始終保持四丈以外距離。魏無雙語音極輕，字字清晰入耳，不由好生欽佩！雖然葛龍驤不自答言，多少有點蹊蹺，但紅日即將東升，只得暗做準備，再行忍耐片時。待日出之後，葛龍驤若不回舟，便立即前往探視究竟。

葛龍驤身被酒力，再加上個赤裸玉人在懷，驚心動魄的精神負擔，真比遇上敵手，浴血苦戰上個三、五百招，更覺勞累。在支持到了無法再支之後，閉目一睡，便即沉沉難醒！所以被杜人龍飛刀示警，驚醒的不是葛龍驤，而是那位紅粉奇人，風流教主。

魏無雙被刀聲驚醒，立以真氣傳音，穩住奚、杜二人以後，一環玉臂，又緊緊摟住葛龍驤，往他臉上親了幾親，一聲長嘆！

回手自枕下摸出一青一黃兩粒藥丸，先以黃丸含入自己口中，然後唇舌相親，慢慢度入葛龍驤口內。

這黃色藥丸是解酒之用，半晌過後，葛龍驤酒力漸解，覺得口內芬芳。微微睜目一看，魏無雙斜伏自己身上，度藥方畢，那條軟綿綿、香馥馥的丁香軟舌，正在縮回！一試自己酒力雖解，體力未復，但已能說話及稍微轉動，不禁劍眉雙剔，滿含鄙薄之色問

道：「魏無雙！你既已處置門下惡徒，解散風流邪教，怎麼行爲仍然如此無恥？難道先前對我所說，全是些騙人假話不成？」

魏無雙淒然一笑，說道：「魏無雙從無半句虛言，何時說了什麼假話？公子天生這副俠骨高懷，人品又是極其風流俊朗，一見之下，令我三十年古井不波之心頓泛情瀾，無法自主！但魏無雙尙有自知之明，衡己度人，你我年齡相差這遠，尊師清望門戶又高，不論哪一方面，也無好合之望！這才邀你同做長夜之飲，暗將極妙藥漿塗在你所用那只雕龍玉杯之上。第一杯酒絲毫無異，第二杯酒藥已漸解，等到第三杯酒，所塗藥力全部深在酒中。所以公子雖存戒心，依然中計！但我如此苦心，所圖爲何？不過是情懷難遣，又自知薄命，才想留此一夜風流，以使我這個風流教主之名不虛，名副其實地有個著落。」

說到此處，魏無雙陡然把身覆錦衾一揭一甩，讓整個赤裸玉體呈現在葛龍驤眼前，但面上卻一片湛然神光，正色說道：「我們身無寸縷，擁抱同眠，漫漫長夜之間，男不思淫，女不思蕩，古今天下能有幾人？魏無雙自詡尙非俗女，更看出你亦非俗士。這樣安排，一半固然爲了實現我心中景慕，以結這場無垢情緣；另一半也想藉此考驗我這二十年苦修，與你名門正派所傳的內家定力，能不能戰勝色慾之念？」

她這番妙論，聽得葛龍驤啞口無言，心中說不上來，對這位魏無雙是敬？是愛？是

憐？是恨？

魏無雙見葛龍驤這副神情，不禁啞然說道：「我們初見之時，魏無雙不是說過，曾經自訂守則『只可風流莫下流』嗎？如今雖一夜纏綿，但彼此貞關不破，是風流？是下流？唯君自判！魏無雙這十餘年間，爲這風流所羈絆，足跡僅限西南，把整個天下的名山大川辜負已久！從今以後，我要盡興遨遊，並憑一身微薄所學，管管天下不平之事。

「我們自此一別，後會有期，倘有緣再見，爲友爲仇，也全在於你！你如引今夜之事爲恥，視我爲仇，則白刃剖胸，亦所甘願！倘竟對我這薄命人稍加憐愛，則我也決不存非分之想，能夠叫我一聲雙姐，於願已足！

「總之龍弟弟，這一夜奇緣，足夠魏無雙鏤心沒世！不要讓你那兩位好友狐疑著急，做姐姐的爲你整頓衣衫，解去藥力之後，也該風流雲散的了！」說完便爲葛龍驤整衣，並把那粒青色藥丸替他納入口內，神色莊嚴，真完全是一副大姐姐模樣。

但可笑的是，葛龍驤已將穿戴整齊，魏無雙自己身上還自裸無寸縷。葛龍驤看那身冰肌玉骨，何嘗像是三十歲的人？想起一夜所經，百感交集，癡癡無語。怪的是魏無雙此時見葛龍驤目光癡注，嬌靨之上竟泛緋紅，三把、兩把也自著好衣裳，妙目之中，業已隱含珠淚。

葛龍驤暗試體力已復，淒然一嘆，竟自握住魏無雙一雙纖手，俊目凝光，正色說

道：「雙姐！你有一句話，必須加以改正。男女相愛，何在年齡？葛龍驤若非此心早已屬人，石爛海枯，均所難變，則對雙姐這種高華品格，絕世丰神，求之猶恐不得！今後就如雙姐所言，你把我當做親弟弟一般看待。雙姐意欲仗劍濟世，把精神寄託於大我之間，原本極好，但萬一有日厭倦江湖風塵，務望駕臨衡山涵青閣或是龍門天心谷，小弟必為你引見冷雲仙子。以雙姐這種資質悟性，進參武家上道，必然大有成就！」

說完，遂把自己所經所歷，詳詳細細地對魏無雙敘述一遍。

魏無雙被葛龍驤先前那幾句話，感動得珠淚潸然，聽完他來歷經過以後，破涕笑道：「龍弟！有你這幾句話，做姐姐的雖死無憾！眼前我有事，不便與你們同行。好在江湖之上，隨時均可相逢，而我也真想看看那位玄衣龍女柏青青，是怎樣一位絕世佳人？能贏得你天生情種，稱臣不二……」話方至此，漁舟輕微一晃。

魏無雙側臉笑道：「做師弟的怎把師兄管得這緊？天空也不過才泛魚青，杜小俠就來接應，難道魏無雙有虛言？你看你葛師兄不是好端端的毫髮未動嗎？」

杜人龍紅著一張俊臉進艙，強笑說道：「我葛師兄武功絕世，定力極堅，任何場面也無虞有失。杜人龍不過景慕魏教主從善如流的巾幗襟懷，要想藉此機緣，見識一面罷了。」說話之間，目光電掃，見葛龍驤、魏無雙二人，衣著雖然整齊，但榻上枕橫衾亂，似是一夜同寢，不由以為葛龍驤已墜風流小劫，心中騰騰直跳。

魏無雙聆音察理，鑒貌辨色，已把杜人龍心中所猜疑之事料得清清楚楚，微笑說道：「杜小俠靈心利口，不過知人卻似稍嫌不明。我這風流教主，雖然極可能蕩檢逾閒，但你葛師兄那種清貞操守，磊落手標，豈可與常人相提並論？」

此時魏無雙一撩窄袖，現出左臂的一點朱紅色的守宮砂來，向杜人龍笑道：「魏無雙誤入風流教下以來，即以此自矢。十三年在無邊色慾引誘之下，葳蕤自守，白璧無瑕，這漁舟一夜，豈會輕敗大節？我並非說你疑慮不當，寡女孤男，一夜同舟，人言確甚可畏！何況你葛師兄還有個心上人玄衣龍女柏青青。女孩兒家，任憑怎樣英俊襟懷，對愛情二字必然小氣！萬一今夜之事蜚短流長，使你葛師兄有口難辯，豈不大煞風景？所以你這一趟過舟探望，來得恰好。如今上有青天，下有綠水，當中加上你這個證人。龍弟弟，我們這一夜風流未下流，總算有了交代。」

杜人龍平日頗以口齒伶俐、辯才無礙自詡，但如今卻被這魏無雙說得張牙結舌，奇窘無比。

守宮砂一露，心頭上的一塊大石雖然落地，但也聽出話中隱藏了無限文章！短短一夜之間，「葛公子」就會變成了「龍弟弟」？並曉得龍弟弟的心上人是玄衣龍女，又是什麼「一夜風流未下流」，其中想必有妙趣無窮，不由往葛龍驤連盯幾眼。

葛龍驤更是見魏無雙當著杜人龍，幾乎要把昨夜那一番旖旎風光全部公開，急得滿

面通紅，不住連連向魏無雙以目示意。

魏無雙見他師兄弟這副神情，失笑說道：「自是虧心方隱秘，由來坦白最風流！我們這個雙姐姐和龍弟弟，至愛純情，冰清玉潔！休說當著杜小俠，就是涵清閣主與玄衣龍女在此，我因無愧於心，也照樣敢於和盤托出！樂不可極，風萍一聚，已足懸想畢生。你們賢兄弟且請回舟，容圖後會。」

休說葛龍驤半宵貼肉，享盡溫柔，就是小摩勒杜人龍在這匆匆數語之間，也已覺得魏無雙風華清麗之餘，別具一種豪放英朗丰姿，令人心醉。

聽她下令逐客，葛龍驤自然不提，連杜人龍都不覺微有依依之感。魏無雙也自嘆道：「情之一字，不知困煞古今天下多少英雄？便是大千世界，一切眾生，也莫不被這一個『情』字包括在內！勘得深時是仙是佛！用得深時是聖是賢！我們這種自命俠義之人，仗劍江湖，也不過只能將目中所見、耳中所聞的不平之情，盡一己之力略加平剷而已！說將起來，已極淺薄，倘再遇事囿於私情，拿不起放不下，豈非連『俠義』二字也構不上？魏無雙久處西南，知道這幾省之中尚無巨奸大惡！自此一別，意欲先遊三湘七澤，然後北訪幽燕之勝。所以我們後會之處，極可能就在中州左近。倘若無事羈絆，明歲中秋，我並想參與黃山論劍盛會。欲合先離，不離不合，隨緣著相，便屬下乘！你們師兄弟輕功絕佳，我替你們來個別開生面的送行方法，一人且自接我一掌。」

話完，雙掌劈空，盡力發出！葛龍驤、杜人龍雙雙趁著魏無雙掌力，倒縱凌空，然後真氣一提，折腰躬身，頭下腳上，飛回自己坐船。駐足回看魏無雙那條小小漁舟，業已在六、七丈外。人坐船尾，一面搖櫓，一面揮手，剎那之間，便自沒入水雲深處。所留下來的，只是一片歌聲，又慷慨，又激昂，又纏綿，又幽約！

唱的是蘇東坡的《水調歌頭》：「明月幾時有，把酒問青天，不知天上宮闕，今夕是何年？我欲乘風歸去，又恐瓊樓玉宇，高處不勝寒。起舞弄清影，何似在人間？轉朱閣，低綺戶，照無眠！不應有恨，何事長向別時圓？人有悲歡離合，月有陰晴圓缺，此事古難全！但願人長久，千里共嬋娟！」

歌聲業已漸漸消失，葛龍驤、杜人龍猶在悵惘，但身後的奚沅，卻見他們似被魏無雙所發掌力迫退己船，偏又不帶絲毫敵意，實在想不出其中究竟，只得咳嗽一聲，向葛龍驤笑道：「葛小俠此舉功德無量，那魏無雙可是真正把那風流邪教解散了嗎？」

葛龍驤尚未答話，杜人龍已自回頭說道：「怎麼不真！魏無雙把她那教下寶貝徒弟全數殺光，七顆粉頭一齊包在錦袱之內，送給我葛師兄當做禮物，以壯西南之遊行色！我葛師兄大概感於魏無雙這種殷殷情意，特地破費一夜光陰，先是啣杯結好，然後促膝談心，教以微言大義，勸得這位風流教主，變做了巾幗奇英，此去便是雲遊天下，爲江湖行道。」

葛龍驤聽杜人龍話中的「啣杯結好」和「促膝談心」等語，甚覺刺耳，也不知道是爲自己開脫，還是故意調侃?苦笑一聲說道：「此女真如杜師弟所云，足可稱得起是一位『巾幗奇英』。畸零身世，可歌可泣，武功亦頗不弱。今後在江湖之中，定然是一位矯矯不群的特殊人物！」

隨即把魏無雙身世，及投入風流教接任教主等等經過，對奚沅、杜人龍詳述一遍。但把那巨觥三飲，頹倒玉山以後的那一段旖旎風光，輕輕撇過。

奚沅聽完，也對魏無雙的志節操守，景慕無已！但杜人龍卻知道葛師兄言有未盡，並看出葛龍驤隱含慍意，也未敢再加戲謔。

滇池雖號稱五百里風光，不消多日也便遊賞殆盡。三人遂依原定計畫，西遊大理，把點蒼山及洱海勝景收諸眼底之後，已離烏蒙山歸雲堡「百杖爭雄大會」之期不遠。

奚沅默計時日，此時自大理東旋，沿路留連，到得滇、黔邊區，恰恰趕上老友萬雲樵期頤壽日。而葛龍驤、杜人龍亦一路隨處留心，但黑天狐宇文屏劫持無名樵子及那《紫清真訣》以後，匿居所在的半點風聲，全未得著。業已倦遊，遂一同取道滇南，相偕東返。

雲南山川處處靈妙，會澤城北牛欄河，懸索爲渡，暗草埋沙，明波洗月，景色頗

佳。葛龍驤愛水甚於愛山，一路幾乎遇水必遊。興盡歸來，爲時已晚，索性便在會澤城中的旅店投宿。臨寢之時，杜人龍方一解衣，面色忽然劇變！葛龍驤睹狀問道：「師弟怎的面帶驚慌，你想起什麼重大之事？」

杜人龍滿臉通紅，囁嚅說道：「說來羞人，小弟真正該死！怎的竟如蠢牛木馬一般，被人家把我恩師所賜的武林重寶碧玉靈蜍竊去，卻仍毫無所覺。」

葛龍驤聽說碧玉靈蜍被竊，也不免大吃一驚。雖然寶在杜人龍身上，但自己與他同行同息，居然被人做了手腳，而毫無所知，豈不愧死！但轉念一想，胠篋之技，能到這般地步，其人必非普通竊盜之流。奚沅久走江湖，當可料出幾分頭緒，遂扭頭問道：「剪綹一道之中，以何人最爲出色？奚兄久歷江湖，可有知曉？」

奚沅皺眉答道：「鼠竊狗盜之徒，雖然多若牛毛，但以此名世者卻僅有兩人，俗稱南徐北駱！南徐本名徐荻，名號妙手神偷。北駱本名駱松年，外號賽方朔！以杜小俠這等功力，貼身重寶被竊，而不自知，則除此二人以外，決無這高手法！但南徐北駱，一個常在江左，一個不離冀北，卻怎會在滇中出現，太已費解。碧玉靈蜍之名甚熟，難道是那失蹤已多達二十年，武林中人夢寐難求，能醫奇毒重傷的罕世之寶嗎？」

葛龍驤點頭說道：「奚兄所說不差，此寶屢經波折，並傷了不少武林中的知名之士，才到我杜師弟手中。倘若就這樣輕易失去，委實無法交代！那徐荻與駱松年的形貌

如何，奚兄可曾見過？少不得我們要在這會澤縣中小做勾留，仔細察勘一下的了。」

奚沅答道：「這一人我均未會過，但聽江湖傳言，南徐北駱，適得其反！徐荻瘦小枯乾，駱松年卻高大魁梧。人品方面，倒是南徐高於北駱！杜小俠被竊之處，據我推測，極可能就在往遊牛欄河時，所經的北城城門洞之中。因爲該處行人出入，經常摩肩接踵，較易下手。杜小俠可還記得有什麼特殊人物，有意無意之間向你身邊挨蹭嗎？」

杜人龍搖頭苦笑，說道：「我如覺出，哪裡會容他得手？不過出城門之時，倒真有一人被一壯漢所撞，幾乎跌倒，我還伸手扶了他一把。難道這隨手一扶，就被他將貼身所藏之物竊去，而外著衣衫絲毫不見凌亂破損嘛？」

葛龍驤嘆道：「師弟，人間之事，萬妙雜呈，哪裡見識得盡？胠篋手段之高，往往真能出人意料！碧玉靈蜍雖然珍貴無比，但既已失去，徒事懊喪，也自無益。此物總比黑天狐藏處好尋，我們拚著踏遍江湖，總不怕搜牠不出。今日已晚，且自歇息養神，明日開始，先把這會澤城中仔細勘察，看看可有奚兄所說的南徐北駱之類人物？」

杜人龍雖然滿懷氣憤，但也無可奈何。這一夜之間，除奚沅尚略睡片時之外，葛、杜二人幾乎均未合眼。

廿三　南偷北盜

次日一早，三人便自先循昨日所行途徑開始，在這會澤城中的人煙輻輳之處，注意察看可有奚沅所料的人物？但這種辦法，何殊大海尋針？而且也不能遇見任何一個較爲魁梧或瘦小之人，就冒冒失失去問人家，是不是著名神偷「南徐北駱」？所以在街市之上，蕩到中午，杜人龍業已知道這樣找法，決無希望，一賭氣之下，索性不找，與葛龍驤、奚沅跑上一座杏花天酒樓，竟欲借酒澆愁，吃完再打主意。

到雅座之中坐定，要了酒菜不久，忽然聽得樓梯之上，噹的一聲「報君知」響，並有人朗聲說道：「筮短龜長，交相爲用，陽奇陰偶，各有微宜！君子問禍不問福，哪位有什麼重大疑難之事？在下可以六爻神課，代爲一斷。」

葛龍驤聽這賣卜之人，話音聚而不散，分明身有內家武功，心中一動，挑簾含笑叫道：「先生這裏來，在下有事請教。」

這位賣卜之人，相貌清奇，約莫五十左右，身材略矮，頗爲瘦削。聽葛龍驤招呼，

抬頭一打照面，兩人同覺對方神采不俗！那人「報君知」一提，走入雅座。葛龍驤爲三人一報姓名，這位賣卜之人對葛龍驤師兄弟當然陌生，卻向奚沅抱拳哈哈笑道：「尊駕原來便是窮家幫中的長老人物，『神乞奚三』四字，名震江湖，在下景慕已久，真人面前，不弄玄虛。在下徐荻，有個難聽綽號，叫做『妙手神偷』。我這江湖末流，今日能識奚大俠及兩位小俠，可稱幸會。」

他這一自動報名，正叫踏破鐵鞋無覓處，得來全不費工夫！差點把杜人龍喜得從座中跳了起來！但轉念一想，碧玉靈蜍若真是這妙手神偷徐荻所竊，他怎會一見之下，便即自吐真名？想到此處，不由得又是愁容滿面。

徐荻既稱妙手神偷，眼光何等銳利？向杜人龍笑道：「方才葛小俠相招問卜，可是杜小俠有甚疑難？彼此既然傾誠相見，徐荻怎敢再弄那些江湖伎倆。不過三位如果看得起在下，說將出來，大小總可略貢蒭蕘，未必無益。」

杜人龍尚未答言，奚沅已自斟了一杯酒，雙手捧向徐荻，含笑說道：「徐兄豪快無倫，奚沅心折！我先敬你一杯，話中倘有唐突之處，尚請見諒！」

徐荻聞言眉頭略皺，接酒一傾而盡，目光微瞬杜人龍，含笑答道：「奚大俠有話但說無妨，難道是杜小俠遺失了什麼珍貴之物嗎？」

奚沅拍手笑道：「無怪徐兄要以卜筮隱身，果然妙算神機，一測即中！不過你一口一聲奚大俠，叫得我太難為情，須知奚沅徒有虛名，真才實學方面，比起這兩位少年英傑簡直有霄壤之別呢！」

他跟著便把杜人龍武林重寶碧玉靈蜍被竊之事，對徐荻敘述一遍，說完哈哈笑道：「慢說葛、杜兩小俠一身絕世武學，就是奚沅這點微末功行，貼身之物被人取走而不自覺，除非你們這南徐北駱，妙手神偷和賽方朔二人之外，餘子也絕難辦到！所以起初不免連徐兄一齊猜疑在內！但如今徐兄以磊落胸懷，一見之下，把真面目坦然相示，『南徐』之疑，當然不提。不過你們這兩位妙手空空，聽說足跡不大離開江南塞北，徐兄既到滇中，難道那賽方朔駱松年也在這西南一帶嗎？」

妙手神偷徐荻聽完，向杜人龍微笑說道：「碧玉靈蜍雖然是武林之中，萬眾覬覦的罕見奇寶，但無德者不僅不足居之，反足為本身懷璧賈禍！杜小俠請放寬心，包在徐荻身上。明日清晨，定使這罕世之寶，完璧歸趙！」

杜人龍不禁大喜，急忙問他何以有此把握？妙手神偷徐荻舉杯笑道：「我因久居江南，忽動遊興，遂由西北開始，一直遊到此間。但昨日一進這會澤縣城，就看見我那同行死冤家賽方朔駱松年，居然也在此處！不由暗想他決不會同我一樣忽動遊興，逛趟西南，必然是覬覦什麼重寶奇珍，才會來此！遂尾隨到他所住的一座破廟之內，躲入神龕，暗暗竊聽。果然那駱松年自言自語說道：『想不到這次得手以後，歸途之中，還

有這大收獲，此行著實不虛！但那幾人看來不太好惹，這破廟之內容易引人注意，不能再住，索性搬到城內旅店，埋頭不出住上幾天，等他們走後再行。這兩件蓋世奇珍，豈不就可永為我駱松年所有？』他那裡得意忘形，自吐機密，卻萬想不到有我這樣生死對頭，正隔著一層神龕布幔，聽得清清楚楚！我聽他得了兩件蓋世奇寶，正想用條妙計給他弄個偷龍轉鳳的黑吃黑手法，不想今日酒樓，便即巧遇三位！互相遭逢印證之下，駱松年所謂兩件奇寶的其中之一，必然就是杜小俠所失的碧玉靈蜍；其他一件，則尚不知何物。不管怎樣，明日清晨我定把駱松年引到這會澤城東的一片松林之內。因我與他交手多次，功力相若，幾乎誰也無法勝誰，到時或由奚大俠或由二位小俠，任何一位出手把他制住，所失之物還怕不完璧歸趙？」

葛龍驤、杜人龍自然欣喜，奚沅卻在拈杯沉吟。徐荻笑道：「奚大俠想些什麼？是否徐荻所言不妥？」

奚沅搖頭說道：「徐兄安排，哪有不妥之理？我是在想這雲南境中，有甚奇珍異寶，竟能把那賽方朔駱松年自塞北引來。你們一南一北兩位神偷，平素目高於底，差一點的東西怎會看在眼內？駱松年居然不辭萬里迢遙，他到手的決非尋常之物！但再三忖度，均想不出，只好等明晨將他制倒之時，搜索囊中，才可知其究竟的了。」

那片松林佔地不小，是在會澤城東六、七里外，鶴骨虯枝，蒼鱗瘻甲，古藤盤節，穹石埋根，地勢極爲幽邃。

奚、葛、杜三人凌晨即到，擇了一株絕大古松，藏身其中。約莫等到寅卯之交，來路之上，一先一後風馳電掣奔來兩條人影，看出先前一個正是昨日酒樓相遇的妙手神偷徐荻，另一個身材高大魁梧的，不問可知，定是賽方朔駱松年無疑。

徐荻身形才到林中，葛龍驤因見駱松年緊隨在後，相距不遠，不好出聲招呼，遂摘了幾枚松針，往徐荻眼前彈射而過。徐荻會意三人已到，笑吟吟負手相待。

霎時一條高大人影，凌空飛落，一見面即怒聲罵道：「你這老不死的矮鬼，怎的到處顯魂？我此番純係遊歷西南，哪裡會如你所言，做了什麼好買賣。意圖分潤，豈非作夢！不過我們多年舊賬，始終未清，在此一會也好。你看這松林幽靜已極，無人相擾，這次不分一個強存弱亡，誰也不許先行逃走。」

妙手神偷徐荻笑嘻嘻說道：「一別多年，想不到老駱的火燎脾氣，不但絲毫未改，反而把全身上下僅帶幾分人味的那一點江湖豪氣，也自散除乾淨！在真人面前，何必說什麼假話？你囊中那兩件東西，要不是武林罕見的至寶奇珍，徐某還真看不上眼！這種意外之財，見者有份，何況我們誼屬同行。你說你是分我那隻碧玉靈蜍，還是另外一件？」

賽方朔駱松年見自己身畔之物，徐荻竟然知道，不覺微愕，濃眉方自一剔，徐荻又笑道：「老駱不要驚疑，我並不會什麼諸葛武侯的馬前神課，能掐會算，只怪你自己得意忘形，過分大意！昨日午後，你在那破廟之中，喃喃自語之際，我化身仙佛，高坐神龕，一字一句把你所吐供狀，全部聽在耳內，難道你想忝著臉兒賴賬？」

駱松年聽機密果然無意洩漏，不禁惱羞成怒，恨聲喝道：「你駱大太爺洪福齊天，有意無意之間，果然是得了兩件罕世奇寶！但憑你那幾手毛拳毛腳，怎配得上要求分潤？不要囉嗦惹厭，還是趕快受死，嘗嘗我這幾年間新練的旋風掌法滋味如何？」

妙手神偷徐荻手指駱松年，哈哈笑道：「不知羞的老駱，自稱什麼洪福齊天，依我看來，你簡直是叫鬼魂纏腿！吹鬍子瞪眼唬得了誰？你那點鬼門道有什麼稀罕？要打就打！」

就藉著手指駱松年笑罵之勢，話音方落，指尖幾乎已到對方胸前，但不吐即收，伏身出腿，「掃葉盤根」，逼得駱松年倉促之間無以應變，只得躍起半空！徐荻跟手迴環發掌，一連兩招，便把個鼎鼎大名的賽方朔駱松年，弄得左攔右架，連縱帶躲地退出了一丈多遠。

妙手神偷徐荻存心嘔他，也不趁勢追逼，依舊卓立當地，微微笑道：「老駱莫慌，這幾下不算，我只是試試這多年來，你到底長了幾分能耐？」

賽方朔駱松年滿臉通紅，一語不答，一步步地慢慢走近。妙手神偷徐荻，貌雖從容鎮靜，其實知道對方武功不在自己之下，也在全神戒備！見駱松年走到離自己不過六、七尺時，還不止步，不由笑問道：「老駱，你想……」

話剛出口，駱松年暴吼聲中，掌挾驚風，當胸猛擊而至！妙手神偷不肯硬接，滑步轉身，以白猿掌法拆招。兩個南北名家，功力悉敵，打了個虎躍龍騰，沙飛石走。

葛龍驤等隱身古樹，看得分明，徐荻所長在於輕功較好，變化靈妙；駱松年則以掌力沉雄，下盤穩固，超過對方。這樣動手下去，三、五百招之內，恐怕根本難以明顯分出勝負。駱松年所竊的是杜人龍之物，大可明面索討，不必在暗中相助徐荻，遂出聲喊道：「徐兄住手！葛龍驤要親自向這位駱當家的，索還我師弟的身藏至寶，碧玉靈蜍！」

這一發話出聲，場中交手的兩人，立時往外一分。徐荻自然早在意中，駱松年卻因對方有伏，大吃一驚！抬頭循聲看處，只見一株古樹的虯枝之上，現出一個中年乞丐與兩個英俊少年。

葛龍驤不欲多事結怨，心想顯些功力，鎮住對方，把碧玉靈蜍好好交出，便即算了！遂向奚沅及杜人龍說道：「奚兄與杜師弟稍待，我去把碧玉靈蜍取回。」說完，就在所坐虯枝之上，起立舉步，一直走到梢頭極細之處，松枝仍然不見大動，只是微微上

下起伏。

葛龍驤所立之處，離地約有三丈，一提真氣，頓時青衫飄飄，好似人被松枝微顫之力彈起，緩緩落下。等到足踏地面，連膝蓋都未稍屈，依舊原式未動，滿面春風，向賽方朔駱松年抱拳說道：「在下葛龍驤，那隻碧玉靈蜍是我師弟杜人龍的師門重寶，不容遺失，駱當家的可否賜還？」

葛龍驤這種凌空飄墜的身法，極其輕靈美妙，自自然然，看不出絲毫蓄意驕人、矯揉造作之處。南徐北駱均是行家，尤其是妙手神偷徐荻，夙以輕功之技自詡，一見之下，也暗暗心驚，知道昨日奚沅所說不差，這兩位少年果然身懷絕世武學，自己差得太遠。

駱松年則更知敵方不但勢強，而且人手又多，不把碧玉靈蜍乖乖送出，定然難逃公道！但人性多貪，這類稀世奇珍到手以後，叫他再拿出來，豈所甘願？眼珠一轉，哈哈笑道：「駱松年以胠篋小技，遊戲人間，豈是真正貪鄙？前日我不過見三位一行，器宇非凡，英風俠骨，仰慕有意，結識無由，才和那位小俠，開了一個小小玩笑，要想以爲進身締交之階。誰知得手一看，竟是那等重寶，正欲設法送還，不想徐兄誤會相邀，以至在此巧遇。碧玉靈蜍在我囊中妥善保存，敬以原璧歸趙！」伸手右肋下的一個軟革囊中，慢慢摸出那隻碧玉靈蜍，向葛龍驤遞去。

葛龍驤雖然討厭他這些自作解嘲之語，但人家既已甘心還寶，何必再加譏誚。方待伸手接取，突然覺得駱松年眼光之中，好似含有一種詭秘之色。他如今閱歷大增，知道「眼為心之苗」，對方眼光詭秘，可能這隻碧玉靈蜍，竟含有什麼陰謀在內。心中一生戒意，不但未伸手接取，反把內家真氣凝貫右臂。

駱松年見葛龍驤不接碧玉靈蜍，獰笑一聲，右手一揚，但打出的不是碧玉靈蜍，卻是一根淬毒喪門釘！一點銀星之中，略閃青芒，向葛龍驤迎面打到。人卻不管所發喪門釘打中對方與否，提氣倒縱，一個「雲裡翻身」，便欲往林外逃去。

本來對面發難，不易躲避，但因葛龍驤先機知戒，內家真氣早已提足，喪門釘星一閃之時，右掌微翻，便自震飛半空。左手默運「彈指神通」，屈指輕彈。「嘶」的一縷勁風過處，駱松年還未能縱到一丈，便自「吭」然出聲，往下墜落。

古松上的小摩勒杜人龍，生怕那碧玉靈蜍在駱松年落地之時有所殘損，身形一閃，宛如飛燕掠風，半空中便在駱松年手內奪回碧玉靈蜍，飄然落地，與葛龍驤並肩而立。

葛龍驤見所失之物業已取回，正等替駱松年解開穴道放走，杜人龍伸手一攔，說道：「葛師兄！此賊何等陰惡？他在明遞碧玉靈蜍的右掌之中，暗藏一根淬毒喪門釘，倘若你不識先機，洞悉惡計，貿然伸手相接之時，他只須就勢輕輕一按，請問該是個什麼光景？如此之人，還不趕快除去，留他作甚？」

葛龍驤搖頭含笑，說道：「他雖然用心險惡，但我何曾有損毫髮？動輒殺人，並不是真正俠義之道。何況世界多少極善之人，都是從無邊孽海之中，猛一回頭便登彼岸！遠者不提，摩伽仙子與風流教主二人，豈不是最好榜樣？像駱松年這種人物，倘使怙惡不悛，欲加行誅，也不過是舉手之勞。何不放他一次，以觀後效？」說罷又要動手解穴。

奚沅與徐荻二人，均在暗暗點頭，欽佩葛龍驤的仁義胸懷。

但杜人龍卻仍然把手一攔，說道：「縱然依師兄之意放他，我也要看看他所謂另一件稀世奇珍，偷的是何人之物？」

三人被他一語提醒，果然徐荻曾聽這駱松年自言自語，說是到手兩件稀世奇珍，還有一件究是何物？杜人龍一搜駱松年身上，並無甚貴重物件，但打開他左肋下，方才盛放碧玉靈蜍的軟革囊時，只見其中還有一只絲袋。杜人龍一鬆袋口，突然脫口驚呼，伸手取出一條軟綿綿、金閃閃的四、五尺長之物，周身密佈鱗甲，頭尾俱全，竟是一條金龍，龍頭之上並有寸餘長的兩隻小小龍角。

奚沅自杜人龍手中取過仔細一看，並揭起龍尾的一片小鱗，就口運氣一吹，立時成了一根軟中有硬、硬中帶軟的金龍寶杖！遂扭頭向葛龍驤說道：「這就是我老友歸雲堡主萬雲樵的那根毒龍軟杖！十月初三的百杖爭雄大會之中，就是要以此杖贈送赴會英雄

中，杖法最高之人，卻怎的會被這賊子盜走？葛小俠給他解開穴道，我來問上一問！」

葛龍驤微微一笑，也不伸手解穴，只照準那位北道神偷賽方朔駱松年的肋下，又復屈指輕彈，駱松年頓時血脈流通，慢慢爬起。見碧玉靈蜍和毒龍軟杖，均在對方手中，兩隻兇眼不由瞪得幾乎噴出火來，尤其對妙手神偷徐荻，不住暗挫鋼牙，似是恨入骨髓。

徐荻不禁失笑說道：「駱兄何必做出這副難看面孔？碧玉靈蜍本是杜小俠所有，原璧歸趙，理所當然。至於毒龍軟杖，也正是奚大俠老友歸雲堡主萬雲樵之物，人家代友追贓，我不過居中牽線，爲你們引見引見，何苦看成什麼深仇大怨？奚大俠是窮家幫長老之一，江湖中有名的神乞奚三，若問你話時，還是放聰明些，照直說的好。」

賽方朔駱松年雙眼之中，佈滿紅絲，切齒獰聲說道：「徐荻矮鬼！你不要仗著別人威勢，來欺壓你駱大太爺。闖蕩江湖這麼久，什麼大風大浪，駱松年不曾見過？這點骨氣，總還會有。藝業不敵，殺剮任便，不要囉嗦，卻莫怪駱松年口角苛薄！索性賣句狂言，今日殺我便罷，如若假充仁義放走我，十日之內，必然設法重取這一蜍一杖！」

妙手神偷徐荻見他仍然這般傲氣，冷笑一聲，方待開口，葛龍驤已先笑道：「骨氣二字，不是你這般解釋！須知『擇善』才能『固執』。像閣下竊人之物，被原主追回，卻反惱羞成怒，在下無以名之，只有『迷途難返』四字差可相贈！彼此無甚深仇，便沒

有那幾句激將之言，也不會殺你。至於若真覬覦這兩件武林奇寶，則不論明奪暗取，均請於十月初三以前，駕臨烏蒙山歸雲堡，否則萬堡主壽辰一過，我等便即東返，不再相候。」

賽方朔駱松年悻悻無言，又復死盯住杜人龍手中的碧玉靈蜍，與奚沅手中的毒龍軟杖幾眼，轉身走出林外。

杜人龍揣好碧玉靈蜍，自奚沅手中接過那毒龍軟杖，略一盤弄，覺得軟中帶硬，硬中有軟，趁手已極！遂向葛龍驤笑道：「葛師兄！我們似乎應該把這根寶杖，先送還那位歸雲堡主百歲壽星萬神叟，然後再按他規定，在百杖爭雄大會之上，以本身杖法造詣，奪取這罕世之物。」

葛龍驤點頭說道：「當然如此，憑師弟那幾手精妙無倫的杖法，這根毒龍軟杖，還不是你囊中之物嗎？」

奚沅聽葛龍驤誇讚杜人龍杖法精妙之語，竟似能在百杖爭雄大會之上穩佔鰲頭！不由心中略有不服，暗忖：休看你們是當今武林第一奇人涵青閣主諸一涵門下，各自身懷絕世武學，但杖法一門，卻自古皆推丐幫所傳鎭幫杖法爲各派翹楚。好在自己身受他們救命重恩，早就想要奪取此杖，做爲酬勞，等到歸雲堡內，再見機行事便了。

會澤離滇、黔邊境，本不算遠，徐荻有事作別自去，三人依然從容流覽，恰好趕到

十月初二夜間，獨杖神叟萬雲樵百壽宴開之時，到了烏蒙山歸雲堡內。

歸雲堡倚山而建，氣勢宏偉，因四方賀客甚多，身分不一。

三人一到山腳，即已有人接待通報，等走至堡門之時，獨杖神叟萬雲樵聽說多年未見的老友遠來，竟自離席遠迎，親自恭立相接。

葛龍驤、杜人龍見這位萬堡主，白髮銀鬚，精神矍鑠，雖已達期頤，看去頂多像是古稀光景。萬雲樵卻也老眼識人，互相見過以後，手把奚沅肩頭，哈哈笑道：「九年未見賢弟，幾乎想煞你這老哥哥了！這兩位小俠，仙露明珠，九天清晶，是我萬雲樵生平罕見人物！竟與賢弟一同寵降，歸雲堡平添不少光彩。」

話說之間，一齊走進大廳。奚沅因見賓客甚多，葛龍驤師門威望太大，不便驚人耳目，遂未告知萬雲樵。直到壽宴畢，一干賓客均回賓館歇息，等待明日盛會。

大廳上只剩下老堡主萬雲樵，陪同奚、葛、杜三人啜茗閒談之時，奚沅才笑向萬雲樵說道：「大哥昔日威震西南的那根毒龍軟杖，現在何處？」

萬雲樵微微一愣，旋即哈哈笑道：「我說賢弟怎的忽然記起你這老哥哥來？原來是想要打我那根毒龍軟杖主意！我厭倦江湖，買山歸隱，久已不用此杖。賢弟若早來數月，當可無條件相贈，但如今既已定下這百杖爭雄大會，四方賓客又已來得不少，卻無

法偏私賢弟一人。好在你們窮家幫杖法，冠冕武林，放眼群雄，無一是你杖下十回合之將，不過要累賢弟費點手腳，並讓我瞻仰幾手杖法絕招以後，再行送你便了！」

奚沅笑道：「大哥不要會錯小弟之意，我是問你此杖目前可在？」

萬雲樵微詫道：「這根毒龍軟杖，是明日大會群雄競奪之物，當然在此！那供桌上兩支壽燭當中的絲囊之內，不就是嗎？」

奚沅含笑說：「好在彼此不是外人，大哥請恕小弟唐突。我想此時先借一觀，是否大哥當年所用原物？」

萬雲樵聽出奚沅話中有話，取過桌上絲囊，但囊一離桌，便知分量不對，壽眉一揚，用鷹爪力捏斷束囊絲繩。囊中所貯只是一盤山藤，哪裡是什麼罕世奇珍毒龍軟杖？這一來萬雲樵幾乎急煞！寶杖失竊事小，明日大會之上不見此物，四方賓客豈不以為自己故意欺人？不由面容驟變，向奚沅急聲問道：「賢弟既知毒龍軟杖被竊，此事係何人所為？請速見告！虧得賢弟今夜指我迷津，不然明天當眾開囊，萬雲樵卻以何顏相對四方賓客？但就這樣，一夜光陰要想追回原物，恐怕太難。究應如何處理，愚兄忙中無計，亦請賢弟為我代畫一策！」

奚沅笑吟吟的，從身邊取出奪自賽方朔駱松年的那只絲囊，遞與萬雲樵道：「大哥不必愁急，小弟等一行在途中曾因巧遇，略效微勞，請看這是不是大哥的成名寶杖？」

獨杖神叟萬雲樵一見絲囊，便已心喜，等接過手中，因係用慣之物，不必打開便知無錯，含笑說道：「賢弟此舉爲我顧全了不少顏面，但愚兄真應愧死。究是何人用這種偷天換日之法盜去寶杖，而使我全堡之人均自茫無所知？賢弟請看，此賊確實費了一番苦心，這兩只絲囊居然做的是一模一樣，外形上絲毫看不出有真假之別呢！」

奚沅莞爾一笑，遂把在會澤城中，巧遇北駱、南徐兩位偷中聖手經過，略說一遍，獨杖神叟萬雲樵方始恍然大悟。

一番談笑各自安息，次日便是萬雲樵期頤整壽正日。四方賓客登堂拜壽以後，萬雲樵在酒宴之中說明，自己年登上壽，久謝江湖，昔年費盡匠心、精工打造的一根毒龍軟杖，閒置可惜，遂起了贈烈士之意，不傳徒，不傳子，而欲將此杖贈與今日在座賓客之內，對杖法一途造詣最高之人。說完取過桌上絲囊打開，命人把那條毒龍軟杖懸向預先搭設的「奪魁台」口，便請群雄後園一會。

賀客之中，約有半數以上，均是爲想人前逞能，奪取毒龍軟杖而來，聽主人話到正題，一齊無心酒食，擁向後園。奪魁台高丈許，寬敞異常，那根毒龍軟杖懸在台口中央，杖尾隨風輕搖，鱗甲金光閃爍，栩栩欲活。

萬雲樵首先緩步登台，向兩旁看棚之內的濟濟群雄抱拳施禮，朗聲說道：「萬某設這百杖爭雄大會之意，一來是要使我這根毒龍軟杖，得一適當主人，仗以掃蕩群魔，扶

持正義；二來萬某生平使杖，藉此機緣，也可見識見識天下杖法名家的各種高妙手法，為我這百歲生日，留一不磨紀念！故而此會主旨，全在以技聯誼，以武會友。集天下武林技藝，合四海奇人良才，相互磋磨，以便武林功夫不致失傳，繼續傳揚。各位千萬不可過分存有得失之念，並切忌傷人！少時互相過手，點到為止，高下自有公論，倘若恃技傷人，雖勝亦敗！萬雲樵話已講完，點蒼四友與黔靈三真，隨我同做評判，一觀各位高明絕技。」一話完退回台下正中的特設評判席上，東、西棚之中的一干江湖豪客，凡自認精於杖法之人，遂紛紛起立，登台獻技。

葛龍驤、杜人龍與奚沅坐在東看棚中，一直看到申牌時分，奪魁台所見到的全是些世俗武學，只有一位滄州鏢客旋風杖童琦，連敗五人，正向台下叫陣，似乎有點雞群之鶴模樣。

奚沅向葛、杜二人低聲笑道：「今日之會，看來無甚高人，不值得二位親自出手。現在時已不早，待奚沅獻醜，奪來寶杖，轉贈杜小俠吧！」

葛龍驤伸手一攔，不令奚沅起身，眼神凝注那十幾張評判人的座位之中，莊容說道：「奚兄且慢！杜師弟你看，中間萬堡主所坐左首末席之上，方才自行就座的白鬢黑髮矮瘦老者，不就是我們在劍門關所遇的鐵指怪仙翁伍天弘嗎？」

奚沅聞言大驚，注目看時，果然是那位鐵指怪仙翁伍天弘，不知從何處掩來，悄悄

地坐到中央主位之上，連獨杖神叟萬雲樵請來評判的點蒼四友和黔靈三真，則以爲伍天弘也是主人好友，未加注意。

這位名列「雙魔一怪」的武林奇人，突然現身，奚沅不由擔心今天老友萬雲樵這場高高興興的「百杖爭雄大會」，可能要被這位怪仙翁攪得天翻地覆！方把雙眉一皺，尋思如何向伍天弘答話，杜人龍已先說道：「葛師兄，怪事真多，這伍老頭居然準時赴約，難道他真把那黑天狐宇文屏的藏處探聽出來了嗎？不管怎樣，此人既來，躲也躲他不過，索性讓我上台，略顯師門身法，看看這老頭子認出以後可有顧忌？」

說罷，自座中起立，緩步走到台門，朗聲向奪魁台上的旋風杖童琦發話說道：「童朋友，在下杜人龍領教高招。」

他真力早就蓄滿，雙掌端平，猛然一翻，往下虛空一按，人便如支脫弦疾箭一般，向斜上方拔起兩丈來高。直到勢盡以後，雙手平分，掉頭向下，身軀一躬一伸，便已到達奪魁台上，點塵不驚，輕輕落地。

這一手輕功絕技，自五丈以外凌空飛渡，而身法又極其巧妙輕靈，不但台上連勝五陣，正在洋洋自得的滄州鏢客旋風杖童琦頓時色沮，連東、西兩棚群雄，也被一齊鎮住，鴉雀無聲。

杜人龍故意賣武，人落台上，依然心注那位鐵指怪仙翁伍天弘。果然聽見他低聲自

語說道：「咦！小鬼真正有兩套，『潛龍升天』轉化成『神龍過海』，這不是老花子的龍形八式身法嗎？」

杜人龍聽他業已認出自己來歷，知道必會稍存顧忌，不至過份任性恃強，心中一放，遂專心應付對手。這奪魁台兩旁的兵器架上，別無其他兵器，清一色的插著十來根長杖。杜人龍隨手取了一根，一擰一抖，一片漩光。那被杜人龍飛躍過台威勢所懾的旋風杖童琦，此時心中倒已一寬，暗想原來這少年輕功雖然極高，杖法卻是外行，不然怎會把長杖當做槍抖？

但奚沅卻是一驚不小，急向葛龍驤問道：「葛小俠，杜小俠究竟是否與你同一師承？他這擰杖法，怎的與我們窮家幫中的鎮幫杖法『降魔三十六杖』，有極其相似之處呢？」

葛龍驤微笑答道：「我杜師弟與貴幫頗有淵源，他的來歷以後再說，咦！奚兄你向西看，棚中那衣衫襤褸的瘦長之人，目射兇光，向台口直湊，好似心懷惡意，他莫非也是丐幫弟子嗎？」

奚沅定睛一看，皺眉說道：「此人我倒認識，名叫邊昌壽，名號人稱『鐵杖鎮西康』，心狠手毒，武功極高，在西南邊陲也是一個有數煞星！他平素不修邊幅，以致衣衫襤褸，卻並不是我們窮家幫中弟子。」

這時奪魁台上業已動手。小摩勒杜人龍方才抖那杖花，是故意向台下中席上坐的「鐵指怪仙翁」伍天弘顯露來歷，令他有所避忌，但動手對付這位滄州鏢客旋風杖童琦之時，卻不肯輕易施展師門心法。他未拜獨臂窮神柳悟非之前，本以一條九合金絲棒威震江都，與兩位兄長合稱「揚州三傑」，此時遂以手中長杖，當做軟棒使用。

杜人龍從師以來，獨臂窮神柳悟非何等好勝？爲使他不致與葛龍驤等人相差過分懸殊，旦夕之間，拚命授以內家上乘心法，冷雲谷護法之行，獲益更多，所以長杖雖然未使絕學，卻依然杖風虎虎，威勢無倫！不到十招，便把個旋風杖童琦，逼得認敗服輸，下台而去。

奚沅見杜人龍初上台時，一抖杖花，委實與自己鎮幫杖法極爲相似，由不得凝神注目，但見他正式對敵，用的又是普通招術。就在奚沅暗地狐疑，葛龍驤心中想事的眨眼之間，杜人龍業已用昔年所善的「九合金絲棒」法，糅以其他內家功力，連敗八雄，幾乎無人敢再上台。中席上的那位鐵指怪仙翁伍天弘，卻手撚長鬚，目注杜人龍，臉含得意微笑。

這百杖爭雄大會主人，歸雲堡主獨杖神叟萬雲樵，本心就想把那根「毒龍軟杖」贈與奚沅，知道杜人龍是與奚沅同來之人，他連勝多場之下，見趕會群雄，均以愛惜昔日名頭，不願上台孤注一擲之意，遂起座朗聲說道：「四座高朋，如無人上台再與杜小俠

比賽，萬某這根毒龍軟杖，就……」

話猶未了，西看棚中暴吼一聲，「且慢！」語音搖曳之中，人已用「八步趕蟬」的輕功縱上高台，正是奚沅所說的那個「鐵杖鎮西康」，西南惡煞邊昌壽！杜人龍打量這邊昌壽，鷹鼻鷂眼，兔耳猴肋，目露兇光，眉蘊殺氣。光從這副相貌，便已看出來人不是善良之輩，但上台身法卻頗不俗，知道可能是個勁敵，微微含笑問道：「尊駕高名上姓？」

邊昌壽兩道三角濃眉一皺，嘴角微撇，滿面不屑之容，冷笑答道：「認不得鐵杖鎮西康邊昌壽，你還走的什麼西南道路？」他那「路」字出口一半，面容忽變，縮頸低頭，擰身左閃。忽然一粒瓜子擦著他右耳飛過，「奪」的一聲，陷入台柱之中，約有半寸。

邊昌壽回身方欲向四處尋人破口責罵，但轉念一想，一粒瓜子能有如此威力，分明是內家極上乘的「借物傷人」手法，在所約幫手未到之前，此人還是暫時不惹為是。躊躇轉念之際，杜人龍已先笑道：「江湖之中，隨處皆有高人奇士，何況這西南諸省，向為臥虎藏龍之地，尊駕鐵杖就算能鎮西康，也未必便鎮得住在下。」

邊昌壽知道暗發瓜子警戒自己之人難惹，回頭向杜人龍冷笑一聲，倨傲神情，絲毫不改，說道：「邊昌壽的追魂鐵杖，豈是這樣輕易讓你見識？我們今天在奪取萬堡主所懸的大會彩頭——毒龍軟杖之外，我還與你賭上一物，可敢應允？」

杜人龍被這邊昌壽的不遜神色，撩動得俊目閃光，點頭說道：「尊駕請講，你看中杜人龍身邊何物？」

邊昌壽沉聲說道：「我要賭你的武林至寶，碧玉靈蜍！」

此語一出，四座譁然一驚，連鐵指怪仙翁伍天弘也「哦」了一聲，但旋即全場靜寂，凝神注視。

東看棚中的葛龍驤、奚沅，與奪魁台上的杜人龍，聞言也均心頭雪亮，知道這鐵杖鎮西康邊昌壽，定是那位北道神偷賽方朔駱松年所約來的高手。

杜人龍一陣朗聲長笑，宛如龍吟虎嘯，笑畢，目光微逞鄙薄之色問道：「尊駕原來是與那鼠竊駱松年一黨。你說的不錯，碧玉靈蜍確實在我身邊，但這是武林之中萬眾覬覦的稀世奇寶，不知尊駕身有何物足為賭注？」

邊昌壽被杜人龍一下問住，略為囁嚅，兇眼一瞪，獰聲說道：「邊某就以項上人頭做為賭注，有何不可？」

杜人龍又復縱聲大笑說道：「頭顱雖然無價，但那指的是忠臣孝子、仁人俠士的大好頭顱！像尊駕這種頭顱，要說配做我的碧玉靈蜍賭注，簡直有點污辱武林至寶！何況萬堡主期頤人瑞，壽筵良辰，這奪魁台上也不容有兇殺之事。這樣好了，杜人龍賣句狂

言，三十招內，我若不使你自稱威鎮西康的追魂鐵杖出手，便把碧玉靈蜍雙手奉上。但若杜某三十招內勝你之時，也不要你的項上人頭，只要你金盆洗手，退出武林，立誓不再在江湖為惡！」

杜人龍這一番話，極其尖酸刻薄，但卻大義凜然，面面俱到！在場群雄，知邊昌壽手黑已極，在西南一帶頗有名頭，這杜人龍居然敢以碧玉靈蜍作賭，要在三十招內戰敗此人，未免太已膽大！那位鐵指怪仙翁伍天弘，卻似對杜人龍越看越愛，樂得拊掌高聲讚道：「好娃兒！就比嘴皮子，這一杖也非勝不可！」

他這一忘形拊掌，老堡主獨杖神叟萬雲樵這才注意到，評判席中添了這麼一位不速之客！驚奇注目之下，突然想起他那黑鬚白髮異相，不由臉色一變，眉頭深鎖，方待起身招呼，謝罪怠慢，奚沅見狀已自東台踅過，附耳低聲說明此老性情，告知萬雲樵裝作不識，任他自去最好。

這時台上那位鐵杖鎮西康邊昌壽，已被杜人龍刻薄挖苦得怒發如狂，偏又還不出話，只得一探腰間，扯出一條一尺六寸長的短短鐵棒，恨聲說道：「小賊不要猖狂，你有仁義之意，邊大太爺卻有蛇蠍之心！不好好獻上碧玉靈蜍，我卻不管什麼叫做期頤壽誕、吉日良辰，追魂鐵杖之下，照樣叫你粉身碎骨！」話完手到，鐵棒「毒蛇尋穴」，疾點杜人龍左胸乳下。

杜人龍見他手中明明是根短短鐵棒，卻偏要叫做「追魂鐵杖」，便知其中定有花樣。表面依舊按通常過手姿態，縮胸避棒，使對方略差寸許未能點上，其實業已深存戒意，暗把全身重心移到了雙足的足跟，以備萬一有變，隨時均可縱出。

果然邊昌壽一點不中，獰笑一聲，格登微響，鐵棒突增一倍，長達三尺！杜人龍蓄力微發，足跟點地，如同隨著他那鐵棒伸縮一般，飄身後退，依然不多不少保持那寸許之差，不容對方兵刃沾衣。

邊昌壽鋼牙微挫，頓腕收棒，招化「玉帶纏腰」，但棒到半途，格登又響，業已變成了五尺出頭的一根長杖，挾著無比驚風，攔腰橫掃！杜人龍笑聲中，一躍沖天，掉頭杖化「猿公劍法」絕招「斜掛飛泉」，一片漩光，宛如星河倒瀉，逼得邊昌壽閃避連連，退出五步。

杜人龍人落台板，微哂說道：「我以為你這鐵杖，真有什麼追魂奪命之能，原來不過像烏龜頭一般可以伸縮而已！我已讓你三杖，還你一手，尚有二十六招，趕緊與我小心應付。看你這鐵杖震西康，能接小爺幾杖？」話音之中，長杖突用「玄壇鞭法」，斜肩帶背一招「天外垂虹」，跟著便是「八母大槍」中的「魚龍變化」，判官筆中的「丹鳳朝陽」。一連三式，三種外門兵刃中的奇絕招術，把那位鐵杖鎮西康邊昌壽，頓時弄得手忙腳亂，被杜人龍圈入一片寒光杖影之內。

奚沅也向剛自東看棚走過的葛龍驤，失聲說道：「葛小俠，你看杜小俠掌中這根長杖，忽劍忽鞭，忽槍忽筆，真與我窮家幫『降魔杖法』同一路數，並還更具神妙！」用手一指台上又道：「這一招『駭浪翻瀾』，是棗陽槊中招式，即非奚沅所習的『降魔杖法』中所有。葛小俠方才曾說，杜小俠與窮家幫大有淵源，務望明告，勿使奚沅無從揣度才好。」

葛龍驤暗笑奚沅自找麻煩，但被他如此逼問，不得不說，低聲笑道：「杖法一途，武林各派之中，向推貴幫冠冕！但自昔年雁蕩神乞匆促仙遊，一套奇妙無比的九九八十一手『萬妙歸元降魔杖法』，竟告失傳！貴幫如今所傳，只有六六三十六招，距全套杖法還不到一半！我杜師弟所得雖然較多，但也不過八八六十四手，那最關重要，也等於整套杖法奧秘精微所匯聚的最後一十七招，直到如今依然未爲世曉！我杜師弟與貴幫委實極有淵源，他的授業恩師，便是貴派之中不願意爲名位束縛的出類拔萃奇人，獨臂窮神柳悟非柳大俠！」

奚沅如夢初醒，紅臉囁嚅說道：「獨臂神丐，是奚沅師祖一輩。葛……小俠，請恕奚沅失敬。」

葛龍驤見奚沅窘得幾乎要對自己改口行禮，不由失笑，擺手說道：「我與杜師弟，先前不肯說明來歷，就因爲知道獨臂窮神在貴幫之中，行輩極尊，怕奚兄拘於禮教，不

好相處。我們最好不論師門，各交各的朋友，越脫略越好！此事不乏先例，譬如獨臂窮神原與家師平輩，但他卻偏要與我兄弟相稱，稍有拂逆，便自不悅。我也恭敬不如從命，只好叫柳大哥呢！」

他目光微睨台上，又笑聲說道：「萬妙歸元降魔杖法，不愧爲窮家幫一派的鎮幫之寶，果然妙用無方！奚兄請看，我杜師弟尚未出全力，便自逼得那位鐵杖鎮西康邊昌壽，根本無法還手。這是第十九招混元拐法『浪捲流沙』，邊昌壽無法閃避，必然躍起空中，則第二十招太祖棒的『橫掃乾坤』一發，杜師弟便可勝定。」

奚沅聽葛龍驤對「萬妙歸元降魔杖法」的奧秘之處，說來如數家珍，不由佩服已極！

台上的杜人龍，掌中長杖貼地猛掃，「浪捲流沙」，逼得邊昌壽無法閃避，果如葛龍驤所料，躍起半空避杖。杜人龍哈哈一笑，長身揮杖招化太祖棒中絕學「橫掃乾坤」，變式迅疾，威勢無倫。邊昌壽在半空，委實無可避！但邊昌壽心思甚歹毒，見杜人龍變招之快，萬般無奈之中，竟圖拚個兩敗俱傷。追魂鐵杖脫手飛擲，硬向杜人龍當頭猛砸。

杜人龍防不到他有這一手，不等「橫掃乾坤」招式用老，立即回收。長杖一黏一甩，邊昌壽的追魂鐵杖，飛入半空！自己也把長杖插還兵架上，不驕不矜，和聲拱手說

紫電青霜

道：「杜人龍幸不辱命，三十招之內，使閣下鐵杖脫手。敬請如先前所約之言，從此退出武林，莫再涉及江湖恩怨。」

邊昌壽身落台上，羞愧得無地自容，正不知怎樣答話，台下正中評判席上的左首末端，有人叫道：「杜小鬼莫要得意！若不是你那幾手鬼畫桃符，還算不錯，能逼得這臭賊無法匀手施展下流伎倆，那隻碧玉靈蜍只怕早已成了彩頭，變做這臭賊的囊中之物。來來來，我給你看點東西，見識一下。」

廿四　得而復失

杜人龍知道是誰發話，但猜不出邊昌壽還有何種煞手，被自己逼得無法施展？側目一睨台下，只見那位鐵指怪仙翁伍天弘，手中執著自己適才甩飛的那根邊昌壽成名之物，能伸能縮的所謂「追魂鐵杖」。

伍天弘手執鐵杖中段，二指微運功力，把鐵杖前半截一夾兩斷，倒出一大堆淡紅藥粉，向台上叫道：「杜小鬼！這是他杖中所藏的迷魂毒粉，絲毫入鼻，人即昏迷。但還有更厲害的，你要看仔細了！」說完掉轉杖尾，虛空遙指。只見空中精光閃處，颼颼連聲，「奪魁台」的橫匾之上，並排釘著二、三十根倒鬚牛毛細針，前半截針色發青，顯係淬過劇毒。

杜人龍確實未曾料到，這邊昌壽的追魂鐵杖，竟與那西崑崙星宿海黑白雙魔門下，活屍鄔蒙所用的西域異寶修羅棒，有異曲同工之妙！果然若非師父絕世杖法著著驚人，使對方找不出絲毫空隙騰手，則真可能在他這根中藏歹毒的追魂鐵杖之下，遭受不測！

驚定生根，劍眉方自一挑，待向對方問話，邊昌壽忽然面向東南，撮唇怪嘯！這時東、西看棚及台上、台下，寂靜已極，邊昌壽嘯聲淒厲，搖曳長空。不知他用意之人，均紛紛猜測這百杖爭雄大會，是否到此爲止？還是另有花樣？

鐵指怪仙翁伍天弘等邊昌壽嘯完，業已把他那根追魂鐵杖，一段一段掐斷，然後將那十數段鐵杖，暗運神功，合掌一擠一壓，成了一塊鐵餅！眼角微瞟邊昌壽，滿面不屑之容，撇嘴說道：「你鬼叫什麼？你所約的幫手，在東邊三十丈以外的那株古樹之上，藏已多時，大概是見這兩個小鬼太不好鬥，我老人家又在此間，所以不想出面，我替你請他現形如何？」

未等鐵杖鎮西康邊昌壽答話，他所指的東邊那株古樹之上，也已連發怪嘯，似與邊昌壽所發嘯聲互爲呼應，並自樹上縱下一條紅影，動作迅疾已極，一連兩縱，即離台前不遠。

鐵指怪仙翁伍天弘一聲冷笑說道：「老夫十數年未履江湖，想不到竟出了這多倔強人物！我向不與武功過分懸殊之輩過手，你先接得住我這塊鐵餅，才算有上台資格！」呼地一聲，竟將手中那塊由邊昌壽成名兵刃追魂鐵杖硬用掌力揉成的鐵餅，向那飛馳而來的紅影，劈面擲去。

由鐵餅所帶風聲的強烈程度，便可測出伍天弘這一擲之威，至少在千斤以上！但那紅影依舊毫不理會，鐵餅飛到當頭，身形只微微一慢，便自雙手接住。但因這一接，眾人方始看清，那紅影是個尖嘴削肋、紅髮紅衣之人，目光微瞥伍天弘，竟拿著那塊鐵餅飛登奪魁台上。

台下大半賓客均識此人，知道今天好戲連場，一齊屏息靜看。

鐵指怪仙翁伍天弘，卻因飛拋鐵餅毫未鎮住此人，有點覺得難堪，「哈哈」一笑，方待上台，葛龍驤看出來人武功太高，杜人龍近來雖然所獲甚多，仍恐臨場經驗不夠，業已先行站立，微笑說道：「對付這等人物，哪裡用得著伍老前輩出手？葛龍驤不揣鄙陋，先接一陣！」話音才落，未見絲毫作勢，青衫大袖微拂，人已如憑虛御風一般，飄然直落三、四丈外的奪魁台上。

伍天弘被他這種自然美妙的輕靈身法所驚，「噫」了一聲，自語說道：「這娃兒似乎比那杜小鬼更強！這飄然平步登台，用的像是無相神功與乾清罡氣。」

奚沅暗暗佩服伍天弘果然識貨，但知他脾氣難纏，不敢招惹，全神貫注台上動靜。

杜人龍也識得後來紅衣紅髮怪人來歷，知道自己可能不是敵手，見葛龍驤人一登台，便附耳低聲說道：「葛師兄千萬不可大意！這紅猴子似的怪人，我在揚州十二圩古寺之中見過一面，他是苗嶺陰魔弟子，叫什麼聖手仙猿姬元。谷飛英師妹曾與他打了半天，不曾佔得絲毫便宜呢！」

葛龍驤對苗嶺陰魔邴浩，因在蟠塚山曾獲暗傳絕藝，並贈藥相救柏青青，印象頗好。聽說姬元是他弟子，不但不覺緊張，反而減了幾分敵意。

杜人龍把姬元來歷告知葛龍驤後，轉對姬元笑嘻嘻地說道：「火猴子精，你還認得我嗎？前年在揚州十二圩的廢寺之內，你挨了我師父獨臂窮神一掌，又被冷雲仙子葛師伯門下谷飛英師妹的精妙劍術，殺得不戰而逃，怎的今天又在此出來作怪？我這位葛師兄，是當代武林第一奇人，衡山涵青閣主諸師伯門下高徒，彈指神通和天璇劍法，敢說是天下無雙！你若能勝得了他，休說是萬堡主懸做彩頭的毒龍軟杖，就連我身邊的武林至寶碧玉靈蜍，也可一併奉贈。但動手之前，你最好先把自己仔細衡量一下，看看夠不夠分量，免得平白出乖露醜！」

杜人龍這番話，一半是對聖手仙猿姬元而言，另一半也等於自報來歷，警惕那位硬要收自己做徒弟的鐵指怪仙翁伍天弘，叫他知道自己師門正大，不要一意孤行地生出許多事故。

但杜人龍把話講完，鐵指怪仙翁拈髯微笑，依然無動於衷；聖手仙猿姬元則因師父此次回山，嚴厲告誡在黃山論劍期前，不許無故輕與十三奇門下結怨，所以聽得葛龍驤竟是諸一涵門下，已將來時盛氣消除大半！

葛龍驤更是吟吟含笑，滿面春風，向姬元抱拳施禮說道：「久聞聖手仙猿與火眼狻

猊苗疆雙絕之名，今日相逢，可稱幸會？以邴老前輩的門下高徒，自然不會覬覦我杜師弟歷盡萬苦千辛所得的身藏至寶。然而姬兄來意，可是為那根萬堡主懸做彩頭的至寶毒龍軟杖嗎？」

聖手仙猿姬元見葛龍驤語氣這等和藹，謙恭有禮，文質彬彬，不由更自泯幾分敵意。他自揚州十二圩與谷飛英換招過手，覺得冷雲仙子門下的年輕女徒，功力竟不在自己數十年鍛鍊之下，而眼前這位葛龍驤，更是氣定神閒，淵亭嶽峙，雙目神光以及雍容氣度，颯爽英姿，令人一看便知是身負絕頂武功的內家好手。何況剛才上台時的飄然一縱，先聲奪人，姬元何等行家？忖人度己，知道不易討好，眼珠一轉，立意索性賣個人情。也把雙拳一抱，和顏笑道：「姬元化外苗人，不敢當葛小俠如此盛讚！我們雙方師門雖少淵源，亦無仇隙，姬元怎會妄想奪人之物？連那毒龍軟杖，也著實應為以萬妙歸元降魔杖法，冠冕群倫的杜小俠所得。姬元上台之意，不過是請二位不要對我這好友邊昌壽，過分逼人罷了！」

杜人龍上次見他之時，覺得這姬元甚為兇橫無禮，但想不到如今竟變得這般和善知禮，可謂怪事。

葛龍驤更是敵意全消，微笑說道：「姬兄說哪裡話來？武林人物過手動招，勝負太已尋常！我師兄弟怎敢如此狂妄，對邊朋友有所留難之處？不過他那根寶杖已損，是件

憾事！」

姬元看了手中所接鐵指怪仙翁伍天弘拋來的鐵餅一眼，嘴角微撇說道：「邊兄鐵杖，是旁人所毀，葛小俠何必介意？不過這熔金掌力，也算不了是什麼了不起功夫。姬元不才，把它還原試試！」說話之間，業已暗運功力，雙掌不住揉那鐵餅。

姬元掌力亦見驚人，那團鐵餅竟自被他揉得越來越圓，越來越細，最後居然被他搓揉成了一根四尺上下的鐵杖！他這把鐵餅還原成鐵杖之舉，無異是向鐵指怪仙翁伍天弘示威挑戰。依奚沅忖度，伍天弘那種性情，定然暴怒而起。哪知伍天弘竟自毫不爲意，只是笑嘻嘻的，向著台上叫道：「杜小鬼！你看看這紅猴子似的人，搓了那麼一根鐵棍，就夠資格和我動手嗎？」

杜人龍見聖手仙猿姬元，似無與己方作對之意，自然也不肯結此強仇，遂向姬元微一擠眼說道：「姬朋友你這掌上功夫雖然不錯，但這條鐵杖搓得不足原來長度，粗細也並不一致，比起鐵指怪仙翁伍天弘老前輩的精純功力，仍然差得甚遠！毒龍軟杖既然承情相讓，彼此便圖後會如何？」

因鐵指怪仙翁伍天弘十數年未出江湖，聲威漸弱，故而姬元雖然覺得這個白鬚黑髮老頭功力不俗，但決未想到昔年與武林十三奇齊名的「雙魔一怪」身上！如今聽杜人龍拿話點醒，暗想自己爲遵師命，連葛龍驤、杜人龍這兩個十三奇門下的年輕人物，都不

願意輕易結仇，卻好端端的要去鬥這著名難纏的老怪物作甚?正好藉機下台，向杜人龍哈哈笑道：「今天衝著二位小俠金面，姬元一切皆不計較。但如若有人不服，可到苗嶺九絕峰頭，赤蘇洞中找我便了!」語音落處，手攜邊昌壽，已在奪魁台東側的三丈以外。

鐵指怪仙翁伍天弘聽姬元已知道自己名頭，卻依舊把整個人情賣在葛龍驤、杜人龍身上，末後那兩句話竟似專對自己而發，不由冷笑一聲說道：「苗嶺九絕峰赤蘇洞，算不了什麼龍潭虎穴。邴浩老魔那點聲名，更是微乎其微!小輩既然已知老夫來歷，還敢如此張狂，我不得不略加懲戒!」雙手一按座椅，飄身直起二丈來高，正待追撲聖手仙猿姬元，耳後突然一聲高叫道：「伍老前輩且慢，杜人龍有事請教。」

伍天弘對他特別投緣，半空中硬打千斤墜，停住前撲身形，輕輕一躍，便到奪魁台上。把手一揚，止住杜人龍開口，微笑說道：「別的話暫且休提，我要問問大會主人萬堡主，這百杖爭雄大會……」

獨杖神叟萬雲樵不等伍天弘話完，業已一躍登台，摘下懸掛在台正中的毒龍軟杖，雙手捧與杜人龍道：「杜小俠萬妙歸元降魔杖法，壓蓋群雄，老夫欽佩無已。敬如前言，以這一根毒龍軟杖相贈!此杖整整隨我七十五年，後二十年雖然置諸高關，斂盡鋒芒，但在此以前，卻也成就了不少事業。杜小俠高懷俠骨，年少有爲，此杖今日可謂得主！」

杜人龍神色恭謹，雙手接杖，莊容說道：「蒙萬堡主慨贈奇珍，杜人龍誓仗此杖，盡我力之所能，鋤非去惡，掃蕩群魔，以爲莽莽江湖，扶持正義。」

萬雲樵呵呵大笑不住點頭，把那盛放毒龍軟杖的絲囊，也一併遞與杜人龍，轉身向鐵指怪仙翁伍天弘一躬到地，陪笑說道：「伍老前輩俠蹤高隱多年，想不到突然光降萬雲樵這歸雲堡內，委實蓬蓽生輝，榮幸已極！還望恕我不知慢待之罪，請至前廳待茶。」

鐵指怪仙翁伍天弘抱拳禮笑道：「萬堡主休得過謙，你已百歲之人，這老前輩三字大可免去。伍天弘生平慣做不速之客，更談不到什麼慢待！萬堡主你與各位嘉賓且請自便，我和這兩個年輕人尙有一事未了，少時再到前廳，擾你一杯壽酒！」

萬雲樵知道對待這種奇人，越隨他心意越好，遂答了聲：「萬雲樵敬遵台命！」拱手下台，向中席上的點蒼四友、黔靈三真，及東、西兩棚賓客，略使眼色，一齊請到前廳落座。

霎時之間，這奪魁台上下，就只剩下鐵指怪仙翁伍天弘與葛龍驤、杜人龍及奚沅等老少四人。

伍天弘向杜人龍笑道：「你不令我追那姬元，有何話說？」

杜人龍知道這場麻煩，終必無法避免，索性笑嘻嘻地問道：「老人家居然如約來此，你真把那黑天狐宇文屏的藏匿之處，找到了嗎？」

伍天弘自懷中摸出一條七、八寸長，隱泛藍光的鐵鑄蜈蚣，含笑說道：「你們看看這蜈蚣可是黑天狐宇文屏之物？」

杜人龍自然不識，但葛龍驤卻因在東海荒島之上，見黑天狐宇文屏對她那舊日情人，風流劍客衛天衢加以無邊楚毒之時，曾以松枝代箭擊落她所發的兩條「飛天鐵蜈」，故而認得分明，正是伍天弘掌中所托之物！葛龍驤心急父仇，連忙問道：「伍老前輩，黑天狐宇文屏現在何處？」

伍天弘搖頭微嘆說道：「我與你們自劍門關分手以後，即先到四川省內密行搜查，想不到居然就在邛崍山中，便已發現了宇文屏的蹤跡。但那妖婦耳音太靈，並狡猾已極，不聲不響地暗暗打了我一條飛天鐵蜈，立時挾著另外一人，疾遁而去……」

葛龍驤插口急道：「老前輩就該隨後追蹤才是！」

伍天弘點頭說道：「我自然追蹤，但因黑天狐的萬毒蛇漿，霸道無倫，也就不敢過於接近。說來慚愧，追到湖北境內，竟自把人追失。萬般無奈，而十月初三的約期將屆，只得暫時把這條飛天鐵蜈帶來。須知江湖之大，要尋找一個人的潛蹤所在，委實太難！但老夫素來言出必行，你們再與我半年時日如何？」

葛龍驤心想，當初劍門關上，杜人龍不過一句戲言，這位鐵指怪仙翁竟當做了真事，若再如此糾纏，何時方了？而且報仇之事，責在己身，也不應該支使人家一個老輩人物，去滿天下地亂跑！立意就在此處把話說開，遂搶步當先，向伍天弘深施一禮，說道：「黑天狐宇文屏雖與晚輩仇深似海，但不敢再勞老前輩大駕追尋，此事到此爲止！至於老前輩垂青我杜師弟一節，本來像老前輩這等泰山北斗人物，武林後輩無不夢寐景仰，渴欲追隨！但我杜師弟業已拜在獨臂窮神門下，一日爲師，終身是父，除奉師命以外，於情於理，皆不應擅自另學他藝。老前輩啓迪後學，也不外乎教孝教忠，想不至於欲強人所難的了。」

鐵指怪仙翁伍天弘，臉上不帶絲毫喜怒之色，靜靜聽完，縱聲大笑道：「我知道你們這兩個小鬼，倚仗著自是諸一涵、柳悟非門下，多少學了一點鬼門道，根本就瞧不起我這多年未出世的老兒！但我自己未能在劍門關別後，至今日之前的這一段時間之內，實現諾言，把黑天狐宇文屏的確實下落探明，自然不會立刻逼著這杜小鬼隨我學藝。好在我聽說武林十三奇，明歲中秋在黃山始信峰頭論劍，到時我也湊份熱鬧，並親自向柳老花子開口，叫他把徒弟讓我教上七年便了。」

葛龍驤聽他竟不再糾纏，心中方自一喜，伍天弘細目微翻，神光電射，注定葛龍驤問道：「當年我便不服諸一涵名冠十三奇，號稱武林第一！但機緣難合，始終未能與他

相互印證。你既是他弟子，看情形所得還不在少，他鎮壓武林的彈指神通與天璇劍法，必已均具火候。我想藉此奪魁台上，試試諸一涵的得意傳人，到底有多大功力？但你儘管放心，老夫點到爲止，決不傷你！」

葛龍驤見一波方平，一波又起，這伍天弘因不服恩師的武林第一名頭，竟要與自己過手。因伍天弘話涉師門威望，不便推脫，但又心知憑自己在彈指神通與天璇劍法上的火候功力，恐怕敵不住這等成名老輩人物。劍眉微皺，突然計上心頭，不亢不卑，昂然答道：「葛龍驤資質魯鈍，辜負恩師，所得微薄已極！但伍老前輩長者有命，焉敢推脫？晚輩斗膽，敢問伍老前輩，你在多少招內自忖能勝晚輩？」

伍天弘生平最喜歡這種英武少年，見葛龍驤毫無怯意，慷慨陳言，竟然反問自己能在多少招內勝他，比起杜人龍的那種伶牙俐齒，古怪刁鑽，別具一種豪朗氣概，暗中也自心折，點頭笑道：「本來武林之中，除了少數的十幾位平輩以外，少有能接老夫十招之人，但你師父名望極高，你本人器宇亦頗不俗，伍天弘決不加以小覷。若能接我二十招，老夫即不戰認敗。」

葛龍驤微微一笑說道：「像老前輩這樣武林奇俠，宛如天際神龍，極所難遇，更難討教高招！罕世奇緣，葛龍驤不願輕輕放過，我要再加一倍，在四十招之內勉力支持，老前輩是否笑我過嫌狂妄？」

伍天弘聞言默不作聲，雙眼精光迸射，盯住葛龍驤，一瞬不瞬；葛龍驤也自昂然卓立，神色不驕不亢，不餒不卑！半天過後，伍天弘嘆聲說道：「我真不知道諸一涵與柳悟非，從哪裡找來像你們這樣的兩個好徒弟？不過根骨雖然可愛，說話未免太狂。我老頭子四十招，豈同小可，你真接得住嗎？」

葛龍驤正色抗聲答道：「老前輩只管施為，葛龍驤師門重誡，就是不准擅打誑語！」

伍天弘放懷大笑說道：「好，好，好！我不但施為，並還是盡力施為，決不拿你當做後輩人物看待！」他看出葛龍驤雖然天生傲骨，但極知禮，決不肯先行進招，遂右掌一揚，輕飄飄地當胸按去。

葛龍驥滑步避勢，合掌當胸，來了一式武林後輩與前輩交手之時，以示敬禮的「童子拜佛」。

伍天弘笑聲叫道：「這一套酸溜溜的規矩，全免好嗎？」右掌一收，左掌突出，招發「浪拍懸崖」，自斜上方帶著一片驚風，擊向葛龍驤左股。

葛龍驤劍眉雙剔，一聲：「晚輩遵命！」上步擰身，右掌自下往上斜翻，竟以獨臂窮神柳悟非所傳龍形八掌中的「神龍擺尾」一式，硬行接架。

這一來真把鐵指怪仙翁伍天弘嚇了一跳。他因為葛龍驤上台之時，輕功甚見巧妙，

以爲他是用閃展騰挪的速小軟巧等功力，與自己纏繞四十照面，但萬想不到，第一式盡了後輩禮數之後，第二招便自來個硬打硬接。

伍天弘休看脾氣古怪，卻極愛才，生怕自己功力太深，葛龍驤要受震傷，竟在兩掌交接之時，暗暗卸了兩成掌力。雙掌一對，各自震退兩步。葛龍驤看出對方臨時卸勁，已自警惕，伍天弘卻不禁駭然，這年輕人在內力方面，居然也會有如此精純造詣，自己方才便不卸去兩成功力，也不見得能使對方有所傷損。照此情形，倘真被他應付上四十招不敗，自己顏面卻置之何地？好勝之心一起，遂不再留情。長嘯一聲，右手用指，左手用掌，點、拍、勾、拿，竟自施展出生平仗以成名的「金剛指功」與「大力掌法」。

這一來滿台俱見伍天弘的身形飄忽，把葛龍驤圈入了一片掌風指影之內，台下觀戰的杜人龍與奚沅，不由得膽怵心驚，替葛龍驤暗捏一把冷汗。

葛龍驤見對方放手進攻，起初是以柳悟非所授「龍形八掌」，配合師門絕學「彈指神通」應戰，但這兩股手法的威力大小，是取決運用人本身的真氣強弱。葛龍驤雖然稟賦再好，奇遇再多，但這種真功實力方面，卻哪裡抵得過鐵指怪仙翁伍天弘，數十年性命交修的內家真力？十二、三招過後，即感不支。

葛龍驤早留退步，忽地招化「蒼龍舒爪」、「吸海擎天」，一連兩式奮不顧身地猛力進撲，略爲逼開伍天弘，突然收勢凝神，衣袖一垂，倏然而立。

伍天弘見他好端端的，這麼一來真被愕住。但轉眼便自看出，葛龍驤氣定神閒，直如一尊拈花微笑的金裝如來，寶相莊嚴已極！不由大吃一驚，知道這定然是一種自己未曾見識過的罕見絕學。因不識高深，未敢貿然進招，單手進推，劈空一掌。

葛龍驤絲毫未加硬接，足下不知怎的隨意一滑，伍天弘掌風業已擊空，跟著葛龍驤青衫大袖微揚，竟在這奪魁台上，飄飄起舞！伍天弘以爲葛龍驤有心相戲，臉上一紅，微起怒意，依舊以平生最得意的金剛指、大力掌，互爲配合的手法進招，更用的是九成以上真力，勁風罡氣呼呼亂響，威勢較前益見驚人！但他哪裡知道，葛龍驤此時所施展的，竟是苗嶺陰魔邴浩畢生心血結晶的奇絕武學「維摩步」法！昔日在蟠塚山，苗嶺陰魔邴浩藉過手爲名，暗中傳授這套絕藝之時，任憑葛龍驤、谷飛英二人以前古至寶「紫電」、「青霜」雙劍，展盡不老神仙諸一涵與冷雲仙子葛青霜，威震群邪的天璇、地璣劍法，也未沾上苗嶺陰魔的半絲衣袂！此時鐵指怪仙翁伍天弘的什麼金剛指、大力掌，相互爲用的手法，當然更自無功。尙幸苗嶺陰魔僅傳步法，未傳變化，葛龍驤也學而未精，防身業已有餘，藉此攻人卻嫌未足，不然說不定還要在葛龍驤手中，受此挫折。

晃眼三十照面。伍天弘見對方身形步法太已奇異，任憑自己動盡腦筋，明明十拿九穩的一掌擊去，但總是眼看得手之時，偏偏略差毫釐，以致無功，不由惱怒已極。倏地收勢停招，滿頭黑髮一齊倒立，頷下如銀長鬚也根根蝟起！兩手屈指成鉤，在胸前虛

抱，目光注定葛龍驤，人如木立當地，一動不動。

葛龍驤前因曾在「硃砂神掌」鄺華亭手下見識過這種形態，知道這位「鐵指怪仙翁」伍天弘，竟然惱羞成怒，大動肝火，凝聚全身真力，意欲拚命相搏！不由暗笑這伍天弘究竟不是規規矩矩的正派人物，這般小題大作，卻是何苦？但知他蓄力一擊之威，非同小可。正在注意防範，伍天弘也已把真力齊聚，雙手漸漸分舉，目射神光，引滿待發。

就在這鐵指怪仙翁伍天弘惱羞成怒，怒極欲拚；葛龍驤雖明知厲害，但仍無法轉圜，不肯低頭，凝神待敵，千鈞一髮的緊張之際，台下的杜人龍與奚沅突似同時遭受暗算，「哎呀」連聲，雙雙栽倒，並從奪魁台側方的圍牆之上，飛也似的縱進一條人影。

這種突如其來的巨大變故，著實出人意料！葛龍驤師兄弟關情，與奚沅又一路交好甚厚，鐵指怪仙翁伍天弘也特別喜愛杜人龍，遂停止過手，一齊目注台下。

只見後來越牆飛入的人影，竟然就是那北道神偷賽方朔駱松年，手中一口耀眼閃亮，但卻隱泛暗藍光華的淬毒苗刀，指定杜人龍胸前要害，滿臉獰笑得意之色。

杜人龍與奚沅則不知受了什麼暗算，昏迷倒地，不言不動！原來駱松年自會澤城外，被葛龍驤彈指所制，把業已到手的毒龍軟杖與碧玉靈蜍兩件武林至寶，全被人家搜回，心中自然懊喪不已。氣憤難平，貪念仍熾之下，趕到康、滇邊境，請來那位鐵杖鎮

西康邊昌壽，並由邊昌壽轉約苗嶺陰魔的二弟子聖手仙猿姬元助陣，欲在這百杖爭雄大會之上，重行攘奪這兩般武林至寶。

駱松年既然號稱北道神偷賽方朔，自亦甚工心計。他因覺出葛龍驤武學太高，杜人龍、奚沅未曾動手，似乎更不可測！擔心聖手仙猿姬元與鐵杖鎮西康邊昌壽再度無功，遂托詞自己與葛、杜、奚三人曾經朝相，不便露面，其實暗暗弄來一副用異種毒藥淬煉、見血封喉的苗人吹箭，與吹毛折鐵的鋒利苗刀，施展他那神偷身法，在眾人不知不覺之下，悄悄掩至會場，比姬元藏得還遠。

一直看到不出所料，鐵杖鎮西康邊昌壽終為杜人龍的驚世絕學「萬妙歸元降魔杖法」所敗；聖手仙猿姬元，則更是一見葛龍驤上台，竟自不戰而退。百杖爭雄大會也告結束，那條毒龍軟杖由歸雲堡主萬雲樵親自贈與杜人龍。群雄因懼怯那位鐵指怪仙翁伍天弘，不願沾惹糾纏，齊隨萬雲樵去往前堡。跟著便是葛龍驤以維摩步法，巧戲仙翁。

賽方朔駱松年見有機可乘，遂悄悄掩到奪魁台後側的圍牆以外。這時台上伍、葛二人正在龍爭虎鬥，台下的杜、奚二人，又正在聚精會神注意台上，哪裡會想得到還有這樣一個么魔小丑在窺視，以致均未發覺。

駱松年真會把握時機，乘著台上即將生死一搏，杜人龍、奚沅緊張得呆呆出神之際，竟用苗人吹箭，先行隔牆暗算奚、杜二人，然後甘冒奇險，乘著伍天弘、葛龍驤

未明所以的刹那之間，飛身搶過，把淬毒苗刀指定杜人龍要害。有了人質押頭，勝券已操，心中才算一寬，額間也沁出一陣冷汗！

葛龍驤看見情形糟到這般地步，不禁劍眉深鎖。生怕伍天弘萬一暴怒動手，駱松年可能不顧一切，先行傷害杜人龍與奚沅二人，遂搶步當先，才往台口微一邁步，駱松年獰笑一聲，手中微動，苗刀刀尖業已把杜人龍的胸前外衣挑破。

葛龍驤趕緊止步，揚聲叫道：「駱松年！你如此無恥行徑，無非是想要那根毒龍軟杖，我命杜師弟給你就是！」

駱松年獰笑說道：「一根毒龍軟杖，値不得駱大太爺如此費事。他二人業已中了我見血封喉的苗人吹箭，再若遲緩，便告無救！還不趕緊把碧玉靈蜍與毒龍軟杖，一齊交與駱大太爺。你們二人站在台上，不准稍動，等我躍過圍牆，自然會把解藥拋給。」

葛龍驤聽他如此毒辣，方在暗咬鋼牙，那伍天弘卻深知苗人吹箭厲害，向葛龍驤低聲說道：「苗人吹箭奇毒無比，趕緊救人要緊。東西儘管給他，憑這毛賊，總不會追他不到！」

葛龍驤本來就與他同一心思，遂向駱松年說道：「碧玉靈蜍與毒龍軟杖，均在我杜師弟身上，你儘管自取。但不准有傷他們毫髮，否則葛龍驤拚著不顧一切，也要把你挫骨揚灰，方消我恨！」

駱松年目射兇光，一聲不響，一手仍用苗刀指定杜人龍心窩，一手慢慢摸得碧玉靈蜍與毒龍軟杖。仔細看過確是真物，才納入自己懷中，並摸出一包藥粉，向台上的葛龍驤冷冷說道：「這就是醫治他們二人所中苗人吹箭的獨門靈藥，除此以外，別無解救！駱大太爺動身之時，你們不准有絲毫動作，否則我便把這包藥粉自行吞服，令你眼見他們毒發慘死！」

葛龍驤因杜人龍、奚沅身在人手，投鼠忌器，空自咬牙痛恨，但無計可施，只得點頭應允。

駱松年仍恐葛龍驤不讓他輕易走脫，竟把那包吹箭解藥噙在口內，表示可以隨時吞入腹中，然後得意洋洋收回架在杜人龍心口的淬毒苗刀，穩了穩奪來的碧玉靈蜍和毒龍軟杖，從容越牆而去。

葛龍驤顧全大體，極力忍耐，但駱松年去有片刻，仍不見將解藥隔牆拋過，不由恍然頓悟，猛然一聲：「狗賊太已狠毒！」與鐵指怪仙翁伍天弘，齊自台上飛身，縱上圍牆。牆外只是一片長林豐草及起伏山坡，哪裡還有駱松年的絲毫人影？葛龍驤因杜人龍、奚沅功力均不算弱，一聲「哎呀」，人便不能言動，則所中苗人吹箭，其毒可知！如今駱松年背信食言地撒手一走，解藥不留，難道眼睜睜看著杜師弟與這位俠丐奚沅，就這樣的毒發慘死？

急痛之下，最易使人滅卻平素靈智。葛龍驤兩點英雄珠淚剛剛落在胸前，鐵指怪仙翁伍天弘一掌拍在他肩頭之上，說道：「事已至此，傷心何益？讓我看看他們所中吹箭淬的是何種毒藥，再試試我囊內靈丹，可能挽救？我總覺得這杜小鬼雖然過分精靈，但還不像是個夭折之相。」

葛龍驤被伍天弘一言提醒，不由暗罵自己下山闖蕩江湖，業已經歷了不少風浪，怎的遇事仍然免不了過分緊張？身邊所藏龍門醫隱用朱藤仙果和千年鶴涎合煉的解毒靈丹，連黑天狐宇文屏的五毒邪功，與金鉤毒蠍的那等無倫劇毒全能療治，難道就治不了這小小的苗人吹箭？悲去顏開，笑聲叫道：「伍老前輩但放寬心，我杜師弟與奚沅包管無礙。」

鐵指怪仙翁伍天弘，見葛龍驤先前急得那等呆呆失神，淚滴衣衫，此時卻又破涕爲笑，高叫無礙，真有點摸不清他這葫蘆之中，賣的甚藥？

葛龍驤趕過杜、奚二人身畔，替他們每人在肩背之間起下一根小小毒箭，伍天弘也幫忙找來清水。葛龍驤自懷中取出僅餘的兩粒半紅半白解毒靈丹，與杜人龍、奚沅半敷半服。神醫妙藥，果然靈驗無比！一盞茶光景過後，兩人全都悠悠醒轉。

葛龍驤細細說明就裡，杜人龍自然憤慨無已。毒龍軟杖是新得之物，倒還稍好；那碧玉靈蜍卻乃恩師獨臂窮神所賜，失而復得已覺慚愧，如今竟又被人自身旁奪去，情何

以堪？再加上賽方朔駱松年，無端以苗人吹箭暗算之仇，也在必報，遂催著葛龍驤趕緊追蹤駱松年，報復此仇，並奪回失寶。

奚沅低首沉吟半天，忽然向葛龍驤說道：「依我之見，要想追蹤這駱松年，我們不如分道揚鑣。二位仍依原路，由黔湘返豫；我卻北行幽燕，發動丐幫力量，窮索那駱松年的老巢所在。一有消息，立向洛陽龍門天心谷中報信，似乎比較盲無目的地一齊亂追，容易收效……」

葛龍驤、杜人龍均覺得他說的有理，那位鐵指怪仙翁伍天弘卻在不停審視那苗人吹箭，此時也自插口，截斷奚沅話頭說道：「奚三說得有理，要不是我老頭子好勝，逼著這葛龍驤與我過手，那狗賊也不會有此機會，所以此事算我一份。我看這兩根吹箭，好像是苗嶺雲霧山長苗一族所用。你發動窮家幫徒，密搜幽燕狗賊老巢；葛、杜兩個娃兒由黔北經湘返豫，並順路查緝；老夫卻欲闖趟那些吃人不眨眼的長苗巢穴。我們分頭盡力，倘老夫萬一能夠追到狗賊，奪回碧玉靈蜍與毒龍軟杖，我也懶得去什麼龍門山天心谷，明歲中秋，反正黃山論劍之會大家必到，就在始信峰頭交還柳老花子便了。」

重寶被奪，四人均覺臉上無光，也不好意思去向歸雲堡主萬雲樵辭行。奚沅路遠先走，葛龍驤也陪著滿懷氣憤的小摩勒杜人龍離去，只剩下這位鐵指怪仙翁伍天弘，等三人蹤影消失以後，又仔細端詳了手中的帶血吹箭幾眼，一聲清嘯，招來他那頭在山林之

內徜徉遊行、自在覓食的青色毛驢，縱身上騎，雙足微夾，便向著黔北苗嶺山脈跑去。

且說這位鐵指怪仙翁伍天弘，他因昔年久走西南諸省，認定了賽方朔駱松年用來暗算杜人龍及奚沅的兩根吹箭，是聚居雲霧山深處長苗特有之物。心中暗自盤算，駱松年號稱塞北神偷，明知杜人龍等失了如此重寶，必不甘休，豈會輕易轉回幽燕老巢，待人查緝？葛龍驤、杜人龍的順路察訪，更屬無邊無際，宛如大海尋針！倒是自己所料較為可能。因那駱松年既能借得長苗平日視如生命的苗刀吹箭，則定與長苗一族極有淵源。碧玉靈蜍、毒龍軟杖兩般武林奇珍到手以後，若想找個隱秘所在，避上幾年風頭，則雲霧山斷魂澗後的苗寨，豈不是再好沒有的藏身所在？伍天弘越想越覺有理，不斷催促胯下青驢，展盡腳程，向著黔北苗嶺拚命急趕！他這頭青驢乃是罕見異種，腳程之速，絕不亞於一般千里良駒！

入得苗嶺山脈，路即極為難走，密莽叢林，更加上時屬十月初旬，毫無月色，那些嵯峨古木在微弱星光之下，風搖樹影，宛如鬼魅攫人，景色極為可怖！伍天弘打量地形，知道苗嶺山脈極為廣袤。此處到雲霧山斷魂澗的苗寨，以青驢腳力，至少還要一個更次。腹中微覺饑渴，青驢因長路飛馳，毫未稍歇，也已略見疲態，遂在一座叢林之內，下騎暫息，人驢同進飲食。

這座樹林，黑壓壓的百樹雜生。伍天弘才自吃了一塊乾糧，林中不遠之處，似乎有人極為低沉地一聲冷笑。那笑聲陰森冷峻得不似出自人口，尤其配合周遭環境，連伍天弘這等人物聽在耳中，也不禁有點頭皮發炸！兩眼盯住發聲之處一瞬不瞬，口中發話問道：「林內是哪位同道……」

一言未了，「呼」的一聲，微弱星光反映之下，似有一段黑影劈面射來！伍天弘不明何物，哪肯貿然硬接？微一閃身，那段黑影「叭」的一聲，竟將一株大樹斜枝打折，鼻端並微聞腥味，好似尚有血花四濺！鐵指怪仙翁久經大敵，先不管那段黑影到底是何對象？雙睛始終盯注林內適才發聲冷笑之處。

過了片刻，笑聲又起，這次卻低如游絲，但比以前更覺陰森懾人，而且越笑越遠，終於消失在林中深處。伍天弘心內一驚，因聽出林內人練氣成絲的內功造詣極其高明，決然不在自己之下！又靜靜傾聽片刻，辨明確實人已去遠，才回頭細看方才打來的那段黑影，心中不由又是一驚，因為那段黑影，竟是一隻新剁下來，血肉模糊的自肘以下人手！看清以後，不覺大惑。想來想去，也想不懂自己久未在江湖行走，無甚深仇，林中冷笑之人拿這隻人手來打自己的用意何在？人驢略為歇息，再往前行。

因為這林中過於黑暗，方才又有那奇異變故，伍天弘竟自不肯深入，寧可稍微繞路，沿著林外，策驢前進。但走出四、五里路光景，林中異聲又起，低沉淒厲，聽不出

是哭是笑，入耳驚魂，怖人已極！伍天弘聲一入耳，人便下驢，也以「傳音入密」的內家氣功，向林內緩緩說道：「林中朋友，無須裝神弄鬼，請出相會！伍天弘有何開罪之處，敬候指教！」

他空自提氣發話，林中哪有絲毫回音？慢慢隨著異聲寂處，「刷」的一響，又是一段黑影自暗中飛出。

伍天弘天生專門戲弄別人，何曾受過人家如此戲弄？心頭自然憤懣已極，但因察出林中人功力不亞自己，林深樹密，星光難透，不便循聲追尋，只得強忍怒氣，再往前行。但在十里之中，又復依樣葫蘆，自密林之中打出來血肉模湖、不堪卒睹的一左一右兩條活人大腿！這一來伍天弘稍悟其意，其中人似是不欲自己再往前行，才隱身暗處，加以恫嚇。

想通以後，不禁哂然一笑。暗道林中人武功不弱，但見識何以如此淺薄？難道憑這兩條人手、人腿，就嚇得住我伍天弘不成？越是這樣故弄玄虛，我就偏偏不理一切，非鬥鬥你是個什麼怪物不可！

邊行邊想之間，前面遠處異聲又作。伍天弘心想，兩手、兩腳均已被你剁完，難道這次是把整個人體當做暗器？但忽然聽出，這次異聲與先前略有不同，不是在林中作響，而似在前途路中發出，聲音也不是那種懾人心魄的哼哼冷笑，好像變成痛苦到了極

致，欲嚎欲叫的顫抖呻吟一般。

伍天弘心中一喜，以爲對方攔阻不住自己，業已出林相見。微勒青驢，攏目聚光看去，只見十來丈以外，當路之中，有一極矮黑影似坐非坐，異聲便由這黑影口中發出。

伍天弘驢背騰身，縱出三、四丈遠，爲防對方驟然發難，身在半空之間，業已提足真氣，佈滿周身，發話問道：「朋友既然出面，報個名兒。伍天弘掌下，向來不劈無名之輩！」

那矮得宛如樹樁一般的黑影仍不答言，只是口中不停發出那種淒厲聲息。伍天弘不禁大怒，星光淒迷，實在看不清對方面目形狀，遂以雙掌護住面門及胸前要穴，再次兩度騰身，落在離那黑影三丈左右。

定睛細看之下，這一驚動是非同小可！原來那矮得像截樹樁似的黑影，竟是個雙手雙足被人剁去，只剩軀幹與頭，但尚未全死的略有氣息之人。口中所發，乃是熬不住這種手足被剁，無邊慘痛的淒厲慘嚎，周身皮肉也似在不停顫抖。

伍天弘心中一慘，邁步再向前走。

等看清地上那人的慘厲面容以後，卻把這位名列「雙魔一怪」，幾與「武林十三奇」齊名，久走江湖、見慣怪異的鐵指怪仙翁伍天弘驚奇得幾乎脫口失聲，大叫起來！

原來這被人剁去手足，身遭奇慘之人，卻正是烏蒙山歸雲堡以吹箭、苗刀暗施鬼計，奪去碧玉靈蜍與毒龍軟杖的北道神偷，賽方朔駱松年！伍天弘一心只猜度他，攜寶遁跡雲霧山斷魂澗的長勁苗寨，哪裡想得到這先後腳之間，他竟被人弄成這樣一段樹樁模樣？微定心神，開口問道：「你被何人所害？那碧玉靈蜍和毒龍軟杖，是否又落入別人之手？」

可憐駱松年此時周身皮肉不停抖顫，氣若游絲，哪裡還會開口說話？只是微睜雙目，以一種乞憐眼光，注視伍天弘，好像是想求他加上一掌，早脫這無邊痛苦。

伍天弘縱橫江湖以來，真還是第一次見到如此處置人的毒辣手段！知道這駱松年雙手雙足一齊被剁，加上失血過多，任何妙藥靈丹也無法救他不死。心中一慘，剛待揮手替他解除痛苦，突然心頭一個冷顫，暗想自己怎的太已糊塗，恐怕大事不妙！這駱松年的雙手雙足被人剁去，只剩下一段連頭軀體，怎會自行跑到這路當中？分明是那藏在林中，以駱松年的手足當做暗器，一路恫嚇自己之人所為。從駱松年傷口血如泉湧的情形看來，此人還在近處，倘方才趁自己突見駱松年面目，驚愕出神之際，驟加暗算，自己也真極可能與駱松年遭受同一命運！

想到連自己也身在危機四伏之內，哪裡還顧得超脫駱松年？趕緊縮手凝神，抱元守一，目光耳力並用，先行搜索左右兩側林內。但樹高林密，只是一片暗影沉沉，哪裡聽

得出和看得見絲毫人跡？伍天弘心中納悶，看林中人一路情形，對自己頗懷惡意，如今把駱松年殘軀當路一擺，分明是要現身相會之狀，怎的此時還不露面？

他正揣不透對方葫蘆之中賣的什麼藥之際，身後自己那頭心愛青驢突然一聲慘嗚。伍天弘趕緊回身，已自不及。好好一頭腳程不下千里的良駒異種健驢，業已腦漿迸裂，倒地死去。

伍天弘對此驢珍逾性命，一見之下，不由急怒攻心，暴聲叱道：「林內到底是哪個無恥鼠輩，偷偷摸摸的鬼祟行為，算是什麼……」

言猶未了，林內發出一種冷冰冰、不帶一點感情的聲音說道：「伍天弘！就憑你那兩手鬼畫桃符，狂些什麼？我要不是想借你之口，向諸一涵、葛青霜兩個老鬼傳言，你早就像那駱松年與這隻青驢一般命運，哪裡還想活到此時？直至現在，我料你仍然猜不出我是誰來。但只一現身，你如敢再行不服，便是有點活得太不耐煩了，自己找苦吃了。」

隨著話聲，自林中慢慢走出一人。伍天弘看清形狀，不禁比駱松年及愛驢被害之事更覺驚心。原來林中走出之人，腰間盤著一條綠色長蛇，手中拄著一根奇形鐵杖，正是那位被自己在川中發現，但追蹤不果的黑天狐宇文屏！

廿五　苗嶺魅影

宇文屏出林以後，以一種極爲冷峻的目光斜睨伍天弘，嘴角微撇說道：「你這老不死的怪物，也不掂掂自己，究竟夠多少分量，居然敢追蹤起宇文屏來！我因那時所習神功正在緊要關頭，又不知你們這干老怪物來了多少？才挾了一個假人，把你誘至湖北，等你駐足不追，我又回頭暗中追你，探明去向，看你們搗什麼鬼。你們靈蜍、寶杖被奪，分頭追人之時，我本來應該把那對我仇恨刻骨的葛龍驤追去殺掉，以杜後患！

「但轉念一想，我神功練成以後，就是他師父衡山涵青閣主人，不老神仙諸一涵，也將不堪一擊，更何懼這種後生下輩？加上毒龍軟杖對我雖無大用，那隻碧玉靈蜍卻關係極爲重要！因爲普天之下，只有此物可解我的『五毒仙兵』。倘若碧玉靈蜍在我手中，慢說你這不成材的東西，就是那比你高明得多的獨臂窮神、龍門醫隱，甚至於那苗嶺九絕峰的邴浩老魔，哪一個敢沾上一個宇文屏的『萬毒蛇漿』和『蛤蟆毒氣』？

「所以我才暫時饒那葛龍驤不死，追來此地，處置了這不知死活的駱松年，寶杖、

靈蜍雙雙入手。從此以後，普天之下，唯我獨尊，諸一涵、葛青霜的那點微末之技，也就不在話下了！」

到此微頓，得意中一陣長聲「嘿嘿」陰笑，宛如夜梟悲鳴，懾人心魄！

鐵指怪仙翁伍天弘，早就知道這黑天狐宇文屏，是武林十三奇中最爲兇狡人物，她那五毒邪功列爲江湖大忌，極不好鬥！此時見她這種旁若無人之狀，簡直不把自己看在眼內，加上珍逾性命的愛驢被害，怎不怒滿胸膛！表面雖然靜靜傾聽，暗中卻在提足真氣，引滿待發。

黑天狐宇文屏笑完以後，繼續說道：「伍天弘，你休要不服，宇文屏決非虛聲恫嚇。你那點能耐，委實差得太遠！我今天破例手下留人，饒你不死，就是要叫你傳言諸一涵、葛青霜，告訴他們，我宇文屏化身千億，在各地名山均設有洞府，不必叫那些後生下輩到處亂跑，徒事送死！

「葛青霜之徒谷飛英，與柏長青之女柏青青，便因搜索宇文屏蹤跡，被我擒住。但就這樣處死，則是普通人所爲，宇文屏一生研究殺人，覺得未免太不過癮！我要在明歲黃山論劍之時，當著她們師父之面，把這兩個不知天高地厚的丫頭凌遲碎剮，挫骨揚灰，教他們死者難堪，活者心痛……」

伍天弘聽到此處，由不得毛骨悚然，打了一個寒噤，暗驚這隻兇狡妖狐，心計果然好毒！

黑天狐宇文屏仍然是那副冷傲無比的神色，繼續說道：「你不要在江邊賣水，暗提那混元真力作甚？宇文屏知道你們這干老鬼，平日自負甚高，不給你見些真章，不會心服！但我這半年以來，苦練秘笈神功，倘一還手，你便必死無疑，尚有何人可以代我傳話……」

略停又道：「今夜椿椿湊巧，碧玉靈蜍到手，我多年心願已了，高興已極！索性讓你把便宜佔到了底！宇文屏不招不架，不閃不避，以血肉之軀，硬接你三記內家重掌。但三掌以後，我如毫髮無傷，你便立時上趟衡山涵清閣及廬山冷雲谷，叫諸一涵、葛青霜派他們門下弟子，代我傳信東海，約那覺羅老尼與一個名叫衛天衢之人，明歲中秋也到黃山始信峰頭一會。我要把數十年來的所有恩怨，在那一戰之中一齊了斷！

「宇文屏做事雖然毒辣，但從不虛言，三掌之內決不還手，三掌以後，你若不知死活，再事糾纏，我就用這條蠍尾神鞭，教你死得比那駱松年還要慘上百倍！話已說完，你儘管提足真力，打我三掌。」

黑天狐宇文屏隨將奇形鐵杖交在左手，右手在腰間一探一抖，手中便自多了一根八、九尺長，尖端形若蠍尾，滿佈倒鬚鉤刺的墨綠色軟鞭，鞭梢垂在地上，目光斜瞥伍天弘，滿臉不屑之色！

伍天弘與西崑崙星宿海的黑白雙魔齊名，平生哪裡受過這樣奚落？氣得幾乎把滿口鋼牙都一齊咬碎。但知黑天狐宇文屏生平決不做任何吃虧之事，今夜敢出如此大言，讓自己打她三掌，決不還手，難道其中還隱有什麼陰謀詭計？所以真氣雖然業已提足，尚因對方用意難明，未肯輕易進手。

黑天狐宇文屏見狀，又是一陣「嘿嘿」冷笑說道：「好一個鐵指怪仙翁伍天弘，連這點膽量都沒有，你那『雙魔一怪』的名頭何存？」

伍天弘到此再也忍耐不住，冷笑一聲，說道：「宇文妖婦，休要猖狂！伍天弘豈是怕你？我不過不願佔你便宜。你既然以爲你那根蠍尾神鞭威力無倫，伍天弘就憑這雙肉掌，接你幾下！」

黑天狐宇文屏「呸」的一聲，吐出一口濃痰，竟把伍天弘身邊一根粗如人臂的樹枝生生擊斷，獰笑說道：「以蠡測海，以管窺天。你大概真不知人外有人，武學之道的無窮無盡！也罷，看你這老鬼的福命如何？宇文屏再給你半炷香的時光，若不遵我所言動手，我便把你處死在蠍尾神鞭之下，再去另外找人，代我傳……」

伍天弘雖然剛傲，但武功到了火候，當然識貨！黑天狐向自己示威，吐痰擊樹的一舉並不甚難，不過粗如人臂的樹枝斷折之處，宛如刀削一般整齊，卻是黑天狐宇文屏的內家氣勁，到了爐火純青地步的無比鐵證，以自己功力衡量，恐怕至少要弱於人家三成以上。利害既明，遂起從權之念。乘黑天狐一語未完，心神旁騖之際，猝然出手。但因久聞此婦一身是毒，依然未敢貼近，只是邁前兩步，以內家重掌劈空遙擊，口中卻說了一聲：「宇文妖婦，你果然並非浪得虛名，伍天弘領教幾回合。但望你不要過分欺人，趕緊開招應敵。」

一股宛如排山倒海一般，令人窒息的劈空勁力，隨著伍天弘的話尾餘音，「呼」然作響，赴向黑天狐宇文屏的當胸壓到。

黑天狐宇文屏微哂說道：「老鬼不要借話裝點門面，明知我三掌之內不會還手，你儘管把你數十年苦學盡力施爲，不要耍這一套花腔多好！」

談笑自若之中，那麼強烈的劈空勁氣，業已當胸擊到。好個黑天狐宇文屏，左手拄杖，右手提鞭，神色安然，連身軀都未晃上一晃！

伍天弘有生以來，尚未見過這高功力，這一驚非同小可！但是哪裡知道，黑天狐宇文屏此時已把柏青青的「天孫錦」奪來，貼身穿著，加上那一杖一鞭，全已暗運金剛拄地的不動身法定住。

伍天弘頭一掌只用了七成真力，以致連人家身形都未能絲毫震動。

伍天弘驚定以後，倒又不服起來，暗想：自己掌力敢說已到熔金化石程度，我就不信震不動你個血肉之軀。二度提足了十成真力，又復搶前半步，劈空發出。

這一掌狂飆怒捲，威勢更覺無倫！黑天狐宇文屏經那第一掌之後，也已試出這位鐵指怪仙翁功力深厚，不同流俗！她昔年與冷雲仙子葛青霜係屬姑嫂至親，故對「天孫錦」的防身妙用所知甚詳，知道光憑此寶，恐怕擋不住伍天弘這種全力施爲的內家重掌。

她近半年來，曾用極惡毒的手段，逼得無名樵子教了不少《紫清真訣》之上所載的失傳神功，尤其是擒獲柏青青、谷飛英以後，所得更多。今天才敢向這本來與她功力彷彿，甚至還略勝一籌的鐵指怪仙翁伍天弘，大肆狂妄！此時因見伍天弘第二掌的威勢過強，遂用了一手新學神功「百柔化勁」。

伍天弘只覺得自己所發那強的劈空勁氣，打到黑天狐身前之時，突然有一種奇異力量，微微一擋一收，竟將自己掌力卸去大半，然後掌風雖仍向對方透身而過，黑天狐宇文屏還是像挨那第一掌一樣，巍然不動！伍天弘真被她弄得越來越莫測高深，以自己在武林中的英名威望，兩掌擊出，連對方身形全未晃動一下，情何以堪？心中忽然動念，這黑天狐宇文屏是個窮兇惡極魔頭，自己便稍違江湖規例，倘能就此將她除去，何嘗不是一件功德？

主意一定，收斂盛怒，納氣凝神。雙目微合即開，依舊精光電射，沉聲說道：「老妖婦，好俊的功夫，伍天弘這第三掌不打也罷！」

宇文屏這半年以來，盡選些幽僻所在，拚命逼迫那位無名樵子，錄出《紫清真訣》的燒殘之處，苦心參研！因係閉門造車，雖然覺出所練極爲高妙，但終難顯示實際威力作用。今夜拿鐵指怪仙翁一試，才知道半年苦心，毫未浪費，功力較前豈止倍增？只要再施展出最後極其慘無人道的嚴酷手段，逼得無名樵子把《紫清真訣》的末後兩頁錄出，明歲黃山便可盡殲強仇，威服群倫，永爲武林霸主！她越想越覺得高興，不由哈哈笑道：「伍天弘！告訴你老實話，紫電劍、天孫錦、碧玉靈蜍及毒龍軟杖，這幾樣稀世珍寶，哪一件也是武林中人夢寐難求之物，如今一齊在我囊中，再加上一部前古奇書《紫清真訣》，放眼武林，休說碌碌諸子，便是諸、葛、陰魔亦不足道！你這老鬼，往日與我無仇，武功也還不俗，不如歸順宇文屏，做我一個心腹人吧！」

伍天弘聽完幾乎連肺都快氣炸，強忍憤怒，冷冷說道：「宇文屏休要賣狂，我這第三掌再打不動你，伍天弘才心服口服！」

他已存拚命之念，不再顧忌宇文屏全身是毒，大踏步走到近前，右掌一舉，輕飄飄地向黑天狐右肩按去。

休看伍天弘先前威勢無倫、倒海移山的劈空兩掌，未曾擊動黑天狐分毫，但這輕飄飄的一掌下按，卻使宇文屏一驚不小！認出伍天弘拚命施爲，藉著緩緩下按之勢，數十年性命交修的內家真力，一齊貫注右掌，但等指尖一沾自己肩頭，掌心一登，「小天

星」內力發出，便是一座翁仲石人，右肩恐怕也必成爲齏粉！她知道厲害，哪敢怠慢？自己又說過不准閃避招架，只得把近半年所得神功一齊聚向右肩，準備硬接他這看來輕如兒戲，實際隱挾雷霆千鈞的一擊！

但伍天弘眼看指尖已沾黑天狐宇文屛右肩，小天星掌力即將發出，而宇文屛全身功力也齊聚右肩的一刹那之間，突然一陣震天長笑說道：「宇文妖婦！你還我的青驢命來！」右掌突撤，食指一伸，竟以自己獨傲江湖、也從來不肯輕易施展的「大力金剛一指禪功」，迅如電光石火一般由右移左，一下點在黑天狐的左胸「將台穴」上！宇文屛多年孤獨，此次勝算在握，左券已操，對這伍天弘完全是存著一種戲弄示威，而真想收爲自己一黨之意。哪裡會想得到驟然之間，突生此變？「將台」又是人身大穴，這一指點上，何異利錐透骨？半身立時痠痛麻辣，動轉不靈，勉強提力，略爲後縱，腳步已見踉蹌。自知如不是貼身穿有「天孫錦」那等至寶，業已應指畢命。但就這樣，所受傷勢怕也非三月、兩月之間所能治好。

她本來賦性就陰毒已極，再加上吃了這樣大虧，怎不把伍天弘恨入骨髓！索性多踉蹌了幾步，發出一聲慘哼，想誘使伍天弘認爲自己已難支持，追撲上前，則只要輕輕一扯腰間綠色蛇尾，「萬毒蛇漿」一發，這老兒便即死無葬身之地！

哪知伍天弘江湖經驗何等老到？自己的生平絕學「大力金剛一指禪功」，剛柔兼

寓，威力之強，不但足以洞金穿石，就是三百張毛頭紙，也能一指到底！以這種指力點在黑天狐宇文屏的死穴「將台」之上，仍然未能將她立斃指下，戒意不由更深！何況又深知她的五毒邪功，惡毒已極，所以不但不追，反而往後退了兩步。

黑天狐宇文屏見伍天弘太過機警，不上自己惡當，只得硬攻，強提真氣，怒叱一聲：「大膽老賊！還不納命？」右手疾掄，蠍尾神鞭「呼」地一聲，從半空中繞了一個圓弧，照準伍天弘斜肩抽到！她這根蠍尾神鞭威力極大，七、八尺長的墨綠色鞭影，帶著滿身倒刺與鞭梢蠍鉤，無不含蘊奇毒。勁風襲到以前，伍天弘老遠就覺得奇腥入鼻，胸頭立見煩嘔，好不難受。

伍天弘知道江湖之中，既然把黑天狐宇文屏的五毒邪功列爲武林大忌，自己雖係初會，其厲害也可想見！何況一聽長鞭揮舞所帶勁風，更心驚這妖婦「將台」大穴之上中了自己看家絕學「大力金剛一指禪功」，居然還能如此凝練施展真力，委實太已驚人！遂見好就收，不肯硬接，雙足輕點，飄然而起。想使對方蠍尾神鞭自足下掃空，交代兩句，便即退去，再追趕葛龍驤、杜人龍二人，告以他們的師姊、妹柏青青、谷飛英，均已中途生變，被黑天狐宇文屏擒去，速謀營救之策。

但黑天狐宇文屏自習練《紫清真訣》以後，功力真是驚人！蠍尾神鞭掃到對方肩頭，見伍天弘業已飄然而起，微「哼」一聲，真力立達鞭梢。右腕略頓，蠍尾神鞭真如

條活蠍毒尾一般，竟然堅挺不動，前半截帶著鉤尾的二、三尺一段，並突自中腰，被黑天狐宇文屏暗運內家「震」、「抖」二訣，倏地向上疾折，鞭梢毒鉤正好直襲身在半空的伍天弘後背的「笑腰」重穴。

伍天弘人雖縱起，卻見黑天狐的真力運用，業已到了凝發收放皆自如無礙的地步，鞭到中途，不但能停，並似活物一般，可以隨意折向，哪得不怵心蕩魂？自己上縱之勢未盡，身在半空，而腥毒尖風已到腰後，確實無法閃避。幸好那片密林之中，有一株大樹橫枝，伸展在外。伍天弘急中生智，順手撈在枝梢，人如盪鞦韆一般，略為借力，向空悠然而起。

這一關雖在奇險之中僥倖度過，但等伍天弘身在空中連轉兩個車輪，帶著被自己折斷的一截樹枝落地之時，黑天狐宇文屏業已以左手奇形鐵杖、右手蠍尾神鞭，迴環進招，宛如風雷怒發，江河倒瀉般惡狠狠地疾攻而至！遠則鞭攻，近則杖掃。可憐伍天弘只得就拿手中三尺來長的一截樹枝，拚命招架。但一根樹枝與黑天狐奇毒無比、霸道無倫的兩般兵刃拚鬥之下，哪得不相形見絀？十來個照面以後，已被黑天狐圈入一片鞭風、杖影之內。

如此情形之下，伍天弘再也不敢稍存平時的好勝之心，不求有功，只求無過。但任憑他使盡閃、展、騰、挪的輕身小巧之技，手中樹枝終是越來越短，險象橫生，危繫一髮！這還是黑天狐宇文屏要穴之上，先挨了伍天弘一下力能鑽石穿金的「大力金剛一指禪功」，受傷不淺，威力大大打了折扣，不然伍天弘恐怕早在她的神鞭、鐵杖之下，難逃一死！

黑天狐宇文屏心中此時卻想，就憑這麼一個鐵指怪仙翁伍天弘，手無寸鐵，而自己右鞭左杖、奇招迭攻之下，竟仍把他收拾不了，明歲黃山，還想爭什麼武林霸主？鬥什麼苗嶺陰魔、不老神仙和冷雲仙子？慚怒交迸之下，右手蠍尾神鞭，連使三招「盤龍蓋頂」，封住伍天弘上方退路，左手則因奇形鐵杖之中，所藏的「蛤蟆毒氣」威力不如「萬毒蛇漿」，用來對付伍天弘這種成名人物，恐怕萬一不能收功，豈不平白浪費？遂微運真力，將杖插入地中，伸手便扯腰間所蟠的綠色蛇尾。

這一來，上空蓋住一片鞭影，只要黑天狐宇文屏「萬毒蛇漿」一發，鐵指怪仙翁伍天弘便即絕無生理！但天下事往往似冥冥中早有定數。黑天狐宇文屏倘若就以蠍尾神鞭與奇形鐵杖配合進攻，伍天弘本已難支，頂多再勉力應付個二、三十招，非遭慘死不可。如今黑天狐宇文屏急於收功，施展殺手，表面看來，確已勝算在操，必得無疑，但實際上，卻替鐵指怪仙翁伍天弘開出了一條生路。

因爲人不到萬不得已之時，決不肯捨命相拚。伍天弘先前還想覓機脫身，如今上方已被宇文屏蠍尾神鞭「盤龍三繞」封死退路，又見她伸手去拉綠色蛇尾，欲發「萬毒蛇

漿」，已知道無可逃死，萬念俱灰，遂立意與對方拚個同歸於盡！手中樹枝只剩二尺來長，索性不要，貫聚真力，「颼」的一聲，飛打黑天狐眉心，然後不顧什麼「萬毒蛇漿」的無倫劇毒，突然倒地連滾，滾到對方身前，二度施展看家成名絕學「大力金剛一指禪功」，奮不顧身地點向宇文屏的丹田重穴！

黑天狐宇文屏雖然恨他入骨，卻也不肯拚命。伍天弘功力遜於自己，但「大力金剛一指禪功」方才嚐過味道——隔著一件武林至寶「天孫錦」，受傷仍有那麼重，此時動手全係勉提真氣相敵。如今這「天孫錦」掩護不到「丹田」重穴，豈能容他再行點上？手剛摸到綠色蛇尾，一縷尖風業已襲到了丹田。

黑天狐宇文屏萬般無奈，一挫滿口鋼牙，「巧渡鵲橋」，橫飛八尺，躲過伍天弘這一意圖同歸於盡的拚命進手，然後陰森森的一聲冷笑，獰聲說道：「伍天弘老賊，拿命來！」隨著話聲，一扯綠色蛇尾，胸前斜耷著那軟綿綿的蛇頭立時怒抬，從蛇口之中噴出一片奇腥無比的青色光雨！

伍天弘原冀與敵併骨，才不顧黑天狐宇文屏的滿身奇毒，奮力滾進相搏！但黑天狐旁縱八尺避之，眼前不遠，便是黑漆漆的無限叢林。生機一現，哪裡還肯坐看對方萬毒蛇漿上身？乘著一指點空，就用右手食指在地上微一借力，宛如怪蟒翻身一般，倒甩起丈許來高，砸得枝葉群飛，人已落入密林之內。

黑天狐宇文屏蛇漿出手，伍天弘人已凌空，蛇漿飛到，人已落向林內。自己方才係自林內而出，知道這種密莽叢林，人一進內，憑你天大本領也難搜索！今夜這場纏鬥，平白挨了對方那麼重的「大力金剛一指禪功」，又浪費了熬煉配製極難、平日珍逾性命的「萬毒蛇漿」，結果只在暗中擊死了對方一頭青驢，宇文屏哪得不暴跳如雷？怒無可洩，竟又拿賽方朔駱松年的殘軀出氣！駱松年想是生平罪孽深重，此時人已早死，卻仍被黑天狐宇文屏用蠍毛神鞭，把半截無手無足殘軀抽成一堆肉醬，才略為解恨，悻悻而去。

伍天弘用了那一手自創的救命絕招「懶驢打滾」加上「鷂子翻身」，逃入林內以後，心神猶有餘悸！雖然聽得宇文屏拿駱松年殘屍出氣走去，仍不敢造次出林。輕輕退卻四、五里光景，確實證明林外無人，才鑽出密林，想起以自己半生名頭威望，加上十三年面壁苦修，想不到竟在這妖婦手中栽了這大斛斗，從此以後，還在武林之中稱什麼人物字號？他越想越覺難過，幾乎就想在這林中懸索自盡。但轉念一想，君子報仇，十年不晚！何況這妖婦的一身功力高得出奇，可能諸一涵、葛青霜及醫丐酒等幾位老輩奇俠，尚不知她習練前古奇書《紫清真訣》，並已擄獲柏青青、谷飛英，如今身懷天孫錦、紫電劍、碧玉靈蜍、毒龍軟杖等武林奇寶。

此婦不除，江湖以內的正人君子一流，焉有寧日？伍天弘這種正義之念一生，把自

己失敗遭辱之事，自然沖淡，趕緊自貴州奔向洛陽，欲往龍門天心谷中尋找葛龍驤、杜人龍及龍門醫隱、獨臂窮神，報此惡訊，並妥籌殲除妖婦之策。

伍天弘生成也是火躁脾氣，主意打定之後，便即不分晝夜兼程急趕。加上葛龍驤、杜人龍沿路還想打探駱松年的蹤跡，自多延誤，雙方所取途徑，又復不同，所以伍天弘到得洛陽，竟超出葛、杜二人不少時日。

龍門山雖然好找，天心谷卻幽秘難尋，伍天弘又未聽葛龍驤說過方向走法，一連找了三日，幾乎把龍門山整個翻轉，也找不出天心谷來。氣得這位性情急躁的鐵指怪仙翁，在一條長河之側引吭長嘯，發洩胸中悶氣。

這條長河，正是當初葛龍驤偷窺柏青青凌空一葦、三枝渡河的那條「伊水」。

伍天弘嘯聲猶在搖曳長空，河中蕩來一條小船，船中一個十四、五歲的健美少年，攏船靠岸，提著一隻盛鹽竹籃，把船繫在一個山腳隱蔽小洞之內。然後手攜竹籃，走到伍天弘身旁，含笑問道：「這位老人家尊姓，好俊的內家真氣！」

伍天弘雖只看他操舟手法，便知此子身有武功，但想不到居然能從自己嘯聲之中，聽出內家真氣深淺。遂點頭笑道：「老夫姓伍，看小哥兒購鹽回山，定是在此隱居。可知道有位龍門醫隱柏大俠，他所居的天心谷在何處麼？」

少年聞言略微一怔，正色說道：「在長者之前，不敢亂打誑語。晚輩名叫柏天雄，龍門醫隱是我族祖，但未奉命以前，天膽也不能妄帶外客入谷！伍老前輩名號怎樣稱呼？欲見家族祖何事？請說明以後，在此稍候，俟晚輩稟報家族祖後，親來迎接。」

伍天弘道：「論理雖應如此，但事急只得從權。你族祖之女柏青青，現時身落黑天狐宇文屏妖婦手中，性命已在呼吸之間。老夫伍天弘千里報訊，趕緊救人，猶恐不及！我看等不得向你那族祖請示，往返費時。須防一步去遲，終身抱恨！」

柏天雄對他這位青姑感情最好，聽說柏青青落入世稱「第一兇人」的黑天狐宇文屏手中，這一驚非同小可！他不知伍天弘來歷，心想現有醫丐酒武林三奇均在谷中，這個黑髮白鬚老頭縱是虛言，也搗不出什麼大亂。遂惶聲說道：「既是我青姑有難，晚輩拚擔再大不是，也要先引伍老前輩入谷，請隨我來。」轉身引路，縱躍如飛。年紀雖然尚輕，輕功倒還得有真傳，頗爲不弱。

一路疾馳，援下絕壑，到了那水洞之中。柏天雄所駕小舟，就藏在洞中幽處，無須喚人來接。雖然時屆冬臘，天氣甚冷，他卻依然脫去衣履，從水內推舟前進。到了出口之處，大片清波及湖心孤嶼上的天心小築一現，伍天弘不禁叫絕！暗想這天心谷原來如此幽僻，若非巧遇柏天雄，自己真是踏破鐵鞋，亦難到此。

這時龍門醫隱柏長青，正與獨臂窮神柳悟非及天台醉客余獨醒，在嶼中香楠閣上談

笑傾杯，一眼瞥見小舟，不由微愕說道：「咦！雄孫怎會擅引外人入我天心谷內？舟上所坐之人，面貌雖辨不清，但隱約看出白鬚黑髮。武林之中，這種異相不多，難道竟是那多年未出江湖的鐵指怪仙翁伍天弘麼？」

獨臂窮神柳悟非先未注意，聽龍門醫隱一說，抬眼望去，此時小舟離嶼更近，伍天弘相貌略可看清，點頭說道：「我與這老怪物，昔年曾有數面之識，果然是他。但怎的突然來此？倒真有點捉摸不透，莫非是想鬥鬥你這龍門醫隱？」

龍門醫隱笑道：「不管他來意如何，人既進谷，就是我柏長青的座上嘉賓，老花子與余兄稍坐，待我下樓迎客。」

伍天弘船到孤嶼，見一個貌相清瞿的黃衫老者，含笑抱拳佇立相待，雖然昔日緣慳，未曾會過，但從那種宛如古月蒼松、超然出塵的器宇看來，也可猜出黃衫老者就是天心谷主人、當代神醫、龍門大俠！忙在舟中抱拳笑道：「兄台可是龍門醫隱柏大俠，在下伍天弘，冒昧奉謁，尙祈宥是幸！」

龍門醫隱含笑答道：「鐵指仙翁當代武伯，名重江湖，柏長青緬想丰儀，神交已久。今日突然光臨，天心谷內草木增輝，且請登樓一敘。」

柏天雄因聽他說青姑落入黑天狐宇文屏手中，過分焦急，一見龍門醫隱，不禁衝口而出叫道：「啓稟爺爺，我青姑被黑天狐宇文屏擒去，這位伍老前輩不辭千里而來，就是報此噩耗，爺爺趕緊設法才好。」

龍門醫隱聞言不禁一震，但一來不知實情，二來即或愛女真落入宇文屏手中，也不是咄嗟之間所能援救。事既至此，索性強作鎮定，依然含笑說道：「你青姑性情過剛，原要受些嚴重挫折才好！至於援救之道，少時我自有處置。伍大俠千里遠來，雄孫去端些可口酒菜，我先把敬三杯再說。」說完滿面春風，恭身讓客。

伍天弘見龍門醫隱得訊獨生愛女落入那等兇人之手，竟還如此沉穩從容，不肯在自己這遠客之前，露出絲毫惶急失禮。這種鎮定功夫，委實太已令人欽佩！微一謙遜，便即相偕登樓。但突見昔年舊識獨臂窮神柳悟非也在座中，倒頗覺得意外，另一位中等身材、風格高華的微鬚老者，卻未見過。

龍門醫隱替伍天弘引見天台醉客余獨醒之後，獨臂窮神柳悟非因已聽得樓下問答柏青青被難之事，獨臂一揚，止住他們那些寒暄客套，皺眉說道：「我們既然自詡江湖奇俠，不管什麼事都應該痛快淋漓，直截了當。把這些酸溜溜的客套虛文，免去多好！我方才聽說柏青青竟被黑天狐宇文屏擒去，她是與葛龍驤、杜人龍及谷飛英等四人一路，這四人休看年輕，個個均是一身不俗武學，憑黑天狐宇文屏倚爲看家本領的那點什麼『萬毒蛇漿』，傷人或可，擒人則是未必！伍老頭，你怎麼知道柏青青被擒？其餘三個小鬼又到哪裡去了？」

伍天弘聞言知道葛龍驤、杜人龍尚未到此，搖頭說道：「柳兄說他們四人一路，我卻只在劍門關及烏蒙山歸雲堡中，遇見葛龍驤、杜人龍二人。後來巧遇黑天狐宇文屏，才知道柏大俠愛女柏青青與另一位姑娘，落入這妖婦之手。連紫電劍、天孫錦、碧玉靈蜍、毒龍軟杖等四般武林奇寶，一齊均爲宇文屏所得呢！」

醫、丐、酒三奇因知黑天狐宇文屏得了那部《紫清真訣》以後，匿跡潛蹤，埋頭苦練，所以對柏青青被擒一節，真以爲事出傳言，將信將疑。但如今一聽，卻均大驚失色！毒龍軟杖眾人不知，碧玉靈蜍卻是獨臂窮神親賜杜人龍之物，天孫錦係由柏青青貼身所穿，紫電劍則是葛龍驤身旁至寶，竟會一齊落於黑天狐宇文屏之手。柏青青、谷飛英又復雙雙被擒，任憑他醫丐酒武林三奇再好的鎮定功夫，也不禁雙眉緊鎖。尤其是那位性情最急的獨臂窮神柳悟非，一迭聲地催著鐵指怪仙翁伍天弘，趕緊說清來龍去脈，才好商訂營救之策。

伍天弘對先前一段，毫無所知，只得就劍門關初遇葛、杜、奚三人講起。龍門醫隱等人聽到黑天狐宇文屏要在黃山論劍之時，當著柏青青、谷飛英的父師之面，將她們凌遲碎剮，挫骨揚灰！以令死者難堪，生者心痛之語，均不由得遍體生寒。暗罵這妖婦真不愧號稱「天下第一兇人」，果然心計好毒！各人臉上也均自然而然地平添不少憂慮之色。

獨臂窮神柳悟非聽完伍天弘敘述，怪眼一瞪說道：「此事錯就錯在我們何必來這天心谷中，爲那黃山論劍之舉，鍛鍊些什麼手法！不但老花子自己，你這龍門醫隱與天台醉客，想必也知道武林第一之位，捨諸一涵、葛青霜二人莫屬！剩下我們這幾個道義之交，還有什麼好比？難道還真像那初唐楊炯，『醜在盧前，恥居王後』不成？但事已至此，抱怨無益。黑天狐機詐百出，蹤跡難尋，何況我那位老友無名樵子，怎的太不爭氣，居然被她逼出不少《紫清真訣》之上所載功力！伍老頭那兩下子，我昔年會過，雖然聽說你面壁十三年，靜參武學，大有進境，但不是說句狂妄之詞，你總還要比我們這幾個老怪物弱上一籌！但照你所說，黑天狐如今那身功力，看來老花子等人遇上，一樣白做她五毒邪功下之鬼！所以我們目前四人，最好分做兩路，兩人一起，實力才較雄厚。至於怎樣安排，柏老怪物且做主帥，老花子恭候差遣。救人急於星火，葛龍驤與杜人龍還不知哪天回來，我們要先採取行動，留下方向，叫他們隨後追去，才不誤事。」

龍門醫隱自聽完伍天弘所說，即皺眉不住深思，良久以後，才微嘆一聲說道：「當初在蟠塚山分手之時，我就覺得這四個年輕人中，除了葛龍驤略爲穩重以外，其餘幾個，簡直太已膽大淘氣。如今果然鬧出事來！若是尋常災厄，原讓她們吃點苦頭，殺殺傲氣也好，如今落入黑天狐宇文屏手中，衛天衢前車有鑒，所受之慘，實非稍有人性之人所能想像！我那丫頭剛愎性傲，死不足惜，但連累上個谷飛英，若有三差兩錯，卻教

我們這幾個徒負虛名的老廢物們，有何臉面去見冷雲仙子？」

獨臂窮神柳悟非，搖頭說道：「這是什麼時候？柏老怪物不要再耍嘴皮子，發表這些言不由衷的違心之論！慢說是你那寶貝女兒有個三長兩短，老怪物必然拚命以外，就是我那小鬼徒弟杜人龍，若有人動他一根汗毛，老花子不用新練成的『擒龍手』法，拆下他兩根肋骨來抵償才怪！」

鐵指怪仙翁伍天弘聞言，覺得自己未曾硬逼那杜人龍爲徒之事，辦得果然不錯，否則若爲一時高興，樹下獨臂窮神柳悟非這等強敵，未免太不合算！

獨臂窮神柳悟非，稍停又道：「這不是說空話之時，東西南北，各大名山，湖海江河，茫茫無限！我們彼此功力再高，要想搜出黑天狐宇文屏的下落，援助柏、谷二女，委實不易！老怪物你沉吟這久，想好主意沒有？」

龍門醫隱又是一陣閉目沉思，霍然抬頭，雙眼精光迸射，突向柳悟非、余獨醒及伍天弘等三人說道：「凡屬善藏珍寶之人，一定把那些稀世難求之物，藏在最明顯而令人絕不加以注意之處！宇文屏智計過人，所行可能即係如我所言。此事老花子既然推我做主，柏長青不再謙辭，我認爲宇文屏既然志在明歲中秋黃山論劍，則她巢穴極有可能就建築在皖南黃山左近。」

獨臂窮神柳悟非，聽完又不耐煩，一拳捶在桌上，怪聲叫道：「柏老怪物，你怎麼

學會了這一套忸忸怩怩，光說不練的江湖把式？老花子是在問你，我們目下怎樣分人及怎樣搜索？」

龍門醫隱說道：「我話未說完，你急些什麼？伍兄與我，專門負責黃山及安徽當地；老花子與余兄，卻少不得要煩勞賣些力氣，多跑點路，密搜三江及湖北等圍繞安徽的四省境內。萬一有所發現，須抱定一項宗旨，救人第一，誅除妖婦第二。余兄素來穩重，毋庸多囑，老花子卻萬不可逞強誤事呢！」

獨臂窮神柳悟非連連點頭，回頭向那侍立身旁、滿面愁容的柏天雄說道：「還不趕快替老花子準備出洞船隻，這幾個月天心谷中，真把我住得好不厭氣！」說完一手拉著天台醉客余獨醒，向龍門醫隱及鐵指怪仙翁怪笑連聲，下樓而去。

天台醉客余獨醒，因谷飛英乃是冷雲仙子面托自己攜帶照拂之人，如今有了噩耗，心中之急，並不亞於龍門醫隱，遂與獨臂窮神相互下樓，由柏天雄操舟，送出水洞以外。

龍門醫隱侯柳、余二人走後，自己把谷中各事略爲囑咐，整頓好了藥囊竹鋤，也與伍天弘動身撲奔皖南黃山而去。

且說黑天狐宇文屏當年以陰謀毒計害死親夫葛琅，始終畏懼諸一涵、葛青霜夫婦一旦發現內幕，要向自己尋仇，所以在各大山川幽秘之處，設下不少巢穴，隨時變換所居，免人注意。中條山翠蓋峰頭，擒走無名樵子以後，遠竄邛崍，每日以嚴刑折磨無名樵子，逼他把所燒殘的《紫清真訣》默錄出來。

無名樵子在得書之初，因知道這本真訣，凡屬武林中人莫不視爲無上瑰寶，故旦夕口誦心記，十天之內即把一冊奇書記得熟而又熟！果然未出所料，第一個登門強奪的，就是黑天狐宇文屏這等兇人。無名樵子深知此書如被正人君子得去還好，倘落入這妖婦手內，江湖之中焉有善類？所以才設計把書燒殘一半！宇文屏自然痛恨無已，先點了他的「天機」重穴，到得邛崍以後，立用蠍尾神鞭一面抽打，一面並用自煉解藥爲他療毒，使無名樵子受盡椎心痛苦，但不致命。

可憐無名樵子咬緊牙關，半字不吐，以致雙腿被宇文屏打得自膝以下生生爛去！黑天狐宇文屏見無名樵子居然能夠如此熬刑，兇心一動，竟又想出了一條奇毒酷刑。不知從哪裡弄來一柄小小鐵銼，每日早晚兩次，硬銼無名樵子業已被抽得血肉模糊、露出體外的大腿胯骨。如此酷刑，便真是鐵石人兒也禁受不起！無名樵子的腿骨，生生被黑天狐宇文屏挫去三寸有餘，實在熬不住這種酷烈痛楚。

既無人援救，被點「天機」重穴，連求死亦復不能。萬般無奈，只得每隔上十天半月，到了實在難熬，才略微吐露一點《紫清真訣》的燒殘之處。但最後兩頁是一書精華

所在，卻始終未曾說到。無名樵子如此做法，是認爲像黑天狐宇文屏這樣喪盡人性、窮兇極惡之人，早晚必遭天報！自己無法求死，又實在熬不住她那些酷刑，只得這樣盡量拖延，有時並故意說錯少許，使宇文屏在短時間內武功雖然增進，但還不至於到那橫行江湖、天下難敵的地步，以等她報應臨頭，自食惡果！

宇文屏對他確已把各種惡毒手段一齊使盡，再無奈何，但就在無名樵子這種時正時誤，及自己苦心參研之下，內外功行均已有長足進步。

那柏青青與谷飛英，在陝西蟠塚與葛龍驤等分手，雖然半年小別，未免銷魂，但俠女襟懷，畢竟不同流俗。一路上與谷飛英指點煙崗，怡情山水，也就把那一縷離愁，漸漸忘卻。

她們原定計劃是北逛甘、青、寧、察，一面行俠，一面探聽黑天狐宇文屏的下落。但還未走出陝西境內，便在無意之中，聽得兩位綠林人物酒後閒談，說是月前偶遊四川邛崍，突然遇上了武林中人視爲惡煞兇星的黑天狐宇文屏，幸而發現尚早，屏息深藏，僥倖未與對面。此婦處置異己手段太辣，如今談虎色變，心中猶有餘悸！

柏青青、谷飛英一聽黑天狐已有蹤跡，趕緊中止甘肅之行，回頭再找葛龍驤、杜人龍時，葛、杜二人業已在大巴山巧救丐俠奚沅，一同鬥那金鉤毒蠍。還向哪裡去找？萬般無奈，只得趕往邛崍。但邛崍方圓頗廣，峰巒深幽，在這樣大山之中，要想找出一人

藏身所在，委實不易！柏、谷二女，十日之內幾乎遊遍全山，哪裡找得到黑天狐宇文屏的絲毫蹤影？

這日，柏青青坐在一條深谷谷底的大石之上，四外均是些長幾過人的豐草雜樹，引手支頤，向谷飛英嘆道：「英妹，黑天狐宇文屏所藏，定然幽秘難尋。但我們這些日子，幾乎把座邛崍山踏遍。就拿這條深谷來說，除了頭頂那一張蜿蜒石隙，略透天光之外，幾乎整個與外界隔絕，還能算不了是窮幽極秘之處麼？找到這種所在，依然蹤跡不見。我真有點懷疑日前所聞，是那人隨意胡謅，並非事實呢！」

谷飛英也覺得找來找去，有點厭氣起來，頗爲同意柏青青所說，嘴皮略動，還未答言，突然凝神傾聽，並向柏青青微一擺手。柏青青也聽得山風吹動之中，有一種極其低微的聲息入耳。

那聲息又似獸嚎，又似人泣，說不出來是何物所發，但聽來令人酸心腐脾，淒慘無比！且飄忽已極，遠近方向，均甚難捉摸。

柏、谷二女正在冥心靜聽之時，突然豐草以內噓然作響，一條碧色長影凌空飛出，直朝二女電射而至。

廿六　絕谷雙姝

柏青青山居較久，見識亦多。碧影飛到以前，鼻端先聞腥味，心知是條蛇蟒之類活物，並知像這樣幽谷之中所藏，大半具有奇毒。遂左手一拉谷飛英，飄身閃避，右手卻以紫電劍向上微撩。精芒騰處，碧色長影齊腰斬斷，灑落一天血雨。

那碧影果然是條八、九尺長的綠色長蛇，雖被柏青青攔腰斬斷，但前半截靈性猶存，竟被竄入豐草之內逃去。柏青青哪肯放過如此毒物？與谷飛英找出四、五丈距離，才將那蛇徹底殺死。但先前所聞的淒厲異響，竟似近在眼前，聽得越發真切！二人再度凝神傾耳，那異聲又似發自山壁以內，又似發自地底，聽來聽去，最後才聽出是發自石壁壁根的一塊大石之下。

山石之下會有人聲，確實是件怪事！柏青青見那山石重量，足有二、三千斤以上，自己素來真力稍弱，但在皤塚山挨了青衣怪叟酈華峰夾背一掌，服了千年雪蓮實及苗嶺陰魔所贈的續命紫蘇丹以後，真力大增！似可與谷飛英一試，將大石搬開，看看下面到底是什麼東西作怪，發出那等淒厲聲息。谷飛英也是一樣年輕好奇。二女合力推開大石上端，猛運神功，竟自生生把那大石推倒。轟隆巨震，嚇得草樹之內所藏蛇蟲，紛紛亂竄。

大石之下，寸草不生，是塊光滑山石，石上似由人工鑿了三、四個茶杯大小洞穴。那種淒厲怪聲，此時業已停止，換成一種令人聽來酸鼻的幽沉嘆息！

柏青青情知有異，俯身就穴一觀。原來這幾個洞穴，是被鑿透氣之用，上壓大石根部，亦有一面鑿空。柏、谷二女方才推開大石，恰巧是推的下有空隙的相反方向，不然那山石重量足有三千斤以上，雖然二人合力，也未必推得動它！

從石洞之中看去，下面竟是一間石室，壁間點有油燈，室內石榻之上，躺著一個滿頭亂髮蓬鬆，鬍鬚長約尺許，看不清面貌、年齡的男子。那人雙腿自膝以下均已斷去，但傷處皮肉似被極好藥物治好，絲毫不見潰爛，只是皮肉一齊向上捲起，露出了三、四寸長的兩根帶血腿骨，看去好不怕人！那人躺在榻上，似是被人點了什麼穴道，一動不動，但口中卻時發所聞的那種幽沉嘆息之聲。榻邊置有一把小小鋼銼，席上並有小小一堆白粉。

柏青青看完以後，恍然悟出，方才定是有人用這種慘毒酷刑，以鋼銼銼那榻上之人腿骨，席上那堆白粉，可能便是這種非刑結果。如此刑罰，委實聞所未聞。榻上那人就是鐵鑄金剛，也自禁受不起，才發出那種聽來令人全身起慄的淒厲怪聲。

谷飛英從另一洞穴之內，也已看清各節。二女均是一樣的義俠仁心，由不得的毫髮皆指，欲加拯救！

柏青青首先向洞穴之中叫道：「下面那人可會說話？告訴我們怎樣進入石室，好來救你！」

一言甫畢，正待室內榻上之人答話，突然頭上丈許之處，極其陰森的一聲冷笑。二人這一驚非同小可！因爲憑自己功力，縱是隻飛鳥落在十丈以外，也應驚覺，怎的此人到了這近，兀自毫無警兆？抬頭看時，二女心中不由又是一顫。這時天雖在中午，但深谷之內卻已暗如黃昏。丈許外的一株參天古木之旁，站著一個身材瘦長的黑衣老婦，臉色又黑又乾，就像個死人一般，但雙眼神光之足，卻是柏青青從來罕見，谷飛英也只在冷雲仙子偶然發怒之時，才看見過。

老婦手中拿著一根上鑄蛤蟆的奇形鐵杖，腰間蟠著一條綠色長蛇，蛇頭繞過左肩，垂在前胸，奄耷耷的，不像是條活物。這副形相，不但冷雲仙子與龍門醫隱曾對二女一再囑之諄諄，就是從葛龍驤口內也已聽過，知道正是江湖中聞名喪膽，推爲「第一兇人」的黑天狐宇文屏那惡毒妖婦！

谷飛英一見是黑天狐現身，深知她五毒邪功厲害無比，趕緊把師門絕學無相神功化

爲一片勁氣，布向二人身前，並偷偷用手一觸柏青青，叫她小心注意！

黑天狐宇文屏一張像死人一般的陰惻惻面容，襯著谷中黯淡光線，越發顯得淒厲懾人！目光微睨被二女弄倒的那塊巨大山石，嘴角微啓，聲如蚊哼說道：「你們兩個女娃，能把這塊大石弄倒，總還有點來歷。趕緊說出師門及本身姓名，看看可有僥倖免死之望沒有，你們認得我嗎？」

柏、谷二女知道武林之中，像黑天狐這種武功極高的兇邪之人，多半爲了自抬身分，立了不少避忌、規戒，倘若遇上不知底細的後輩，又無深仇，有時倒會裝作大方模樣，稍加懲戒放走了事。

但二女何等心高氣傲，父、師均屬名門，哪裡肯佔那種便宜？柏青青眼珠一轉，倚仗著紫電劍、天孫錦均在身邊，存心鬥鬥這位黑天狐，竟把嘴角一撇，以不屑之色答道：「你這副兇殘怪相，當然一看就知道是那滿身罪孽、罪不容誅的黑天狐宇文屏。至於我們是什麼來歷，難道憑你名列武林十三奇，那麼高江湖聲望之人，還看不出麼？」

黑天狐宇文屏平生雖然殺孽無算，手下從不饒人，但見了二女均是仙露明珠般的絕世根骨，也由不得暗暗心愛。聽柏青青一口說出自己名號，因自己這副形相只要聽人說過，便極好認，所以並不驚奇。冷漠面容之上，浮起一絲憐才淡笑，說道：「要我指出你們來歷，還不容易？你們每人攻我三劍，便可看出。儘管放心大膽，在這三劍之中，

宇文屏即便看出你們是我如山之仇，也不傷你們。」

柏青青早就存了鬥她之心，等黑天狐話音方落，人已從谷飛英無相神功防護之下，以「潛龍升天」身法，凌空拔起，掉頭一撲，手中劍施展的是葛龍驤師門絕學，「天璇劍法」中的「倒瀉天河」，旋成一片紫色繁星，宛如天河倒瀉一般，向黑天狐當頭罩落！

黑天狐宇文屏真想不到柏青青有這高武學，更看出她手中紫電劍精芒騰彩，是柄前古仙兵，不敢再行賣老硬接，肩頭微晃，便脫出柏青青劍光圈外，口中並自叫道：「你那『潛龍升天』的身法，是窮鬼柳老花子的龍形八式，『倒瀉天河』卻是諸一涵的天璇劍法。但諸一涵、柳悟非均未收有女徒，若是新近從師，功力又絕難到達如此境界。哦……我明白了！你自著玄衣，可是柏長青老兒之女，號稱玄衣龍女的柏青青麼？」

柏青青聞言心驚，這妖婦表面不常在江湖行走，其實對這些與她同輩人物的一切有關之事，所知極博。居然真能就憑這一拔、一劍之上，認出身法、來歷，從而推定自己是誰，這種心計、眼光簡直可怕。

黑天狐宇文屏一看她那副神情，便知自己所料無差，轉面又對谷飛英道：「她的來歷我已看出，你再攻我一劍。」

谷飛英休看年輕，脾氣竟比柏青青更硬，把頭一偏答道：「一隻老狐狸，有什麼了

不起的。我才懶得動手，你自己攻我一掌試試！」

黑天狐宇文屏一陣「嘿嘿」陰笑說道：「小女娃兒，膽量大得實在可愛！也罷，我用三成真力，打你一掌！」說完右手依然執著那根上鑄蛤蟆的奇形鐵杖，左手舒掌虛空微推，立有一股疾風勁氣，劈空而至。

宇文屏自習《紫清真訣》以來，功力大進，這一掌確未虛言，只是用了三成真力，但掌風過處，沙石驚飛，威力已非小可！

谷飛英妙目凝光，注視宇文屏一瞬不瞬。疾風勁氣過時，好似在她面前豎有一堵無形韌壁，黑天狐宇文屏所發掌風，竟然空出中間，從谷飛英身旁斜掠而過。

黑天狐倏地一驚，不等谷飛英聞言，把臉一沉問道：「你是葛青霜第幾弟子？是有心找我宇文屏，還是無意走到這邛崍山的天奇谷內？」

谷飛英見她果然一掌就試出了自己的「無相神功」，指出師承所自。驚訝之餘，依然不服。二女均是一樣，素來不做謊言，秀眉一剔，冷冷答道：「你猜得一點不錯，冷雲仙子是我恩師，我叫谷飛英，是她老人家座前第二弟子，那一位也正是我柏青青師姐。你當年那件見不得人之事，已由衛天衢老前輩把真相公諸武林，不老神仙師伯與我恩師業已和好，正在到處找你，爲我葛龍驤師兄報殺父之恨！想是你惡貫滿盈，藏身處雖然隱秘絕倫，卻依然被我們無意發現。地下石室之中的斷腿之人，想是《紫清真訣》

的原來主人無名樵子。你以銼骨酷刑，加於如此正人，委實天理難容，人神共憤！我們雖然年幼技淺，但只問是非，不計成敗，也要憑著滿腔正氣，欲爲江湖除此巨惡神奸！青姐還不亮劍，一同殲除這心如蛇蠍、謀死親夫的逆倫妖婦！」

柏青青紫電劍剛剛入鞘，聽谷飛英一叫，錚然一響，又復拔在手中。二女並肩站定，凝神待敵。

黑天狐宇文屏當年之事，本來內疚神明，被谷飛英這一頓正義凜然的數說責罵，竟自罵得垂頭無語！

柏青青對敵，向來手辣，見黑天狐好似想甚心事，急忙把握良機，纖手一彈，三根透骨神針電射黑天狐宇文屏的五官面目，跟著與谷飛英雙劍同時出手，用的又是天璇、地璣劍法之中，威力無倫、屢克強敵的「星垂平野」、「月湧大江」兩招絕學。

宇文屏雖然心中內疚，微一失神，但柏青青透骨神針一發，便已驚覺！三縷寒光，銜尾飛到，宇文屏連閃都不閃，張口一吹，透骨神針即飛向半空，緊跟著便是「星垂平野」、「月湧大江」兩招襲至！

這兩招本是璇璣雙劍之中的幾手絕學之一，葛龍驤、谷飛英當初在蟠塚山惡鬥硃砂神掌酈華亭，即仗此兩招克敵制勝！但如今情勢，稍有不同。一來，谷飛英青霜劍已失，威力大減，而柏青青的武學又不如葛龍驤，天璇劍法亦係輾轉相傳，不太純熟！二

來，黑天狐宇文屏此時功力，超過蟠塚雙兇酈氏兄弟。所以雙劍並舉，精光電掣之下，黑天狐雖然暗懾這兩個年輕女娃武學真高，但從容飄身，業已退出柏青青、谷飛英一上一下，合力交擊的無邊劍影以外。

宇文屏一面飄身，一面心中暗想：自己「萬毒蛇漿」或是任何一種五毒神兵一發，二女必死無疑，但這樣殺死，未免太已便宜。何況尚可從這送上門來的兩個敵人身上，逼得無名樵子多說出一些《紫清真訣》的燒殘之處，且不忙施出殺手。

待三人纏戰到了五百餘招，柏、谷二女已覺出，任憑自己把所有功力用盡，休說傷得黑天狐，連一招均未佔得上風。照此情形，從自己父、師所說黑天狐平日狠毒心性看來，早該遭受不幸。

但宇文屏始終滿面獰惡笑容，只守不攻，一次殺手均未發過。越是猜不透敵方用意，心中越是忐忑不寧。柏青青見天已漸黑，自己與谷飛英把各種手法完全用盡，兀自毫無勢機，這架根本無法再打！遂在動手之間，暗對谷飛英一使眼色，意欲覓機抽身。

但黑天狐何等角色？見柏青青眼珠一轉，用意早明。她向來做事，不到百分之百把握，決不下手！因想生擒二女娃加以利用，立意慢慢耗盡對方真力，豈不束手就擒？如今發現對方有圖逃之意，冷笑一聲，身法立變。

柏青青、谷飛英只見四面八方均是黑天狐宇文屏手執奇形鐵杖的獰惡魔影，但依然

一招殺手不發，只把二女圈住，不令逃脫！柏、谷二女乖巧異常，見逃既無望，一靜心神，也自看關定式，穩守緩攻，不肯把本身真力隨意消耗。

耗到七百多招，黑天狐宇文屏見二女依然滿面神光，毫無疲相！不由暗忖：自己五毒仙兵之中，飛天鐵蜈、蠍尾神鞭、守宮斷魂砂三樣，一經出手，對方不死亦帶重傷。自己身為女子，深知這類美好少女習性，姿容未毀之前，比任何事物均看得重，但姿容若有殘缺，則銜恨刻骨，可能任何酷刑也不足使她們有所畏懼。所以自己本意生擒二女，以毀容做為威脅，迫使那自命為仁人俠士的無名樵子，盡吐有關《紫清真訣》的胸間所隱，不然縱有八個柏青青、谷飛英，早已慘死非命！

宇文屏心中盤算，奇形鐵杖中所藏蛤蟆毒氣最為理想，但這種化成毒氣的所需藥粉，存已無多，配製極為艱難，不到萬不得已，決不會輕用！但如今戰近千招，二女依舊精神奕奕，毫無力竭之狀，而且玄衣龍女柏青青手中那口紫色精光、煥如電閃的寶劍，分明前古神物，萬一被她碰上一下，未免太不合算！天氣亦已陰暗沉黑，二女只要逃走一個，也便立為無窮大患。

利害衡明以後，黑天狐宇文屏奇形鐵杖在石地之上叮然一響，手攢杖尾，以杖頭的蛤蟆嘴部遙指柏、谷二女，獰笑一聲喝道：「無知小娃，還敢猖狂，快快與我束手聽命！」

這時谷飛英在左，柏青青在右。黑天狐心計極精，隨著話聲，左掌先揚，一股劈空勁氣，虛擊谷飛英左側，引得她凝聚無相神功，護禦左方，然後連哼都不哼，右手奇形鐵杖機簧響處，從杖端所鑄的蛤蟆之中，噴出一團黃色煙霧。等到柏、谷二女驚覺閃避之時，那股奇腥異香業已入鼻，腦際微一暈眩，便即雙雙栽倒！

黑天狐宇文屏得手以後，把二女挾進她那深處地底的秘密石室之中。石室竟有三間，居然還甚寬敞。第一步工作，便是密搜二女全身。等到看見柏青青貼身所著的「天孫錦」，黑天狐宇文屏不覺喜出望外。

因她本是葛龍驤繼母，與冷雲仙子葛青霜誼屬至親，所以對這「天孫錦」的妙用，知之甚多！再認出那柄紫光閃閃、森肌砭骨的劍柄上所鐫古篆，竟是前古至寶紫電仙兵，更不禁樂得在石室之中，手舞足蹈起來。自言自語說道：「紫電劍、天孫錦齊入我手，再等《紫清真訣》練成，舉世之間，豈不唯我獨尊？再不必在這些深山幽谷之中，畏懼任何仇家，盡可挾技出世，獨秀十三奇，永為武林霸主！」

她高興一陣，又在籌思怎樣處置柏青青、谷飛英二女之法。

想來想去，冷雲仙子葛青霜及龍門醫隱柏長青等人，平日專與自己作對，彼此仇恨極深，好不容易才擒住他們的愛女、愛徒。除欲藉以威脅無名樵子盡傾所知，吐露《紫

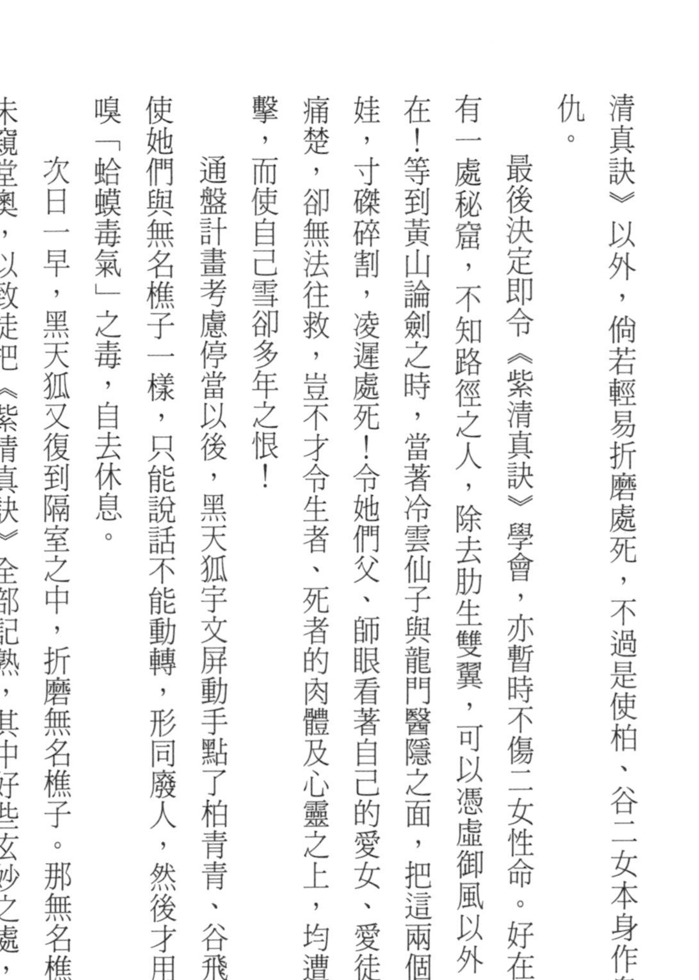
清真訣》以外，倘若輕易折磨處死，不過是使柏、谷二女本身作鬼而已，尚未快意恩仇。

最後決定即令《紫清真訣》學會，亦暫時不傷二女性命。好在自己在始信峰頭也營有一處秘窟，不知路徑之人，除去肋生雙翼，可以憑虛御風以外，誰也到不了那個所在！等到黃山論劍之時，當著冷雲仙子與龍門醫隱之面，把這兩個活跳跳、嬌滴滴的女娃，寸磔碎割，凌遲處死！令她們父、師眼看著自己的愛女、愛徒嬌啼婉轉，身受無邊痛楚，卻無法往救，豈不才令生者、死者的肉體及心靈之上，均遭受嚴重無比的慘痛打擊，而使自己雪卻多年之恨！

通盤計畫考慮停當以後，黑天狐宇文屏動手點了柏青青、谷飛英的「天殘」重穴，使她們與無名樵子一樣，只能說話不能動轉，形同廢人，然後才用解藥，替她們解去所嗅「蛤蟆毒氣」之毒，自去休息。

次日一早，黑天狐又復到隔室之中，折磨無名樵子。那無名樵子雖然因爲本身武功未窺堂奧，以致徒把《紫清真訣》全部記熟，其中好些玄妙之處，仍然領悟不出！但卻知道燒殘之處，已被黑天狐的銼骨酷刑逼得吐出了十之五、六。這以後數頁，大概是《紫清真訣》的主要精華，自己反正人已無法再活，拚著骨化飛灰，也不能使這毒辣無比的妖婦再有收獲，貽害百世！所以兩條腿內，又生生被黑天狐宇文屏銼去半寸有餘，

疼得號不出口的那種淒厲慘哼，連鐵石人兒聞之亦將淚下。但好個無名樵子，硬把牙齒都咬得洞穿下唇，幾乎盡碎，卻依然一字不吐！

柏青青、谷飛英此時藥力已解，躺在隔室。她們曉得落入這等兇人之手，哪有倖理？索性把生死二字置之度外，反覺坦然無畏。

本身生死可以不懼，各種牽纏卻無法絕念。谷飛英處世未深，母仇已雪，除了恩師冷雲仙子葛青霜以外，倒無甚牽掛；柏青青卻一時忽覺老父龍門醫隱慈祥愷悌的面容浮現腦際，一時又覺心上人葛龍驤英挺俊拔的倜儻身影，深嵌心頭。尤其人到了窮愁無奈，或是病榻纏綿之際，最容易想念自己的親人。老父縈懷，情郎繫念，把這位性情本來就頗急躁的玄衣龍女，憂得五內如焚，恨不得立時自盡！但「天殘」重穴被點，四肢難動，想死亦復不能由心，反而累得谷飛英拿一篇正勝邪消、善惡有報的大道理來對她安慰。

無名樵子的慘厲哼聲，傳到隔室，柏青青實在不忍坐聽，高聲叫道：「宇文屏，不必如此慘無人道，你把我們送到隔室，由我勸導那位無名樵子，盡其所知告你就是！」

黑天狐宇文屏也真正拿這業已疼得奄奄一息的無名樵子無法！聞言獰笑住手，硬餵了無名樵子一粒靈丹，起身走到隔室。

柏、谷二女所臥是張軟榻，黑天狐連榻帶人一齊捧起，走回無名樵子室中，向他獰笑說道：「我知道你與那窮不死的柳老花子交稱莫逆，這玄衣少女就是與柳悟非沆瀣一氣的柏長青之女柏青青。這一個叫谷飛英，卻是廬山冷雲賤婢的弟子！因爲想要救你，被我擒來。你如再敢頑強，不將《紫清真訣》燒殘之處完全與我補齊，或者故弄玄虛，中藏你自己杜撰的錯誤之文，我便先用萬毒蛇漿，將這兩個妖豔如花、與你頗有淵源的美貌少女的面容毀成夜叉羅剎，再用青竹毒蛇，一口一口地噬去她們的周身血肉。最後把你那幾根硬骨頭，銼得一寸不留！你這些日來，也應知我情性。宇文屛做事說一不二，限你半盞茶時，若無滿意答覆，便立用萬毒蛇漿及青竹毒蛇，先對這兩個女娃下手！」

這一番話，委實狠辣到了極處，柏、谷二女及無名樵子均覺全身毛孔自張，肌膚起慄。

無名樵子目注二女，方自長嘆一聲，柏青青業已搶先叫道：「無名樵子老前輩，你不必爲我們擔心，我們既然仗劍闖蕩江湖，凶險艱危，哪裡沒有？生死二字，根本看得極淡！不過宇文屛妖婦，心腸毒逾蛇蠍，不似人類！不必再自強忍她那種上干天怒的銼骨毒刑，儘管盡你所知，把《紫清真訣》所載替她補足。因爲據我所料，這妖婦若不把《紫清真訣》練會，永遠在這窮幽極秘之處藏頭縮尾，一般仁人俠士不易搜尋，反而會便宜她多活幾日！《紫清真訣》練好，她必然不肯再甘寂寞。這類惡毒妖婦，只要一出

江湖，見了天日，若不立遭極慘報應，你可挖去我柏青青的雙目！」

黑天狐宇文屏再怎樣惡毒陰深，也被柏青青罵得怒火中燒，陰惻惻地怪笑一聲，說道：「好個大膽不知死活的女娃，宇文屏向來只行吾道，不問天心！什麼叫報應循環，又什麼叫善惡昭彰？那完全是欺世盜名的一般假道學的胡謅胡扯！何必等到別人來挖你雙睛！你這一對眼珠，先借我生啖了罷！」

緩緩起立，左手二指一伸，便向躺在軟榻之上的柏青青雙眼挖去。

柏青青不能動轉，無法抵禦，眼看著那一對宛如點漆的美人秋水，就要斷送在黑天狐宇文屏的二指之下。谷飛英失聲慘嘆，閉目不忍再視之時，無名樵子突然力竭聲嘶地叫道：「宇文屏妖婦！你如敢動二位女俠一指，便用滾油淋身，也休想再逼出我口中半字！」

黑天狐宇文屏獰笑收手，得意說道：「我就知道你們這般自命俠義之輩，像個活傻瓜一樣，專講究什麼仁人不忍，惻隱之心！你從今如再稍有推諉，我便立如前言行事。」

無名樵子叫道：「話要事先說明，第一，《紫清真訣》的最後一頁，我尚未記全，便即燒去，縱然把我骨銼為灰，肉剁成醬，也是無法補出！」

黑天狐宇文屏雙目微閉，牙關一咬，問道：「第二件呢？」

無名樵子說道：「我也套你一句話說，這些日來，你也應該知我習性。從今以後，每日清晨，你把這兩位俠女送到我石室之內，經我驗過絲毫無損，便以《紫清真訣》燒殘之處，替你補上五字，如不依我，一字休想！」

宇文屏見他每日只肯錄五字，不由大怒說道：「狗賊欺人太甚！我也不要甚《紫清真訣》，先毀掉這兩個女娃再說！」一提垂在前胸的綠色蛇頭，對準柏青青面目，便欲扯動蛇尾。

柏青青也真夠硬朗，那看來獰惡已極的綠色蛇頭，離自己面目不足三寸，腥氣撲鼻，卻仍然雙睛湛然，一瞬不瞬！

無名樵子更是深知黑天狐處心積慮，就想學會這部《紫清真訣》稱雄天下，決不會中途一氣撒手！這些兇毒動作，無非全是姿態，也給她來個見怪不怪，閉目不理。

果然他們見怪不怪，其怪自敗！宇文屏收回綠色蛇頭，冷冷說道：「宇文屏暫時一切依你，我們這個約定，就自明日開始計算。」

次日一早，黑天狐宇文屏果然如言把柏青青、谷飛英送到無名樵子室中，經他驗過未受絲毫傷害，也立即為宇文屏把《紫清真訣》燒殘之處，就記憶所及補上五字。

《紫清真訣》是一部極為深奧的武學奇書，休看五字之微，若非宇文屏這樣深具內家上乘功力，見多識廣，容易觸類旁通之人，慢說是一日之間，就是周年半載，也未必

參詳得透。

宇文屏正在殫精竭慮，努力參詳，突然上面幽谷之中，又有響動。她自從柏、谷二女推倒大石，發現自己所備秘窟以後，深深悟出，無論怎樣隱秘所在，只要居停一久，決不會毫無人知。所以一聞響動，便由半山腰的另一暗門之中，悄悄掩出。

來人正是劍門關與小摩勒杜人龍一見投緣，意欲收徒傳藝，因而自抱奮勇，找尋黑天狐宇文屏蹤跡的鐵指怪仙翁伍天弘。劍門關分手以後，伍天弘何嘗不是漫無目標地隨意亂找？但誤打誤撞的，居然被他撞到邛崍山內。他那頭青毛驢，任憑如何神駿，也下不了這樣絕壑幽谷。伍天弘因見這谷中形勢異常隱秘，遂把驢拴在壑上，自己施展輕功，下谷一探！他那副黑髮白鬚異相，宇文屏到眼便自認出，是與西崑崙黑白雙魔齊名的鐵指怪仙翁伍天弘。

宇文屏自擒住柏青青、谷飛英二女，時時深自警惕，防備龍門醫隱、獨臂窮神等人尋來，所以不但早有準備，並且一聞谷中有人，急忙帶著一個皮製假人，用以冒充無名樵子，惑亂對方心神，從這秘室的三處出口之中的較遠一處，悄悄掩出。

認清伍天弘以後，黑天狐宇文屏不知他是一人來此，還是尚有接應？本來想把此人暗暗除去，又恐怕鐵指怪仙翁的名頭不小，萬一暗中下手，不能如願，互相纏戰起來，

引得醫、丐、酒等老厭物出現，卻對自己大大不利！仍以照先前預計，把這老兒引得遠遠，然後暗中返回，遷到另外一處秘窟，來得較爲穩妥。

主意雖然打定，宇文屏委實心狠，不肯放過暗算機會。身在山壁半腰的巨石之後藏好，左掌一揚，一條飛天鐵蜈用勁力出手，虛擊伍天弘左方數尺，然後突在中途折向，百足齊飛，遂「嘶」的一聲，直朝伍天弘太陽穴襲到。

伍天弘此時正覺得這谷中景色淒迷，四處注意。黑天狐宇文屏離他遠有三丈開外，又有巨石隱身，倘若靜靜不動，他本來未必能夠發現，但飛天鐵蜈才一出手，伍天弘立時驚覺，右掌一翻，方待往上擊起，但又聽出不是尋常暗器的所帶風聲，趕緊縮手低頭，橫飄丈許以外。

黑天狐宇文屏見他聽見立覺，便知飛天鐵蜈十、九無功。遂仍按原計進行，挾著那具皮製假人，陰惻惻的一聲冷笑，便往幽谷之上縱去。

伍天弘雖然只見宇文屏背影，但到眼便知，正是那踏破鐵鞋無覓處，得來全不費工夫的黑天狐。心中大喜，撿起那條劃空墜地的飛天鐵蜈，隨後追蹤。其實宇文屏此時功力勝他許多，追上谷頂，本應不見人影，但因宇文屏故意要誘他遠出，所以身形時隱時現，害得這位鐵指怪仙翁，雖然胯下有頭日行千里的異種健驢，仍自追到湖北境內，便把黑天狐宇文屏追丟。

宇文屏甩開伍天弘以後，本來應該回轉邛崍山，把無名樵子及柏、谷二女搬至另外秘窟隱藏，但轉念一想，看這鐵指怪仙翁伍天弘，分明業已知道自己是誰，卻仍窮追不捨。定然不是偶然相逢，其中必有所為！遂略更原計，反客為主，竟掉過頭來暗暗尾隨伍天弘，意欲探明這般老鬼，到底對自己有何算計？追來追去，追到了烏蒙山歸雲堡內。宇文屏暗中多次竊聽，前因後果，一概瞭解。才在賽方朔駱松年用吹箭、苗刀，奪走碧玉靈蜍及毒龍軟杖之後，放過葛龍驤等人，追向駱松年而去。

她明明知道葛龍驤與自己之間仇深似海，不共戴天，卻仍先追駱松年之故，是因為自己所練五毒邪功，除了碧玉靈蜍這一件世間奇寶以外，別無他物能治！倘此寶歸自己所有，則縱令武林之中又出了什麼武功高過自己之人，也要對自己身邊這幾件奇毒之物，顧忌甚大。

算盤打得原好，但她怎會想到，龍門醫隱柏長青在天心谷內，曾用苦心覓得千歲鶴涎及朱藤仙果，煉成那種專門對付她五毒邪功的解毒靈丹！此丹柏青青囊內即有三、四粒之多。黑天狐搜查她身邊之時，曾經入手，但哪裡會曉得這種半紅半白靈丹的效驗所在？以她這種身分武功，要殺賽方朔駱松年，還不是易如反掌？剛由蠍尾神鞭把人殺死，並將碧玉靈蜍及毒龍軟杖揣入懷中，業已發現鐵指怪仙翁伍天弘，騎著他那頭青色健驢銜尾疾追而至！宇文屏此時業已探清醫丐酒等人遠在龍門，一個未至，顧忌頓時減

輕。心想就以你不知死活的怪老頭兒，試試我新練神功的威力如何。

果然《紫清真訣》所載的各種功力，神妙異常！若不是一時驕敵大意，中了伍天弘那一下看家絕招「大力金剛一指禪功」，幾乎把這位名望、武學均高的鐵指怪仙翁，玩弄於手掌之上。

伍天弘逃入林中，黑天狐宇文屏拿駱松年殘屍解恨以後，紫電劍、天孫錦、碧玉靈蜍、毒龍軟杖四寶在身，越想越覺得意。一陣連綿不斷的哈哈狂笑聲中，回轉邛崍，仍照前計，遷移秘窟。

黑天狐宇文屏這一次遷移巢穴，遷出了尋常人的意料之外，卻落入了龍門醫隱柏長青意料之中，竟遷到了黃山論劍約定之地——始信峰的絕頂！她這處巢穴，隱秘得簡直匪夷所思！饒你龍門醫隱智計絕倫，算準黑天狐宇文屏心中所想，但空白與鐵指怪仙翁伍天弘等人踏遍縹緲雲煙的黃山三十六峰，也未發現黑天狐的半點狐蹤狐跡！

原來黃山如果號稱天下第一奇山，始信峰即可稱爲黃山第一奇峰！南、北兩崖之間，無路可通，只有一株奇松，臨崖飛舞，橫跨千尋絕壑。無論何人，欲由南崖行往北崖，均非得以松代橋且戰戰兢兢再一步一步走過不可！而始信峰不但無石不皺，無石不瘦，無石不靈，無石不透，異草紛拂，連最薄之處的苔蘚，都有一尺來厚以外，峰形

更爲奇特！兩崖並矗，劍立於雲，並且有不少處上豐下銳。除非肋生雙翼，憑虛步空而外，根本無法窮奇而探！

但黑天狐宇文屏，昔年遊覽這始信峰之時，卻在無意之中發現了一個極小洞穴，好奇投石，居然深不見底！冒險入穴，仔細探尋，竟有一條險窄難行的曲折通路。但不知此路鑿自何時，年代湮遠，無人維持，業已逐漸閉塞。

黑天狐向來做事，頗能未雨綢繆，寓有深意。既經發現這條秘徑，遂不憚艱煩，慢慢修鑿，倒要看看此路通往何處。

整整十個月光景，才算把路鑿通，原來通到北崖絕頂。黑天狐見該處峰形，奇異得真正令人不能置信！宛如一株香蕈，下銳上豐，矗立於茫茫雲海之內。但那秘徑到了崖頂，反倒寬敞起來。心想若在此間建一居所，則只要把秘徑入口之處設法隱秘，縱令生死強仇隔崖相望，也拿自己無法可想。

因爲本崖下銳，自然形成向內裡傾斜的極陡峭壁，慢說苔滑地危，再好武功亦難上達。此處更因山極高峻，飛鳥已無，剩下猿猱之類，一樣無法攀援而上！對崖則更是中隔四、五十丈寬，雲霧蓊鬱的無序幽谷，故而對這崖頂一切，雖然舉目可見，但一壑天塹，無可飛越。

黑天狐宇文屏把一切形勢審度已畢，認爲這確是一個避仇保命的無上妙地！遂又用七年苦功，把北崖絕頂修整成一個可以居住的秘密洞穴。至於入口之處，卻移植來不少藤蔓之屬，並在秘道之中的四、五丈外，故意排列不少碎石。即令有人萬一從藤蔓之中發現秘道，好奇探視，但走到此處，也必廢然而返，以爲是條死路。

十三奇黃山論劍，恰好是在始信峰頭比較平坦的南崖之上。

黑天狐宇文屏費了好大的心力，把無名樵子及柏青青、谷飛英由四川弄到皖南，然後再一個個送上始信峰北崖絕頂。

諸事停當以後，宇文屏負守絕嶺，越想越覺得意：到了黃山論劍正日，自己《紫清真訣》——雖然最後兩頁無名樵子堅說字句艱澀，詰屈聱牙，難記已極，他本身武功不夠，觸類旁通的悟性太弱，無法補錄出來——其他部分，總能統統學會。那時功力業已足與諸一涵、葛青霜相互頡頏，加上天孫錦、紫電劍兩件異寶奇珍，與原有的五毒仙兵，碧玉靈蜍又在己手。這夢想多年的武林第一名頭，不但十拿九穩，甚至可以放手盡殲強仇，永絕後患。

到時自己先略緩出場，等到苗嶺陰魔、雙兇四惡，與諸一涵、葛青霜及醫丐酒等人激烈拚鬥，有了傷損勝負以後，再在北崖絕頂長笑現身，把老花子的生死至交無名樵子，龍門醫隱的獨生愛女柏青青，與葛青霜之徒谷飛英，當著他們父師老友之面，鮮蹦活跳地寸磔分屍，一塊一塊地從從容容拋下萬丈幽壑。

這樣處置，必定把那幾個老不死氣得肝腸欲裂，內火狂燃，神明不朗！然後自己再在神鬼不覺之下，悄然過崖，乘著幾個喪女喪徒、喪失老友的老怪物傷心欲絕，其他諸人紛紛寬慰勸解，疏於防範之際，驟然發難！一出手便是萬毒蛇漿，絲絲碧雨；蛤蟆毒氣，陣陣腥香。老怪物們，縱然武學再高，料來也禁不住這樣巧妙安排，暗中計算。即使有一、兩個受傷未死的漏網之魚，再憑自己所得《紫清真訣》神功，還不是隨手收拾？宇文屏越想越覺得算無遺策。這十八、九年，處處藏藏躲躲、畏為人知的骯髒惡氣，即可不必再受，而在江湖顯赫，武林稱雄！

由是黑天狐宇文屏乃在這始信峰北崖絕頂，一天五個字的參研，那無名樵子為了維護柏、谷二女暫時免遭妖婦毒手，為她補錄的武林寶籍《紫清真訣》。

這一段時間之內，到黃山來察訪黑天狐下落的，頗不乏人，但誰也找不到她那隱秘所在！宇文屏親眼看見了白鬚黑髮的鐵指怪仙翁伍天弘老淚婆娑，神情悲痛的龍門醫隱，含羞帶愧、抑鬱寡歡的小魔摩勒杜人龍，和鸞儔折侶、如癡如醉的小俠葛龍驤！甚至連那鬚髮戟立、暴跳如雷的獨臂窮神柳悟非，和喜怒不形於色、較為沉穩從容的天台醉客余獨醒，在各處窮搜不得之後，也曾跑來黃山探察。

黑天狐宇文屏毒謀早定，哪裡肯在事前輕易顯露蹤跡？只是藏在北崖絕頂，冷冷注視這些老少群俠，踏遍黃山的淒然而來，廢然而去！最缺德的，莫過於龍門醫隱及葛龍

驤來時，黑天狐竟把玄衣龍女柏青青點了啞穴，抬出洞外，遙遙加以指點。可憐柏青青雖然相距甚遠，但老父、情郎的形狀身影，豈不刻骨縈心？到眼便即認出！想像得到那慈父肝腸急斷，老淚淒惻，意中人的牙關咬碎，情淚長流。這位至情至性的巾幗奇英，何嘗不是芳心寸裂！但她畢竟不肯在黑天狐之前，稍微示弱，硬把奇痛奇悲一齊埋藏心底，慢慢地蝕骨銷魂！那張傾城的玉容之上，居然冷漠得不帶絲毫七情之色，一雙清澈得好似裝得下整座黃山的大眼眶中，也木然平視，點淚全無。這樣一來，連黑天狐宇文屏均不免暗暗心折！

這日，黑天狐宇文屏正在練功調氣，突然聽得對崖似有一陣飄渺歌聲傳來。因爲時值清晨，霧珠沉冥，作歌何人，看不真切，只聽得吐音脆朗，是個女子，她唱的是元人閒閒居士所作的「水調歌頭」：

「四明有狂客，呼我謫仙人。俗緣千劫不盡，回首落紅塵！我欲騎鯨歸去，只恐神仙官府，嫌我醉時嗔。笑拍群仙手，幾度夢中身；倚長松，聊拂石，坐看雲。忽然雲霓落手，醉舞紫毫春！寄語滄浪流水，曾識閒閒居士，好爲濯冠巾，卻返天台去，華髮散麒麟！」

黑天狐宇文屏靜靜聽罷歌聲，心中好生忐忑！因爲日來迭見龍門醫隱、獨臂窮神等人，滿山搜尋，好似自己藏在黃山之事，已爲這些老怪物們猜出！如今對崖這女子，歌聲豪放而帶有仙意，聽了好久，字雖可聞，語音難辨，莫非是冷雲仙子葛青霜也自尋來？

她用盡苦心，參研《紫清真訣》，就是要與這衡山涵青閣主不老神仙諸一涵，和廬山冷雲谷冷雲仙子葛青霜二人，一爭雄長！如今《紫清真訣》，雖已練成十之六、七，黃山論劍也爲期不遠，但畢竟二十年來，始終心怵諸、葛二人的絕世神功。一旦想起對崖可能是冷雲仙子之時，宇文屏便不能像對付其他諸人那等輕鬆，心情頗爲緊張。趁著霧密煙濃，雙方無法互見之時，把自己這邊崖上，一切凡可略使人疑之物，均仔仔細細掃除乾淨！

作歌之人，似爲黃山美景所醉，徘徊不去；歌聲也一會兒豪放，一會兒纏綿。宇文屏聽到後來，竟自覺出對崖之人，不是冷雲仙子！

宇文屏久知冷雲仙子勘透七情，而且以她那種身分年齡，絕不會在歌聲之中，有這種悱惻婉約的男女情思出現！等到輝輝日起，朗朗天清，才看出對崖之人是個二十來歲、容顏極美、姿態曼妙如仙的青衣女子。

看來看去，宇文屏始終未能看出對崖青衣女子來歷，但卻看出她是特地遊山，不像龍門醫隱等人是有所目的來找自己蹤跡的。

因爲龍門醫隱等人登臨這始信崖峰之際，是披荆斬棘，面帶惶急地到處搜尋，這青

衣女子卻是悠悠閒閒，信步所之，顯然是隨興遊山，未懷任何目的。

世間事，不論何人心中若有疑團，總以趕緊打破爲快！黑天狐宇文屏就因爲以自己這樣江湖經驗與見識之廣，居然看不出這青衣女子來歷，而對方分明又是個武林好手、身懷絕藝之人，不由有點不服，遂由秘徑走下，也自裝做遊山模樣，步向南崖，倒要看看這青衣女子是何等人物？

恰好青衣女子似把南崖景色觀賞已夠，正向北來。

黑天狐宇文屏由北往南，那青衣女子卻由南往北，兩人恰在那株橫臥當橋的長松之上相遇。

這時雙方距離已不到五尺，長松雖能負重，但下面是雲封霧鎖的萬丈深壑，稍有失足，天大本領亦無生機！宇文屏竟現出了一副從來未有的和藹笑容說道：「這位姑娘慢行，我先讓你過去。」

青衣女子含笑答道：「天下哪有長者讓路之理，老人家已請先行！」身軀往右一偏，只用左足尖點住長松，宛如扯了一面順風旗般，空出整個松面，一任那強烈山風，獵獵飄衣，人卻巍然不動！

黑天狐宇文屏也不再客氣，走過以後，駐足回頭笑道：「姑娘這『金剛拄地』與『斜扯雲旗』身法，極見輕功內力。老婦自信眼力尚高，但竟看不出你的門派，姑娘尊

姓芳名，可否爲我一道，以增見識？」

青衣女子收勢，恭身斂衽答道：「老人家怎的如此謙光，晚輩魏無雙，藝出先師天慾真人門下。」

黑天狐宇文屏恍然大悟，叫道：「你是昆明滇池的風流教主？」

魏無雙笑道：「不敢當老人家如此稱謂，老人家您是否就是武林十三奇中的宇文老前輩？」

請續看《紫電青霜》下冊

國家圖書館出版品預行編目資料

紫電青霜／諸葛青雲作. --初版. -- 臺北市：
風雲時代, 2013.01
冊； 公分. -- （諸葛青雲精品集；01-03）
ISBN: 978-986-146-957-7（上冊：平裝）
ISBN: 978-986-146-958-4（中冊：平裝）
ISBN: 978-986-146-959-1（下冊：平裝）

857.9 101025818

諸葛青雲精品集 02

書名 紫電青霜（中）

作者 諸葛青雲
封面原圖 明人入蹕圖（原圖爲國立故宮博物館典藏）

發行人 陳曉林
出版所 風雲時代出版股份有限公司
地址 105 台北市民生東路五段 178 號 7 樓之 3
風雲書網 http://www.eastbooks.com.tw
官方部落格 http://eastbooks.pixnet.net/blog
Facebook http://www.facebook.com/h7560949
E-mail h7560949@ms15.hinet.net
服務專線 (02)27560949
傳真 (02)27653799
郵撥帳號 12043291

執行主編 劉宇青
封面設計 許惠芳

法律顧問 永然法律事務所 李永然律師
北辰著作權事務所 蕭雄淋律師

版權授權 張文慧

出版日期 2013年2月

訂價 240 元

總經銷 成信文化事業股份有限公司
地址 新北市新店區中正路四維巷二弄2號4樓
電話 (02)22192080

ISBN 978-986-146-958-4

行政院新聞局局版台業字第 3595 號
營利事業統一編號 22759935